サムライの末裔

Kojiro
SeriZawa

芹沢光治良

P+D
BOOKS
小学館

目次

第一章　八月十五日

1

天皇の玉音がラジオにやんで、他《ほか》の声が聞え出したが、しかし、園子夫人の耳にはもう入らなかった。日本は戦争にやぶれたのだ。他のことなど、もうどうでもよかった。

阿部海軍中将夫人園子は、多くの同胞と同様に、戦争が無条件降伏という悲しい結末で終ったことを、こんな方法で知らされて、ラジオの前で涙をこぼしたが、陛下ご自身が宣言されたのだから、疑わなかった。ああ、陛下にこの痛ましい屈辱をおさせしたとは！　歴史上かつて経験したことのないこの屈辱に甘んずるとは！　その罪は国民が負うべきもの。園子は恥じて大地へ頭をつけ、陛下におゆるしを乞いたかった。彼女は悲しい日本の運命に慟哭《どうこく》していて、廊下をいそぎ来る足音も、うしろの戸の開くことも気づかなかったが、

「奥様、おわりました、戦争がおわりました」

と呼ぶ声で、思わずとびおきた。

「まあ、かく子さん」

徳田少佐の夫人であった。少佐が阿部中将の副官として、南方の海上に出動していたから、かく子は常に阿部邸に出入りして、園子を尊敬していた。しかし、この日は、日ごろの遠慮も礼儀も忘れて、

「おわったんです、奥様、戦争が終ったんです」

と、むせびあげて、こみあげる涙も拭わなかった。

こんなふうに取り乱すとは、恥ずかしいことだ。その剣幕に園子は瞬間自分の悲哀を忘れたが、すぐかく子の心に共感できた。こんな時に正気をなくさないことは誰にもできない。

かく子もやっと気をとりもどして、

「でも、奥様、これでもう海軍もなくなるのではないでしょうか、そしたら、却ってさっぱり致しますわ。閣下も宅も陸へ上って、私達も人なみの生活ができますもの。明けても暮れても戦死するのではないかと、遠くからはらはら心配しているのは、もうたくさんでございますものねえ」

と、晴々した顔になった。それから、長かった戦争がおわり、平和になったよろこびを、幾度も言葉をかえて繰返した。気がふれたのかと、園子は顔をしげしげと見たほどだ。こちらは

地に伏して慟哭しているのに、平和だと嬉し涙をこぼして喜んでいたのかと、茫然とした。

かく子が帰ると、園子は二階へ上って、暗幕をおとして、二階の縁側に立ち、ふと海を見た。日本本土に空襲がはじまってから、海を見る余裕もなかったからだが、逗子《ずし》の海がこんなにも広く静かにひろがっていたのかと体がすいよせられた。空も海もぬりたてたような色で目にしみた。その海の上に、不思議なことには、かく子が残した言葉が鮮やかに一字々々描かれていた。園子はそれをそっと口のなかで言ってみた。平和になった。

あの人が帰還する——平和になったという意味が、その時ほんとうには身に滲《し》みて感じられなかったが、しかし、そう口で言ってみると仄々《ほのぼの》と、全身があつくなり、目先が涙でかすんでしまった。すると穏やかな阿部閣下の俤《おもかげ》が彷彿《ほうふつ》と浮んで来た。戦死しなかった、無事でここに迎えられる——そう、胸の奥の方で声がして、かく子の嬉し涙がわかったどころか、園子自身、嬉し涙がふきあげていたのだが……ふと気がつくと、姑がそばに来ていて、

「ねえ、園さん、重助がかりに無事帰還したとしても、自刃してお上《かみ》にお詫びしなければなりませんね」

そうぽつんと言って氷を浴びせた。

園子はとび上るようにして振向いたが、姑も座敷の縁近くに海に向って坐っていた。園子は心を見透かされたように顔を赧《あか》くしてうろたえた。舅《しゅうと》は文官出身であったが、暫く枢密顧問官

をしたことがあったからか、敵機が東京の空を侵すようになってから誰がどう疎開を勧めても、お上が帝都にとどまる間は東京を去れないといって、老齢に拘らず聞き入れなかった。一九四五年の四月の東京の大空襲で、舅は逃げおくれて爆死したが、姑は舅の骸《むくろ》をわが家の残り火で火葬にして、園子の家へ避難したほどの女丈夫である。

「重助はそれくらいの覚悟はありますよ、サムライとして育てました。園さん、あなたもしっかりして下さいよ」

「はい」

七十を越して、痩《や》せてひとまわり小さくしなびたようだが、陛下の放送を聴くのだからとて衣裳《いしょう》をかえたままで、端然と坐った様子は、海が逆さまにおちかかろうとも微動もしないというような重味があって、園子は自然に頭が下ったが――

しかし、幾年ぶりかにともあれ夫をわが家へ迎えられるという思いは、どう払っても、園子の胸にこびりついて、どきんどきん心臓が高鳴り、全身にあつい血がかけまわって、帰る日をじっと待てないくらいだった。こんなに落着けなくしたのも、かく子の狂態のおかげであると、姑の手前、五十近くなっても嫁らしく、園子は平静を装うことに一生懸命だった。

それから数日たって、勤労動員からまだ息子も娘ももどらない時に、かく子が軍令部から聞いて来たという報告をもって駈けこんだ。蒼《あお》い顔に荒い息をはずませて一気に話したが、それによれば阿部閣下は八月十五日の未明に潜航艇で台湾のキールンを出港して、日本へ向ったが、その潜航艇は日本のどの軍港にも着かないということだった。

「十五日といえば、終戦のことは、閣下もご存じでしたでしょうが、連合国も承知していたから、途中で撃沈されるはずはないがって、軍令部でも不審がっていましたけれど、責任をもって調べてくれる人もなくて……軍令部へ行って、初めて降服したという意味がのみこめましたわ。みんな、ただまごまごしていて、だらしがないの、驚きましたわ」

「行方不明という訳ですね」

「それさえはっきりさせてくれませんの。どこかの軍港に着いていれば、連絡がある筈だがって……そう言うだけですの」

「阿部が終戦を知って、台湾を出たのならば、覚悟の出発でしたろうし……どこの軍港にも着いておりません」

「閣下が決死のご覚悟で!」

園子はうなずいて、つと立った。自刃する代りに潜航艇もろとも海底に沈んだのにきまっていたからだ。かく子も言葉づかいが乱れているが、自分も悲しみに取り乱しそうである。夫の部下の家族が宇治から、今年の抹茶だが、これが抹茶をひく最後になるかも知れないからと書き加えて、丹念に製茶したものを贈ってくれた。二、三週間前のことであるが、一服たてるという気分にならなかった。心を落着けて、夫の死を想うのには、茶でもたてなければ、部下の夫人に醜い様を見せてしまう。と、園子は気負いたって茶器を出した。しかし、かく子は悲痛な叫びを、へどのように園子に浴びせかけた。

「閣下が死の潜航艇をお出しになった……と仰有《おつしや》るのでしょうか。すると、宅も副官でしたから、当然お伴したのでしょうが、どうなるのでございましょう、これから……折角戦争がおわって、これまで戦死もしなかったと喜んでいましたが、それも束の間で……戦争に勝ったのなら、将来の見通しもたちますが、負けて、お先真暗なのに、宅が帰ってくれなければ……それは、帝国軍人の妻ですと、私も歯をくいしばりますけれど、これからは軍もなくなるというではございませんか……」

園子は目を閉じて聞くまいとした。しかし、その愚痴は園子の胸にぴたぴた響いて、湯加減もわからず、茶筅《ちやせん》を持った手がふるえて心がかよわなかった。茶碗をかく子の前においた。が、手がふるえていた。古瀬戸のありふれた器であるが、茶を好む阿部が、南方に発つ折、鞄に入れては出し、愛撫しては迷った挙句、未練がましいからと笑いながら、茶道具一式残した時の茶碗である。

かく子もその折、夫の徳田少佐とともに手伝ったから、忘れられないものだった。それを、かく子は両手にささげもつようにして目を閉じた。その冷たい肌ざわりが、掌《たなごころ》にやわらかくしみた。

「おうすは大石大尉のお父様の丹誠です」

若い大尉が無事に京都府下の両親のもとに帰りますようにと、園子は祈りをこめて唇をかんだが、かく子もおうすを一気にのみほして茶碗をおくなり、顔を伏せて、おうおう動物のように嗚咽していた。阿部中将が自ら死を選んだことを、園子はすでに知っていたのに拘らず、軍人の妻らしく毅然と身を持しているものと、さとったからであるが、その時、やはりかく子の胸の奥には、阿部閣下が敗戦を知って台湾を発ったのならば、副官である若い夫を、死の道連れにして海底にひきずりこむようなことはなかろうと、はかない希望が疼《うず》いていたのだ。若い夫は帰るであろうと……

2

翌年の同じ日に、かく子は絽《ろ》の喪服を着て訪ねて来た。仏壇に焼香したいと言った。園子は虚を衝かれて内心狼狽した。阿部中将一行が八月十五日に台湾を発ったまま行方不明になったのだから、夫の命日は八月十五日であり、一周忌にあたるのだが、園子は法事をしなかった。中将のにこやかな肖像を今も茶の間にかけて、仏間に移してもなかった。

かく子は仏壇の前でしばらく合掌していたが、茶の間に通りながら、気さくな問い方で、

「太郎さんは」

「広島へ行きましてね」

「平和祭ですか。太郎さんには珍しいこと――」

「それが、なんのためか、さっぱり判りません」

長男は四月岡山の高校から、東大の医学部に入学するにはしたが、気がぬけたようで、勉強に身がはいらないらしく、むりに押し出すようにして東京へ出しても、学校へは行かずに、街を彷徨《ほうこう》しているようである。突然八月四日に、広島へ行くと言い出して、発ったまま便りもない。手もとに旅費がなかったが、父のイギリス駐在武官時代の記念の腕時計を持って出て行った。旅費にしたのであろう。広島にどんな用事があるのか、どこに泊るのか、問いただしたが、大きな目をじっと園子に向けて、

「広島は大変だったんです」

と呟いたきり、あと言葉がつづかず、目だけが燃えるように光った。一年前も、九月にはいってから、勤労動員から瘠せて病人のようになって帰るなり、

「広島にいたんです、広島は大変だったんです」

と言ったまま、病的に輝いた目を園子に向けたが、大粒の涙が噴きあげた。

「大変って、どんなでした？　原爆の日太郎さんは広島にいたの？　それでよく助かったわね、よかったわ」

そう促したが、太郎は唇を微動させていて、何も答えなかった。答えられないほどの衝撃を受けて帰ったのだろうと、園子もそれ以上きかなかったが、それから一年間、ついに太郎は広島のことを話し出さなかったし、園子もたずねる機会がなかった。新聞などでその後原爆の被害の怖ろしさを知ったが、太郎とそれについて話してみることもないほど、園子の朝夕は暮し向きに追われていた。

それ故、八月四日に太郎が広島へ行くといい、燃えるような目を向けられると、園子はわれにもなく竦然《しようぜん》としたものだ。この子は広島から不幸の影を背負って来たのではなかろうかと、当惑したが、かく子にはそんなことも話せなかった——

「扶美子さんもお留守？」

「おつとめで、休みもとれませんのよ」

「お若い方々に話して、賛成していただいた方が、手っ取り早いと思って参りましたが、それなら奥様にきいていただきますわ」

かく子はハンドバッグから煙草を出して火をつけた。園子は目を見はった。初めてかく子が喫煙するのを知ったのだが、その手つきのみごとなこと。爪も唇も染めて、見違えるほど若い。

喪服のかげんで気品もあって、かおるように美しい。園子は瞬間見とれたのだが、かく子は煙草をふかしながら、その日の訪問の目的をてきぱき話し出した。

阿部家の住んでいる屋敷は広いが、せめて洋間の方でもアメリカの将校に貸してもらえないかという交渉であった。かく子の態度や話には、言葉づかいにまで、もとの副官の妻という面影は消えていた。

敗戦後一年間の混乱のなかで、園子とかく子の地位が転倒したことを、意識して巧みにあらわしていたのかも知れない。敗戦の日まで、阿部閣下の家庭は、隣組から特別扱いを受け、どこからともなく、珍しい食糧が届いて、食糧難も知らなかったが、敗戦の日から、世間の目は冷たくなり、訪ねる者もなくて、五人家族に一文の収入もなくなった。物価の変動とインフレーションの波に、園子は所有物を投げこむようにして、日々の食糧をあさった。皮をむく筍《たけのこ》生活どころではなかった。それにひきかえ、かく子は若さと美貌と英語にものをいわせて、身軽に混乱の波を泳ぎまわり、横浜の外人倶楽部《クラブ》(といっても、主として米人だが)の女支配人になりすまして釆配をふり、その役得で手にはいるウィスキーを、逗子の家で黒人兵に密売していた。かく子はその後、珍しいアメリカの食物などを土産に、時々阿部家を見舞った。時には、阿部家の家宝を金にする依頼を受けたりした。一年もしないで、かく子は園子の財布のなかも、お櫃《ひつ》の底まで見抜いてしまい、窮状を見かねて、アメリカの将校を下宿させるという名案をもって、阿部一家を救済に来たという態度を示した。

「アメリカの将校ということにこだわることありませんわ。どうせこんなお広いお住居《すまい》では、余裕住宅として、誰か日本人を割当てて来るにきまっていますが、どこの馬の骨か判らない貧乏な日本人より、アメリカ人の方が気が楽よ。特に、そのサドクさんは優しくて、鷹揚《おうよう》な人ですから……できるだけアメリカさんから金をしぼってやるのよ。私は今でもアメリカ人を敵だと肚《はら》をすえていますわ。どんな立派なことを言っても、占領軍にはちがいはなし、私達の首を摑《つか》んで、小学生のように命令しているんですもの。はいはいと、すなおにきいているより他にないけれどさ、結局夫の敵ですものね。私は敵討《かたきうち》のつもりで、黒ん坊にウィスキーを高く売りつけてるわ。あの人々は酒に目がないの。酒保では黒ん坊にあまり飲ませないからといって、手を合わせて頼むの。瓶《びん》をわたすと生命の水だなんて喜んで、その場でラッパ飲みするんですからね。黒ん坊は人がいいから、可哀想になることもありますが、そんな仏心は殺して、心を鬼にして金をしぼりますわ。奥様も、サドクさんを人質のつもりでおいて、阿部閣下の敵討をなさいませよ。そして、みなさんの生活費をアメリカさんに出させるのですわ。日本政府が俸給も恩給もくれないんですもの。それもみんなアメリカさんのおかげでしょう——」

そう立板に水と喋りまくった。園子はただ呆れて、動く唇に見とれていた。そして、家のことは姑や子供等に相談しなければ即答できないからと、やっとかく子の口をせきとめた。かく

子はコンパクトを出して、顔をたたきながら、

「宅は南方へ出発する前夜、冗談のように、おれが戦死しても、一周忌までは再婚するな、なんて言ってましたのよ。今日一周忌をすませてみると、そんな言葉が妙に神経を軽くしてくれますわ」

と、笑顔をしたが、再婚しますと宣告するようで、園子をいらだてた。

「私は阿部がどこかに生きているように思われて……困ったものですわ。海が近いせいか、波の音がする時など、とくに落着けなくなって――」

「一年たっても潜航艇が浮び上らないんですもの、おたがいに諦めるんですわ」

と、のどかにパチンとハンドバッグの止金の音をたてた。

園子は波の砕ける音で冬の荒れた浜辺に誘われるように出ては、泡立つ海面を眺めて、夫の声を探したことがある。春の月夜などに、人気《ひとけ》のない海辺に出て何時《いつ》までも砂原に坐り、夫を想ったことがある。しかし、そんなことはとてもかく子に打明けられない。阿部は園子を信じきって、遺言らしいものは冗談にも残していない。それは最後までおたがいに戦勝を信じていたから委《まか》せきったのだろうが、思わざる敗戦にあって、園子は途方にくれることばかりで、事々に夫の遺言を知りたいと、自分の胸に夫を招きよせるのだが――

それから十日もしないで、かく子から、アメリカの将校を連れて部屋を見に行くという電話

があった。まだ姑にも子供にも話してないからとことわったが、二時間ばかりすると、かく子は背の高い将校と連れだって来た。

一年前アメリカ軍が上陸するという時には、園子も人なみに娘の扶美子を静岡の親類へ避難させた。街では鬼畜米兵と信じて再疎開だと騒ぎたてていた。園子は万一の場合には、立派に自害してみせると覚悟して、懐剣を床の間に出しておいた。政府はまた、米軍を迎えるにあたり婦女子の心得べき事項といって、アメリカ兵に微笑を向けるなとか、日本婦人の品位を保てとか、さまざまな訓示を出したが、横須賀にはアメリカの軍艦が幾隻も横づけになり、追浜《おっぱま》飛行場にはアメリカの飛行機が無数に着陸して、アメリカ軍が次々になだれ上り、逗子の街もアメリカの兵隊でうずまったが、恐れたような事件は聞かなかった。それどころか、庶民は日本の軍閥の長い弾圧と、飢餓に瀕した貧窮とから、救済してくれたもののように、軽薄にもアメリカ軍を歓迎した。一年たたないうちに、白昼アメリカ兵と手をつないで通る日本娘を、憎悪も軽蔑もしないで見送るようになった。

しかし、園子はわが家にアメリカの将校を迎え入れることなどできなかった。鬼畜ではなくても、夫の敵である。門前払いするつもりで、渋い顔で玄関に出たが、かく子はサドク少佐を紹介するが早いか、園子に口を開かせずに、

「サドクさんは海がお好きで、日本人の家庭のなかにおはいりになりたいという希望と二つが

達せられるといって、大変なご満足で、お部屋を見ないでもいいと仰有るのですけれど」

と言いながら、さっさと少佐に靴を脱がせた。

「お掃除もしてないし、まだお貸しできるかも決めてありませんの」

園子の拒むのに耳もかさずに、かく子は勝手を知っている応接間とそのつづきの洋間に少佐を案内して、窓を一つ一つ開け放って、海から微風を入れ、少佐に海の眺望を示したり、二部屋の使用法など説明したりして、奥へ扶美子と太郎を探しに行った。園子が難かしいとみてとって、二人のいる日曜日を選んで、案内したのだが、二人を少佐に引き合せると、早速若い人々が心を動かしそうな経済問題から話そうと計画的に、部屋代は月×万円、部屋は夜休むだけで、食事はとらないが、阿部家の好意で朝食を用意してもらえれば、材料は少佐が運んで、その謝礼はいくらいくらというふうに、熱心に二人に経済的な説明をした。

太郎は興味なさそうに窓によりかかっていたが、扶美子は興味をもってかく子の話に耳を傾けた。少佐は煙草を出して、太郎と扶美子にすすめて、柔和な表情で、かく子の話のなかでところどころ日本語が判るのか、扶美子にうなずいてみせた。扶美子はかく子を無視したように、おぼつかない英語で直接サドク少佐に厳しく言った。

「夜ダケ、部屋ヲ使ウトイウノハ、女ヲ連レテ来テ泊ルノデスカ。此処《ココ》ハ私達ニトッテハ神聖ナ家庭デ、誰カラモケガサレタクナイノデス」

少佐はうなずいて、ゆっくり英語で答えたが、笑いをふくんだ目と、白い歯並が扶美子には印象的だった。

「いつも私一人で泊ります。日本の神聖な家庭を知りたいので、下宿をお頼みするのです。神聖な日本の家庭に同化したいのです」

園子は不安で、応接間の外に佇《たたず》んでいたが、かく子を招いて、一両日中に確答するから、ともかく今日は引きとってもらいたいと、しきりに頼んだ。少佐は園子の手に接吻して帰った。

アメリカの風習であろうが、園子は当惑した。手の甲に火がついたようで、こんな調子ではとても部屋を貸せない、貸したら家の風紀が乱れてしまうと、あくまでことわることを決心した。

姑も、かく子達が帰ると、家長のような威厳をもって咎《とが》めた。

「園さん、アメリカ人を家へ入れるなら、私は即刻出て行きますよ」

3

それから一年たって、一九四七年の八月十五日がめぐって来た。

その午後、園子は二階の縁側の籐椅子にかけて、潮風に涼をとりながら、双眼鏡を手にしていた。午後の太陽が浜辺と海にやけているが、この年も逗子の海では日本人の海水浴が禁じられた。空にはアメリカのB29が白いめだかのように泳いでいる。海にはアメリカのボートが浮んでいる。双眼鏡にうつる海はデュフィの初期の絵である。園子は海軍の双眼鏡で、デュフィの絵の中から一隻々々白いボートを探してみた。万一扶美子がサドク少佐とボートに乗っていはしないかと――

その日、かく子が訪ねて来るものと、朝から園子は気を重くしていたが、昼近くなっても、扶美子が保険会社へ出掛けないのを咎めると、

「会社をやめようかと思うの」

と微笑して、ためらいながら打ち明けた。

「あたし、サドクさんに求婚されたんですけれど――」

園子は驚いて心臓がとまった。

「でも、ママ、心配しないでね、この問題は真剣に考えてみたいと思ってますから……私の考えがまとまるまで、ママのご意見はうかがいませんわ。でも、ママに秘密をつくりたくありませんから、お知らせしただけよ」

少佐がなんと言ったの? アメリカ兵と日本娘の結婚はアメリカ政府に認められないのよ。園子がかぶせかかるようにそう注意しようとすると、扶美子は、わかってます、わかってますと耳をふさぐようにして、早昼をすませ、あたふた出て行った。少佐と示し合せての外出であ

ろうが、今朝少佐がボートだと話したことを思って、園子は双眼鏡を持って二階へ上ったのだった。

双眼鏡には帆をかけたヨットもはいって来る。さまざまなボートもはいる。ヨットでは、アメリカ兵と日本娘が抱きあって、舵《かじ》をとっている。どのボートにも、アメリカ兵と日本娘が楽しそうにのっている。アメリカ兵と日本娘が、腕を組み合せて仰向けに寝ていて動かないボートもある。ボートは碧《あお》い海の上に微かに揺れている。園子は全身に血がかけめぐっていた。双眼鏡が目についてしまった。私達にはこんなふうに楽しい自由はなかったという思いと、こんな放埒《ほうらつ》に純潔をけがしていいものかという憎悪とが、園子の意識のなかで騒ぎたてて、いつまでも双眼鏡を外せなかった。

サドク少佐を下宿においたのはやはり過失だったろうか。

あの時姑と園子が反対したが、扶美子や太郎や特に中学生の武雄が賛成で、少佐を下宿人にしたのだった。若い人々は見栄も外聞もなく、経済的理由から、かく子の申し出を感謝すべきだと主張した。姑は敵国人と一つ屋根の下には住めないからと、老いの一徹から、少佐の移転する前日に、静岡の次男の家へ行くと駄々をこねるように頑張り、やむなく扶美子が送って行った。次男は静岡で脳病院長をしていたが、病院とも戦災にあって焼跡に仮建築をして患者を診ながら不自由なわびずまいをしていた。

「あのご様子では、お祖母様《ばあ》は一ヵ月も我慢できないと思うわ」

扶美子が帰ってそう言ったとおり、姑は一月もしないで、静岡の孫に送られてもどって来た。静岡の次男の家でも、もてあましたのだろうが、帰った時の口上が、また姑らしく、

「もと枢密顧問官をしていた安東様にお目にかかったところ、最近お上の御機嫌奉伺した時の話をしましてね」

と、すぐ涙ぐんで、天皇一家が戦災後、皇居の焼けのこった学問所に、不自由にお暮しの模様を、詳しく話して、

「廊下に敷いた絨毯も破れていて、お上がそれにつまずかれて微笑なさっていたそうで……安東様も恐懼《きようく》して涙をこぼしてましたが、私も勿体ないことだと貰い泣きしましたよ。お上でさえそれほどご不自由を怺《こら》えていられるもの、私どもがアメリカ人と一つ屋根には住めないなんて、全く我儘《わがまま》だと恥じましてね、もどりましたよ」

と、園子の前で平然としていた。

しかし、姑はサドク少佐と顔をあわせることを避け、たまに廊下などで会うと、きりっとした表情で目を外らし、グッドモーニングという挨拶にも、耳が遠いというふりをして答えない。姑の前で、少佐の噂をするのも好まない。少佐を無視し、少佐がいないものとして暮している。ましで、少佐が扶美子に求婚したと知ったら、気絶するかも知れない。園子は扶美子から打明

けられた瞬間から、姑のことを心配したのだった。

しかし、サドク少佐は一緒に暮してみると、礼儀正しく、物静かで一回も不愉快なことが起きなかった。どこかユーモラスで茶目なところがあって、武雄の如きは、先輩か親友か従兄のように慕って、サドクさんなしには夜も日もあけないしまつである。そればかりか、この一年間、サドクさんのおかげで、五人の家族が人なみに折目正しく暮しができたようなもので、このまま太郎が大学を卒業する日まで、下宿してくれたらと秘かに願っているくらいだ。求婚をことわったら、サドクさんは下宿をかわるだろうか。それにしても、扶美子とサドクさんの仲はそんなであったろうか、それとなく目を光らして注意していたがと、園子はそれが不安でその証拠でも握ろうとするかのように、一心に双眼鏡で海上のボートを一隻ずつ虱《しらみ》つぶしにしていた。

きぬずれの音にはっとして双眼鏡をおいたが、姑が上って来た。園子は秘密をのぞかれたように顔を赧くした。

「徳田さんがお見えで——」

園子が狼狽して階下へ降りようとすると、かく子が上って来て、

「あら、こちらは風があっていいわ」

と、無造作に園子の前の籐椅子にかけた。

喪服ではなくて、白麻のツーピースに、真珠の頸飾《くびかざ》りと真珠の耳環《みみわ》をして、まさしく外人倶楽部の女支配人である。喪服でもなく、仏間にとも言わないので、園子はほっとしたが、双眼鏡をかくせないことが、気づまりでならない。しかし、かく子は一刻も胸におさめておけないというように、勢い込んで、

「奥様はとうにご存じだったんでしょう？　それなら真実かどうか教えて下さいませんか。阿部閣下も宅も生きているんですって？　潜航艇は無事に基地に着いていたって、ほんとうですの」

園子も思わず全身を前にのりだした。

「どなたがそんなことを申しました？」

「今日は三周忌ですから、法事をする筈でしたら、阿久津中佐の奥様がお出でになって……そう知らせてくれました。あの夫人が情報屋さんのことはご存じでしょう？　潜航艇は無事に着いたが、乗組員は全部身をかくしたって……名のりをあげれば、戦犯にとらわれるので、すすんで火にとびこむことはないから、行方をくらましているが、いつまで占領軍がいるわけのものでもなし、日本の独立を待っているんですって……数日前に、大場少佐が下谷《したや》の闇市に古靴をならべていたのを見た人があるんですって……閣下の家には何等かの連絡があった筈だと知らせてくれましたけれど」

「いいえ、連絡なんかございません」

「ほんとうですか」
二、三カ月前、太郎が新橋裏のごみごみした闇市に、春木中佐らしい人が靴をならべているのを見て、二、三回その前を往復して、春木中佐であることを確かめたが、それほど身を落したかと気の毒で、声をかけられなかったと話していたが、それなら春木中佐の身をかくした姿であったろうか。園子はかく子の話を信じたいくらいだった。
「そんなことがあり得ると、かく子さんは思います？」

「ええ、この一、二年の世の中を見ていますと、どんなことも起り得ると思われますもの。第一、私にしてからが、こんな風に外人倶楽部の支配人がつとまるなんて、敗戦前は自分でも思いませんでしたものね」

「あの人々が生きてると信じられますの」

「信じなければ……さっきも、同じことを信じて、未帰還の夫の生存を信じて生きてる婦人が、日本には無数にあると、道々考えたのよ。だから法事も止めて奥様の所へとんで来たような訳ですわ。独立するまでは、めったに再婚できないわけですわね」

と笑い声をたてた。その時、アメリカの飛行機が低空飛行をして、その影が暗く二人にうつった。

「そんな屈辱のなかで生きられる人々ではありません」

「割腹するとでも仰有るの、奥様。明治時代の軍人ならば……阿部閣下も宅も、よく酒を飲んで泥酔したでしょう。芸者遊びが好きでしたわね。ですもの、旧帝国軍人なんかを買いかぶるのはやめましょうよ。案外今ごろは閣下も宅もばたやにでもなって、時のいたるのを待ってるつもりかも知れませんわ。赤穂義士でも気取って……そんな時代が再び来ないとは、女子供にも判ってるというのにね。陸《おか》に上った河童って、よく言ったものですわ」

かく子は鼻の先に汗をためて、ヒステリカルにはすっぱな調子で笑い、そこにあった双眼鏡をもてあそびはじめた。園子は恥辱に汗をかいたが、かく子は、双眼鏡をのぞきながら、頓《とん》狂《きょう》な声を出した。

「あら、よく見えること、驚いた。カラー映画そっくり……サドク少佐はいないかしら」

園子はかく子から逃げようと、何か冷たいものを探して来ましょうと呟いて、立ったが、すぐ背後から声をかけられた。

「奥様、今日は扶美子さんは少佐とご一緒でしたの」

園子は竦んで振り向いたが、かく子は双眼鏡を目にあてたままだった。扶美子と少佐のボートが見つかったのであろうか。しかし、かく子はつづけて何も言わない。それならば、少佐が扶美子に求婚したことを知って、訪ねて来たのであろうか——園子は心も汗にぬれて階段をおりて行ったが、同時に、主人が身をかくしているというようなことがあろうかと、ゆっくり自分の心にきいていた。

第二章　広島と太郎

1

阿部太郎は一九四五年の八月六日に自己の未来を失った。広島におちた世界最初の原爆で、未来が吹きとんだ。未来を失っては、人間生きる希望も意義もなくしてしまう。精神的には、生きた屍である――

その前日の夕、太郎は親友の吉田清人を広島の彼の家へ送って行った。ともに岡山の六高で勤労動員中であったが、岡山が戦災にあってから、清人が強度の神経衰弱にかかって、しばらく家庭で休養を要するという診断で、帰省許可がおりて太郎がつきそって帰ったのだ。

広島の駅へおりると、混雑のなかで深尾神父に呼びとめられた。神父はなつかしそうに太郎の肩を叩いて、喜んだ。

「ああ、まだ無事でいたのか、よかったな。あした午前中に教会へ来ないか。久振りにゆっくり話をききたい」

太郎はその夜のうちにも岡山へ帰らなければならなかった。神父を訪ねては、翌日午後でなければ帰れない。遅参すれば、監督の少尉に非国民のように侮辱されるにきまっている。しかし、神父が毎日飛行機の螺旋《ねじ》をつくる工場で勤労挺身《ていしん》している、翌日一日だけ教会で黙禱しているときかされて、訪ねる決意をした。神父が武器をつくる手助けをしてはいかんと、青年らしい義憤を感じたから。

太郎は父が呉《くれ》の鎮守府にいた間、小学校四年から中学三年まで、広島で暮して、中学一年の時に、幟町《のぼりちょう》のカトリック教会で深尾神父の洗礼を受けた。太郎が東京の高等学校を選ばずに六高を選んだのは、広島に近いからで、毎日曜日勤労動員前には、岡山から幟町教会へわざわざ出向いた。深尾神父を尊敬していたからだが、幟町教会にはドイツ人の神父がいて、彼を愛したし、信者の小野一家がまた彼を歓迎したからでもある。特に、小野家の令嬢光子に、仄《ほの》かな愛をよせていたからともいえる。清人の家へ着くなり、太郎は光子に電話をかけたほどだ。光子も女学校五年生で、勤労動員で宇品《うじな》の工場へかよっていたが、

「教会のお帰りに家へお寄りになりません？　私も工場休んで教会へ参りますわ……監督官に叱られてもいいわよ。母が昼に阿部さんのお好きなお鮨つくっておきますからって……では、きっとよ、私は涼しいうちに教会へ行ってお待ちしますわ。いいわね」

と、思いがけない太郎の電話に喜びをふるわせていた。

清人の家は広島の西外れの己斐《こい》近くである。二人は離れの八畳で一つ蚊帳のなかに寝た。夜二回警報が出た。特に夜明けの空襲警報は長かったが、待避壕《たいひごう》にも行かなかった。バケツを叩いて、待避、待避としきりに絶叫する声を聞いたが――

「阿部、君は待避しろよ、壕は表だ。外が明るいから、すぐ分るよ。おれは死ぬなら死んでいい」

そう清人が促したが、太郎も起きなかった。長い警報で、不安であった。死ぬならば蚊帳のなかで足を長々とのばして死にたいと答えた。勤労動員の工場では、警報の度に強制的に待避させられたが、待避壕が不完全なために、待避して爆死した学友もある。最近は毎夜警報で熟睡したことがない。行くべきところへ早く行きつきたいと、本能的な願いだった。その行くべきところが、一億玉砕といって竹槍まで用意しているのだから、死であるとは、誰もそう口に出さないでも知っている。

警報解除になったのは、夜があけてからだった。それから太郎はねむったから思わず朝寝した。離れで清人と二人で朝食をすませて、食器を台所へ運んだ時、ラジオの八時の時報を聞いた。太郎が洋服に着換えながら縁側で、

「今日もいやに晴れて暑そうだな」

そう座敷で横になって煙草をのんでいた清人に話しかけたとたん、何処か空中に閃光を感じたような気がしたが、気がついた時には、前庭へ放り出されて、庭のくぼみに顔をふせていた。背中や頭にさまざまな物の破片がおちてきた。清人の家に百キロ爆弾が落ちたぞと、一心に頭を両手でかばって我慢した。やっとしずまったらしいので、顔をあげると、離れは倒れかかって、清人が壁土をかぶって這い出していた。

「地震だった?」

そう清人は目をこすっているが、母家も離れ以上に傾いている。軒下で清人の母が左腕を押えて清人の嫂に火事を出すなと注意しているが、浴衣の左袖が血で染まっている。

「やはり地震でしたかしら」

「空襲だろうが、とんだことになったな」

「あらお姑《かあ》様、大変な血。救護所へいらしたら」

太郎は瞬間白昼夢のようにぼんやり二人を眺めていたが、急いで清人の母を救護所へ連れて行こうとした。門も倒れていた。外へ出ると、清人の父が頭を手で押えるような恰好でもどって来るのにあった。銀行へ行く途中で、爆風につきのめされて帰ったとか、

「大変なことだ、警報もないのに爆弾が落ちて——」

と、呟いて家の方へ駈けて行った。

救護所はすぐ近所の小学校であったが、付近の家々は、みな清人の家よりもひどく半壊の状態で、こわれた家々から怪我人が道路へ逃げ出していた。小学校にも怪我人がもういっぱい集まっていた。窓硝子の四散したなかで、医者と看護婦が怪我人のなかを駈け廻っていた。どこからこんなに怪我人が集まったか、火事もないのに火傷の人が多い。

「私の怪我なんかなんでもないくらいです。阿部さん、家へ行ってみて下さい。何か大変らしいですからね」

太郎もあわてた。すぐ引き返した。三、四町もない。離れの裏の小高い庭に清人が立っていた。そこへ駈けのぼった。広島の街が見おろせる場所だが、不思議なことに、全広島の街が黒煙におおわれて処々火を発している。空には恐ろしいように巨大な黒雲の花キャベツがひらいていた。

「え、広島全市がやられたのか」

「うん、そうらしい。よく判んないが。警報もなかったし、B29も来なかったろう。あっという間に家が崩れたから、大地震かと思うが――」

「地震なら余震がある筈だが、これは大変だ。小学校も怪我人でいっぱいだったが、天変地異だぞ」

「親爺は至近弾だというが、音をきかなかったろう。不思議だ。誰も知らないまに、全市がやられていたのかな」

突然一面に暗くなって驟雨《しゆうう》が来た。太郎は清人と傾きかけた家へ駈けこんだ。父と嫂が無表情な顔で軒下に佇んでいた。

「黒い雨です」と、嫂は雨脚を見つめて言った。「不思議ですわ、青空にピカッとしたら家が崩れて、黒い雨が降ったりして——」

「広島中が焼けてるんです、お父さん」

清人が突然叫んだ。そのとたん、太郎は焦慮が目ざめたように、こんなところに愚図々々してはいられない、光子が教会で待っていると、全身がとびあがる思いがした。

「僕は、こうしていられない。幟町の教会へ行かなければ——」

太郎は傾いた家のなかから靴をさがしたが、清人もいっしょについて出た。黒い雨は通りすぎて日がかげった。己斐街道を市内へ駈けたが、街道にはもう市内からなだれて来る怪我人がいっぱいだった。頭から血をかぶっている者、腕をだらり下げた者、杖にすがって来る者、肩にかかって来る者、赤ん坊を抱えた女……みな血にそまって、男も女も歩いて来るというより、ひょろひょろ何かに操られて黙々と歩いている様子。殆どみな着物を着ていないで、ぼろをさげている。見れば、そのぼろきれは皮膚が灰色にたれさがっているのだ。肩から、腕から、背中から、皮膚のぼろがさがっている。髪の毛のない者。眉毛のない者。真裸で黄色にふくれた者。誰一人うめき声一つたてず、黙々と市外へなだれている。まだ大火をくぐった筈はないのに全身焼けている。辺りが真空になったように音声がない。太郎は夢のなかに突入したような錯覚におちて、ただ無我夢中でその人々にさからって急いでいた。

「天満橋《てんまばし》だな」

清人からそう呼びかけられて、やっと夢から現実に戻った。たしかに天満橋だ。しかし、橋をわたり終ると、夢の世界としか思われない。見る限り家という家が全部ぺちゃんこに押しつぶされて埃《ほこり》をあげ、あちこちから煙を吹きあげている。道路もなくなったようだ。怪我人がよろめいて来るが、処々怪我人が黙ってうずくまっている。どの人も血と埃で化粧されて黄色にはれあがっている。あちこちで、つぶされた家の下から助けて下さい、助けて下さいと、声がする。それが聞えないかのように、太郎はただ駈けつづけた。

「おい阿部、君は半田町の方へ廻って泉邸の方へ出て行った方がいいぞ。もう僕は進めない」

つまずいて倒れながら清人が声をかけた。すぐそばに煙がうずまいていた。起き上りながら、清人はしきりにつぶれた家の柱を動かしている。材木や壁の下から、助けて下さい、助けて下さいと、かぼそい女の声だ。

「君は早く光子さんを探しに行け」

「おい、すぐ火が来るんじゃないか」

「だからできるだけやってみる。誰か下にいるんだ。君は早く光子さんの処へ行け。僕はもう走れないが、一人で大丈夫だ」

「君はうちへ帰ってろよ」

太郎は光子への思いでいっぱいで、はずんだ球だ。煙の下をくぐりぬけた。火が追いかける。西北の方へ迂回しなければ泉邸へ出られない。どこを走ったか分らない。太郎の意思ではなくて、なにかに惹かれて走った。コンクリートの塀の横で一人の男につまずいた。男は裸体で塀によりかかってうずくまっていた。

「火が来る。逃げないと、早く逃げないと焼け死ぬよ」

「このままおいといてくれ」

「だめだ、早くしろ」

と、引き起そうと男の腕をとったが、するすると皮がそのままはげて太郎の手についた。気味悪い。男はうずくまったまま、顔をあげた。髪はやけて、はれ上った顔が、二倍ぐらいの大きさだ。

「この世の終りを見とどけるんだ」

と、その男は、ふさがった目を、指で開けようとする。煙が地を這って足もとに来ていた。

太郎は煙に追われて塀にそって道を曲って駈けた。また火だった。川淵《かわっぷち》に出た。中川だと思った。とびこんだが、流れて来た死骸にぶつかった。まごまごしていては駄目じゃないかと死骸にどなって対岸へ泳ぎついた。はい上って北へ北へとまわろうとあせった。何処をどうどれだけ歩いたかわからなかったが、ふとまた土手に出ていた。

土手は怪我人と避難民で埋まっていた。ここから教会には遠くない筈だ。光子がまじっているかも知れない。顔をのぞくようにして探しまわった。皆人間らしい恰好をしていない。裸体の者、顔や手も足も血にぬれた者、皮膚のぼろをさげた者、灰色に半身焼けた者、はれあがった顔に手拭で頬かぶりした者、半裸体の女、黄色くふくれあがった顔の女、頭髪のない人間、血まみれでよろめいている老人……太郎はむせびあげそうになるが、この人々は死んだもののように声も出さない。兵隊であろうか、幾人も兵隊靴だけ身につけて、裸体でかたまって通る。背や腕にぼろきれのような灰色の皮膚をさげて影のように歩いて行く。

光子さん、光子さんはいませんか。そう太郎も叫んでいるつもりで、声が出ていなかった。

怪我人と避難民との間を、太郎は光子を探しながら、饒津《にぎつ》神社をまわって漸く泉邸に出た。泉邸は旧藩主の有名な庭園で、広いからここに避難したら大丈夫だと思ってか、怪我人が蝟《い》集《しゅう》して、その土手にはすき間がなかった。怪我人はもう動けないというようにみな倒れたり、うずくまって、屍のようだ。太郎はそのなかでも光子を探しまわった。

「あ、ゾルゲ神父様」

ドイツ人の神父が、首から肩にかけて血まみれになって、多くの怪我人といっしょに土手にころがっていた。

「神父様、阿部太郎です。しっかりして下さい」

「ああ、阿部さん」

と、神父は目をひらくと突然生き生きした声で、

「早く栄橋へ行って下さい、深尾神父をひきとめて下さい」

「深尾神父様がどうしたんです」

「私が背負って連れて来ました。大怪我です。逃げたくないと、深尾神父は言ってました。ここへはいる時、おろすと、栄橋の方へひき返しました。とどまるように叫びましたが、まだもどりません」

太郎は神父の言葉をもどかしそうに、すぐ小高い塀をのり越して、栄橋の方へ行った。しかし、深尾神父が栄橋の方へ引き返したのは数時間前のことだった。

ドイツ人の神父は時の観念をなくしたのだろう、神父は深尾神父を背負って、栄橋を渡って、逃げるつもりであったが、橋の向うの大須賀町が猛烈な火であったから、あきらめて、橋の手前を左に折れて、泉邸に避難したのだった。

太郎は栄橋に出た。熱風が荒れていた。熱い。橋の上に三十人ばかりうずくまっている。深

尾神父と呼びながら、一人々々顔をのぞいて歩いたが、みな生きていない。死人で深尾神父ではない。太郎は急いでゾルゲ神父のところへ引き返した。ドイツ人の神父は、疲れきって横たわっていた。太郎が話しかけても目を閉じて胸の十字架を握って深尾神父を探して下さいとだけしか言わない。

「小野光子さんもご一緒ではありませんでしたか」

「光子さん、光子さん、知りません」

深尾神父が此処まで逃れたのなら、光子も泉邸に逃避しているかも知れない。太郎は血まなこになって、深尾神父と光子を探しまわった。美しい庭園だった泉邸は、大木が倒れて折り重なり、滅茶苦茶で、足の踏み場もないジャングルだった。怪我人や避難民は多く土手の方だ。土手には、累々と死骸のように横になって声もない兵隊が、たくさん仰向けに倒れている。戦闘帽のあとだけまるく頭髪が残り、逞《たくま》しい胸や肩が焼けている。近づくと、水をくれと言う。藪蔭《やぶかげ》に女学生が数人横になっていた。顔が丸パンのようにはれあがり、髪の毛が血でかたまり、目がない。のぞきこむと微かに声がする。

「兵隊さん、水を下さい」

「どこの女学生ですか」

「A学院です。勤労作業で疎開家屋のとりこわし中です」

と、横の女学生が答える。左腕から皮膚が下り、左唇から耳の方に切れて顔が曲っていた。その横に幾人も女がころげて死んでいる。

光子は？　深尾神父は？　と、黙った怪我人の間をわけて歩き、死んだ人は起すようにして一人々々顔を見て歩いたが、幟町の教会の方へ行ってみなければ——と、ふと思いついた。慌《あわ》てて泉邸のなかを横切った。泉邸のなかはジャングルで、幾度もころんだ。息をきらせて控訴院官舎の裏へ出た。大きな官舎は火を噴いている。塀の上が通れる筈だ。よじのぼった。全幟町が火だった。塀の上には熱風がうずまいていた。凄まじい大爆音が時々した。焼けトタンや火の粉が吹きつけた。太郎は少し歩いて、高い壁から地べたに吹き飛ばされた。全身が焼けているように熱い。急いで土手の方にもどり川淵に出た。頭から水をあびた。疲れ果ててもう動けない。そこに仰向けに寝た。

何も考えなかった。辺りに無数に怪我人や避難民がいたが、太郎もその人々のように無感動に無感覚になった。ただ、空だけが青くかすんで、何処からともなく、ごうごうという響きが聞える。青い空に銀色のB29が一機落着いて翔《と》んでいる。それを見ると、太郎はやっと、現実に返って、この天変地異はどうして起きたのか疑った。こんな中で空襲されたらと恐怖心が湧いた。

「あ、大きな焼夷弾だ」

どのくらいたったろうか、すぐそばの女が小さい声で叫んだ。太郎も上半身起した。女がふるえて指さす方には、火のなかに傾いた赤い太陽がぼけて見えた。そばの川岸の岩の上にのりあげた伝馬船《てんません》から、一人の男が死骸を引きずりおろして一人ずつ鮪《まぐろ》でも引きずるようにして川淵にころがす。六つか七つおろした。それから男は伝馬船をおしてみたり、引っ張ってみたりしきりにする。伝馬船は動かない。太郎は阿呆のように見ていた。手伝わなければと思いついた。立って行った。

「向う岸に渡った方が安全です。私は隣組の人々を渡河させて、指定の場所へ避難させるんです」

破れたズボンに女のブラウスを着ていたが、若い男で、怪我もしていない。そう言いながら、男は舟を押した。満潮時にそこにつないであったのだろうが、今は干潮だ。太郎が手伝って押すと、伝馬船はするする砂上をすべって水面に浮んだ。それを見て、近くの怪我人が無言でのりこんだ。太郎は若い男と協力して、渡河作業にかかった。櫓《ろ》がなくて竿《さお》で渡したが、難かしい作業だ。人々は次々にわれもわれもと乗りこむ。太郎は幾度も渡河作業を繰り返した。舟に乗る人を熱心に注視した。教会で会ったことのある人が誰か乗りこまないか、そうしたら光子や深尾神父の消息が判明するかも知れない——その希望で、幾度も舟を往復した。川には魚も腹を上に浮んでいるが、死骸が無数に流れて来る。完全な防空服装の男の死骸もある。死骸を竿で押しやるのが面倒なくらい多い。

若い男は隣組の人々を指揮してもどったのか、日がおちた頃、再び現われた。太郎は一人で疲れたが、若い男となお数回渡河作業をしたが、ふと気がつくと、泉邸の西端の暗い方から、兵隊さん助けて下さい、兵隊さんと、光子の声のような哀れな女の泣き声がした。やっと舟を近づけた。岸から川へ倒れかかった大木の幹に、若い女が右手でつかまり、左腕に老婆を抱えている。潮はずいぶん上っていた。満潮も近い。急いで二人を船に救い上げて、竿で押したが、あっと若い男が叫んだ。指さす方を見ると、そばの石垣に十数人の男が声を立てずにしがみついているのが、火事の明りでほのかに浮んでいる。石垣に蟬がとまっている恰好だ。今にも川におちそうだ。最初砂地にいて、潮が満ちて来たから、だんだん石垣にのぼったのであろう。舟を近づけた。舟へ飛び乗れば助かるが、両手で舟べりをつかんだままふるえていて乗らない。若い男が竿を持ったまま、早く乗れと叫んでいる。太郎は一人の腕をつかんで舟に引きずり上げた。腕の皮がずるずるむけて、気味悪く太郎の掌に残った。次の男の肩に手をかけて舟にのせた。肩の皮もむけて太郎の掌に残った。胸や肩や体格の具合では、みな兵隊であろうに、全部丸焼けのようにただれて、舟に乗っても重なるように臥して、声も出さない。対岸の砂地に着いたが、誰も降りる力がない。

「おい、しっかりしろ、皆おりるんだぞ」

若い男が呶鳴《どな》った。兵隊は起き上ったが、力がなくてみな這っている。太郎は一人々々引きずるようにして舟から降ろしたが、そのまま砂の上に寝てしまう。そのままでは満潮になれば溺死《できし》するだろう。太郎は一人ずつ土手に引上げようとしたが、鮪のように重くて動かない。若い男は助けて下さいという対岸の声にせきたてられて、太郎を残して舟を出した。

太郎は精根つきたように、土手に上るなり、寝そべったが、土手の上に寒い風が流れていた。ずるずる下へすべって風をよけた。われ知らず涙が頰を伝った。種々雑多の人を無数にのせて運び、そのなかには女学生もたくさんいたが、ついに光子はいなかった。深尾神父もいなかったという悲歎《ひたん》が、空になったような魂をゆすぶった。

「兵隊さん、水を下さい」

「お母さん、寒いよ、お母さん寒いよ」

あちこちから、そう呼ぶ声が聞える、その声が太郎の虚ろな心をなでていた。

「兵隊さん、水を下さい、水を下さい。水」

「お母さん、寒いよ、お母さん寒い――」

女学生の声だ。かけてやる物もない。水は川にある。太郎は岸へおりた。痛いと叫ぶ者がある。誰かを踏みつけた。川淵まで怪我人がぎっしり寝そべっている。

太郎は破れたズボンのポケットに手巾《ハンカチ》を発見した。手巾に川の水をふんだんにふくませた。

両手にささげて女学生に近づいた。水ですと言えば、上半身起したが、顔がはれ上って口があかない。手巾を唇にあてると、お乳のようにずばずば音をたてて吸い、ありがとう、兵隊さん、というなり倒れるが、その隣の女学生が、水を下さい、その隣の女学生も水を下さいと、悲しい合唱のようだ。光子も何処かでこんな風に水を下さいと訴えているであろうと、太郎は聞き耳をたてた。

虫の声がした。何処からか秋虫の声が――

2

翌朝目がさめた――というより、寒くてねむれなかったから、太陽が目をさましたというべきであろうが、明るくなって、太郎は半身を起した。あたりは死臭がみちて不思議な静けさだった。隣の女学生も、横の兵隊も死んでいた。光子ではないかと、あわてて女学生の顔をのぞいた。蝿がとまってもう臭気がする。

夜なかに苦しんだ様子もなく、ただ、寒いよ、水を下さいというだけを微かに囁《ささや》きながら、死んだのであろうか。あちこちでも半身を起して、太郎と顔を見合わす者があるが、にこりともしない。

炊き出しをして来たから、おにぎりを取りに来るようにという声が、何処かにしている。その声で、太郎は目がさめたのかも知れない。

「握飯をくれるそうですよ」

そう思わず太郎は呶鳴った。前日から何も胃にはいってないことに気がついたのだ。生きていた者は、胃袋の催促で、みな半身起した。

起きない者は死んでいたのだが、死んでいた者がそんなに多いとは信じなかったから、太郎は同じことを幾度も叫びながら、ふらふらトラックの方へ行った。

白い夏の朝だった。もう息のできない暑さを思わせる。太郎は餓鬼のように握飯を頰張ったが、その時、川が海水で満ちて砂場のないのに気がついた。前夜あれほど骨を折って渡河して砂場にあげた人々も、砂場に寝たまま、溺死したのであろうか。川面には溺死体がいっぱい浮いていて、水も見えない。

太郎は握飯のはいった笊《ざる》を持って、寝た人々の間をまわった。しかし、寝た人の多くは、もう握飯が必要なかった。死んだ人の顔を一人々々ていねいに見た。光子ではないか、深尾神父ではないかとのぞいた。どの人の顔もふくれあがって化物のようで見わけがつかない。握飯の必要のある人々も、多くは、顔がはれあがり、口さえあかない始末だ。

一体どうして一夜のうちに、こんなに死んだか、こんな化物になったか、自分は生きていたという喜びも、太郎には湧きあがらなかった。茫然としていたのだ。しかし、腹ができて、ふと土手から広島の方を向いて、全市街が消えてなくなったのが目にはいったとたん、市街に向って歩き出していた。光子を探そうというあせりが足より早い。一望焼けたがらくたの野に、ところどころまだ煙があがり、死臭がして、路には死骸がころげているばかりだ。死骸は男か女か見分けられない。幟町の教会へ出ても無駄である。清人は無事で帰れたろうかと、その不安が胸に来た。

己斐の清人の家へ、ともあれ帰ることにした。光子も清人の家を知っているから、或いは避難しているかも知れない。その微かな望みで、太郎の足は速度が出た。しかし、途中で、いちいち死んだ人々の顔をのぞいた。ふせった女の死体は起して顔をみたが——

清人の家は運よく火災をまぬがれた。清人も無事にもどっていた。数人の避難者があったが、しかし、光子は来ていなかった。

太郎は光子がいないと知ると、すぐまた出掛けることにした。清人の家へ来るまでの路々、災害のひどく、死人や怪我人の倒れているのをたくさん見て、じっとしていられなかった。清人の母が清人の洋服やシャツを出してくれた。清人も神経衰弱が吹きとんで、元気にいっしょに来た。光子を探すのに、清人は東練兵場へ、太郎は千田町の赤十字病院へ行くことにした。千田町は焼野のなかだが、赤十字病院は焼けのこったと噂にきいて、そこに光子が避難しているものと思ったのだが、運よく天満橋の手前で、トラックにのせてもらった。

太郎は中学三年の時、赤十字病院で盲腸を手術したことがある。父の中将が急性盲腸炎で手術した機会に、太郎も父の命令で無理やり手術を受けさせられたのだが、そんな関係で、院長や医者や看護婦などに知り合いが多い。

しかし、その朝、太郎が病院に着くと、コンクリートの本館だけは焼けないで、窓という窓が吹きとんでいたが、他の木造の付属建築物はみな焼けて、庭にも、本館にも、怪我人や死骸がいっぱいで、足の踏む場所もない。近親者を探しに来た人々が大きな声で名を呼んでいる。トラックが死骸や怪我人を次々に運んで来ては、庭へ投げこむようにおろしていた。魂がある人間ではなくて、動物の屍のように投げて行く。何処の誰か、殆ど着物もなくぼろのように肉片をさげて、皆目わからない。そんな中で、医者や看護婦が治療にあたっている。治療といっても、マーキュロクロームや白いチンクエールやオリーブ油を塗ることぐらいだが、その医者も看護婦も怪我をしている。太郎を知っている医者や看護婦は、太郎の無事を喜んだが、太郎はその人々の助手になって働くよりも、集まった怪我人や死人のなかに、光子を探すことに気をとられた。幾千人か（あとで一万人を超えたと聞いたが）、病院全体が、怪我人と死骸の置場のようで、その中から、

「水を下さい、看護婦さん、水を下さい」

と、悲しい合唱をしている。生き残った看護婦は少ないから、治療にまわって手がはなせない。太郎は鉄カブトに水を汲んで来て、一人々々飲ましてまわったが、みな口も大きく開けないほど、顔がはれあがっている。一口か二口のみこんで、お礼におじぎをするが、そのとたんに、がっくり死んでしまう者ばかり……死骸を死人とは知らないで抱いている怪我人もある。こんな中に光子を探すことは、不可能であるが、これほど無数の死に瀕した人々を見ると、一人の光子が太郎にも問題にならなくなった。

「こんなひどい戦争をして――」

と、一人の看護婦がむせびながら、怪我人の抱いている死人を地に寝せていた。それを見た瞬間、太郎も悲しみがこみあげて、死骸のなかにかがんでおうおう声をあげて慟哭した。生きている自分が悲しかった。すまなかった。どんな人間か何処の誰かさえわからずに、死骸は庭の隅で焼かれていた。

「阿部君」

院長だった。太郎はこの若い院長を尊敬していたし、博士も太郎を愛していた。太郎が海軍兵学校をすすめた父の希望を裏切って、医科を選んだのは、盲腸の手術の際にこのS博士に会ったからで、宿命的な奇縁だと、彼は若者らしく思っていた。

「S先生、一体これはどうしたことです。一瞬にして、広島が火になって、こんなに死ぬとは

──」

「うん、断言はできないが、原子爆弾というのではないかな」

「原子爆弾ですって?」

「専門外でよく知らんが、原子力で爆発させたんじゃないかな。火事がなくても、みんなやけどをしているし……」

と、S博士は真剣な表情で、病院の地下室の倉庫のなかに納めてあったレントゲン写真の原板に感応しているのだから、原子爆弾だとしか考えられないと、頭をかしげて、原子爆弾の負傷であるから、手当に自信がないと、悲しそうに秘密をうちあけた。

「ただ一回ピカッとした閃光で、広島の街もつぶれたが、二十万の人口の大半が死んだろう。生きのこった人はみな負傷者で、次々に此処へなだれて来るが、そのうち、どれだけを助けられるか。折角たどり着いてもぱたぱた死んでしまうからね」

博士は吐息したが、太郎は思わず、

「先生、僕を病院にしばらくおいて下さい。お邪魔でしょうが手伝わせて下さい」

と、叫んだ。医科志望生らしい好奇心からではない。この人のそばにでもいなければ、自分が無になりそうな精神的不安におそわれたからだった。

翌日清人が赤十字病院へ訪ねて来た。東練兵場や比治山《ひじやま》で見た惨状や、光子が発見できなかったことなどを告げた。清人はこんなふうに世の終りのようなさまを見ると、生きているのが恐ろしいくらいだから、すぐ岡山へ帰って、勤労動員に参加するからと、太郎を誘った。任務を果しながら死ぬのが一番らくだと、昂奮して言った。自分の体内にのこった最後の力を、敵を邀《むか》え討つ弾丸づくりに注ぎこむのだとも言った。しかし、太郎は清人の昂奮に心の波動があわなかった。

「僕はこの病院にとどまるよ、最後まで……岡山へは帰らん、非国民だといって、憲兵に捕えられてもいいんだ」

太郎も昂奮していたのだろう。将来のことも何も考えなかった。病院にのこって、人夫のように働いた。「水を下さい」とうったえている者に水をはこんでは、

「貴方は何処の誰ですか」

と、ていねいにきいた。住所氏名を紙片に書きつけて、それを怪我人の身につけておいた。荷札でも欲しいと思ったが、紙片さえなくて……しかし、その紙片で死人が誰かと、後にのこすことができた。

外傷では息を引きとらなかった者が、二、三日してから、急に高熱を出して、吐血したり、目や鼻から血がふき出したり、下痢したりしてぱたぱた死んで行った。そればかりか、怪我人の手当をしていた看護婦や医者まで、同じ症状になって倒れた。敗血症のようであるが、手の

ほどこしようがなく死を待つばかりだと、S博士も涙ぐんでいた。博士の医学では無力なほど、新しく不可解な症状で、なだれるように来る患者を、見殺しにしなければならないのが、博士には悲痛であろう。

太郎はまた、死臭のたちこめた病院で、死神共がさまようのに呆れて、祈ることも忘れて、青い顔をしていた。そして、時々意識が目ざめたように、一体これはどういう訳か、どうして起きたかと、あたりや自分の心のなかを見まわすのだが、その度に、魂の底から悲しみがこみあげるのだった。生き残った人々が、八月六日の天変地異を、ピカドンと軽く呼びはじめた頃には、原子爆弾だったという噂も、口から口へ伝えられて、当日広島の空気を吸った者は、誰も原爆病にかかって死ぬのだという噂が、太郎の耳にもはいった。それを実証するかのように、無傷だったA医長が、或る朝ふと頭髪が束になってぬけて、寝こんで血を吐いてしまった……

太郎も毎朝目がさめるなり、自分の頭髪を引っ張ってみるようになったが、突然八月十五日に天皇の降伏宣言の放送をきいた——

太郎は東京で暮すようになってからも、ふと、水を下さいという声を聞くことがあった。すると屍の山が見える。屍を焼いた臭気まで鼻についた。それが電車のなかの時もあった。学校の講義中の時もあった。その声が聞え出したら、太郎は落着けなくなる。講義中でも、教授の言葉は耳にはいらない。ノートをとろうと努力すると、顔面が蒼白《そうはく》になって、玉の汗が出る。放心して、水を下さいという声を追っているより他にない。神経衰弱だろうと思うが、医者も首をかしげて、確かな診断をしない。しかし、その声が聞えたら、太郎は悪霊に呼ばれたようで何をする気力もなくなる。原爆がおちたらすべてが無になる——というおそろしい観念が、身体の細胞一つ一つにしみついてしまって、どうふりはらってもぬけないで、希望も、将来という時も、太郎には存在しなくなったように、うつろになるからだ。

——精神的な原爆症であろうか。しかし、ここで苦行のように努力した日のことを思い出して、元気をとりもどし給え。

そう赤十字病院長のS博士は書いて、激励して来たが、太郎は神に祈ることも忘れてしまった。

そんな状態になると、きまって光子の姿が太郎の目にこびりつく。そして、八月五日の夕、自分が電話さえかけなかったら、光子は勤労奉仕に宇品の工場に早朝出かけて、原爆の被害をまぬがれたろうにという思いに胸がさいなまれるのだ。すると八月十三日に、思いあまって、宇品へ行った時の光景が心底に蘇って、じっとしていられなくなる。

広島の焼野から御幸橋《みゆきばし》へ出ると、宇品の街は戦災をのがれて光り、似島《にのしま》の小富士がそびえ、青々と海がひらけていた。光子の奉仕する工場をたずねたが、光子は八月六日珍しく欠勤したといった。この工場に来ていれば、他の同級生と同時に健全であったろうにと、その時も太郎は悔恨に涙をこぼしたが……

翌年の一九四六年の八月六日、太郎は広島で原爆記念日を迎えようとして、東京を発った。光子が生きていれば、必ず爆心地か教会あとか、わが家のあとへ現われる筈だと、光子を探しに広島へ行った。光子を発見することで、執拗な精神的原爆症がなおるかも知れないと、淡い希望をもって――

第三章　光子

1

小野光子は一九四五年八月六日のあの時刻に、わが家にいた。前の晩太郎と約束したとおり、早朝教会へ行くことにして、勤労奉仕をさぼった。一日の欠勤が、非国民とレッテルをはられる怖れもあるが、太郎のためなら、その汚名をも甘受できるという光子の覚悟だったろう。

その朝、空襲警報中に、父はいつものように市役所の勤めに行った。母は警報が解除になるやいなや、八丁堀の福屋へ出かけた。その百貨店で早朝、時々菓子らしいものを売り出すことがあるからだが、警報解除後、二、三時間はいつも安全だったからだ。太郎のもてなしに帰途鮨のたねも探して来ると言いのこした。

光子も外出の支度をして、手伝いの小母さんを待った。小母さんのくらさんは近所に住む後家で、十年以上も光子の家の手伝いに来ている。五十過ぎだが丈夫で、力があって、その朝も、光子の母のつくった疎開荷物を、十数粁《キロ》ある山寄りの農家に、運ぶ手筈であった。しかし、太郎の来訪から予定を変えて、母の帰宅まで留守居を頼んだが、それならばと、来るなり、気軽に縁側の雑巾がけにかかった。

光子も出掛け前に二階の八畳と六畳の雨戸をあけて風をいれ、太郎をすぐ通せるように用意したが、客用の座蒲団を六畳の押入から出そうと抱えたとたん、閃光とともにわが家が宙に吹きとんで真暗になったように感じて、気絶した――

光子さん、光子さんと、何処からか呼ぶ声で起きようとしたが、体が動かなかった。暗いなかに襖《ふすま》や壁土が体の上におちていた。明るい方へ這い出した。家が傾いてどこも滅茶苦茶だ。八畳の縁側にたどり着いたが、手すりがとんで、なかった。

二階にいた筈が階下の縁側かと疑ったが、階下が崩れて二階が一階になっていた。とたんに、異様な光景が光子の目にとびこんだ。空のひろがりばかりだった。見えたことのない放送局の建物が近くに見えた。辺り一面、すべての家が崩れている。わが家がなくなって、がらくたが積り、そこにくらさんがしょんぼり立っている。

「光子さん、よかった。無事でしたか。さあ早くおりて――」

と、しきりに呼んでいる。

光子は夢みるような目でぼんやり見ていた。事態がのみこめないのだ。くらさんが瓦や板の堆積の上を這いあがるようにして、光子の手をとり、さあ早く避難しなければと、無理に引きずりおろした。光子の白いブラウスの左腕が赤く染まっていた。痛くはありませんかと、くらさんはモンペの紐にはさんであったタオルで、ブラウスの上から繃帯《ほうたい》のようにまいた。そばの瓦の中から、客用の座蒲団をひっぱり出した。光子が抱えたお客用の座蒲団である。光子は素足であった。

「待避壕に貴方の靴でしょう、あったような気がしたけれど――」

くらさんは待避壕へ駈けて行った。

彼女は雑巾がけがすむなり、玄関先にあった疎開の包みを、お客様があるなら壕へ入れておこうと、庭の待避壕にはこんだ刹那、天が崩れおちたような気がした。壕の入口が家の崩壊物でうずまり、真暗のなかに微かな光を目あてにかきわけて、やっと外へ出たのだった。彼女は天理教の信者であったから、これこそ神の加護であったと、合掌して二階の光子の名を呼んだのだった。再び壕にはいって、光子の靴の他に、着物らしい風呂敷包と食糧のはいったバケツをさげて来た。光子は靴をはきながら、

「どうしたんでしょう、お母さんは大丈夫かしら」

と、母を心配した。

「奥様は福屋へいらしたから大丈夫ですよ。至近弾ですものね」

光子は改めて周囲を見廻した。一瞬にしてどうしてこんなになったか理解できないほどの変り方だ。爆音も聞かなかったが、至近弾だったろうかと、胸のなかで早鐘がうっていた。

「光子さんは救護所へ行きなさい。私は家へ行って見て来ますからね」

くらさんに言われて、その後をついて外へ出たが、道路がなかった。通りの家が砕けて路にのめっていた。筋向いに若い女が背に赤ん坊をくって空を仰いで立っていた。灰色のお面をかぶったようにふくれた顔で、殆ど裸で肩から胸にかけて、赤いぼろきれがさがっているようだ。

「洗濯物を干していたのにどうしたことでしょうね」

その声で、顔見知りの銀行員の妻であることに気がついたが、ぼろきれと思ったのは肉がさがっていて、背中の赤ん坊も頭から全身丸焼けのように皮がはげているのを見ると、光子はこわくなって、ふるえながら、わが家の方へ逃げた。石門だけが立っていたが、その根もとにしゃがんでしまった。

光子の前を時々人が通りすぎた。人々は衣服もまとわず、黙々とひょろひょろ通って、光子に目もくれない。赤ん坊をおぶった女は相変らず立っている。光子は白昼夢を見ていた。

「こんな所にいたんですか。光子さん、早く逃げないと、火が来ますよ」

どれくらいたったか、くらさんの怒った声が光子の頭の上でした。

「小母さんの家はどうでした？」

「どうもこうも……大変ですよ。早く逃げなければ火が来ます……這い出して生きたのだって、神様のおかげです」

「お母さんを待っていなければ――」

くらさんがせきたてるのを、光子はそうためらったが、くらさんはうむを言わせない。この近所の隣組は万一の場合、白島《はくしま》の河原に避難することにしてあるから、そちらへ奥さんも来るからと言うのだ。その頃には、あちこちから黒煙が立っていた。白い煙が道路を這っていた。長い間、助けあい一緒に避難することになっていた隣組の人々は、誰も誘ってもくれず、無気味に暑い日の下で、壊れた家々が森閑としていた。光子は右腕に座蒲団を抱え、お母さんは大丈夫かしらと口のなかで呟きながら、くらさんに引きたてられて行った。くらさんは両手にバケツと風呂敷包をさげて、信仰する神名か、ぶつぶつ口のなかで唱えながら歩いていた。処々崩れた家の下から、助けて下さいと、微かな声がしたが、二人の耳には届かないようだった。

煙に追われて、白島の官有地の屋敷町へ漸く辿り着いた頃には、怪我人がひしめきあっていた。負傷者はみな化物のような姿だ。その屋敷町もこわれていたが、屋敷町の裏は石段になって川原におりられる。人々は川原へなだれかかった。二人もそれに従った。石垣に近い川原は家庭菜園であったが、そこには避難者がいっぱいだった。ひき潮か、白い砂の向うに青い流れが見えた。流れに近い川原にまで、怪我人がいた。

くらさんはかぼちゃ畑の横のとうもろこしの蔭に寝た四、五人の女学生の横に、光子の席をつくった。光子は砂地に座蒲団をおいて横になった。左腕も疼いたが、横の女学生が気になって、寝ていられない。女学生はお母さん、水を下さいと、思い出したように微かに言うが、髪はやけ、癩者《らいしや》のように顔が灰色にふくれ上り、裸の肩や胸に血がしみていた。あたりの人々も皮膚をぼろ布のようにさげた者、顔のふくれた者、手をぶらっとさせた者ばかりで、光子は思わず自分の顔をなでまわして、きいた。

「小母さん、私の顔はどんなですか」

暑い日だった。くらさんは光子の母を探して来るからといって、独り何処かへ行った。光子は横になって待った。

母は見当らなかったがと、帰りにバケツに水をくんで来た。光子も女学生も馬のようにバケツに顔をおしあてて水を飲んだ。街は見る限り火が上り、光子の家のあたりも火になり、すぐ背後の土手の住宅地にも火がついた。煙にくもった空に、B29の爆音がする。機銃掃射だとて騒いだが、光子は身をかくす気力もない。全身が痛いようだった。しかし、土手の住宅が火になると、熱気と火の粉で、居たたまれなくて、みな起き上ってゆっくり流れの方に移動した。焼けただれた体に砂や草の葉がついていた。

流れに近い川原には、癩者のような裸の兵隊が目立って多く倒れていた。軍靴《ぐんか》と体格で兵隊だと想像がついた。流れに近づいて、光子とくらさんは、天変地異が起きたのだと、初めてさとった。というのは、目の先の鉄橋の上で、列車が火を吹いている。鉄橋の下から遠くのぞける泉邸まで火をあげている。流れの上を火がわたっている。すぐ下流の上空が透明になったと思うと、樹や屋根をまき上げて、竜巻が凄い勢いで燃える街並におちて行く。そして、黒い雨が通りすぎた。

「お母さんは何処にいるのでしょうねえ」

光子はくらさんと顔をよせて座蒲団を頭の上にのせた。光子の目から涙がふき上げた。くらさんは口の中でしきりに言っていた。

「火の雨が降って、人々が蚊のなくような声で、神様にお助けを求める時がある……って、よく聞かしてもらったが、ほんとうのことでした。人間の心が成人しないからだってことですが、神様に私は待避壕へつれて行かれて助かったし、光子さんは二階へつれて行かれて助かったんですから、お母様だって、亀夫だって、神様がきっとまもって下さいます。汽車でも燃えてるのだから、市内電車はみんな焼けてるでしょうが、亀夫はどこかへ身をかくしています……」

亀夫というのはくらさんの独り息子で、市電の車掌をしていた。しかし、そのくらさんの言葉は光子の耳には入らなかった。光子もまた、時々念仏のように、お母さんはどうしているかしらと、小声でくりかえしているばかり……

　黒煙が一面に燃えさかる空に無気味な薄虹がかかった。その下で、人々はあげ潮で水浸しになるから危険だと争って、土手の方へ移った。くらさんはもとのとうもろこしの蔭へ行こうとした。そちらはもう避難民がいっぱいだった。人々は雑草や川原の藁などの上に寝そべったり、うずくまって彫像になったり……その間を縫って、くらさんは畑のへりに出て、座蒲団をしいて光子の席をつくった。いつの間に夜になったか、見る限り全市が赤く火になり、焔《ほのお》や火の粉を吹き上げて、空一面に赤く映えている。川原をうずめる避難群も明るく照り出されている。日頃目につかない遠い山々が、火におおわれて見える。光子はバカのように茫然とその夜景の美を眺めていたが、深い溜息をした。

「どうしてこんなことになったのでしょう。小母さんはあの時空襲警報をきいた？　敵機を見た？　爆音をきいた？」

「なんにも知りません。あっと思った時には、待避壕の入口がふさがってただけでね。不思議です」

　すぐそばに癩者の顔をして、死人のように転がっていた男が、微かな声で、

「僕は見たです。学校の疎開工事をしていてね。空でピカッとしただけです。とたんに、ドンと天地がひっくりかえって、僕は体中に焼けた針がささったと思った」と、言ったかと思うと、

「水をくれませんか。僕は死んでもいいです」と、声をはりあげた。

水を飲ましたら死ぬと、もう光子たちは聞いていた。声は耳につくが、水はやれない。

「やっぱり神様のお言葉どおりですね。善人と悪人とよりわける日がとうとう来たのです」

そう呟いて、くらさんは合掌しながら顔を砂原におしあてて、祈願のためか、口のなかで、てんりおうのみこと、なむてんりおうのみことと、唱えていた。光子は母を思って胸がいっぱいになり、右にごろんと横になった。肌寒い川風がそよいでいた。

「お母さん、水を下さい、お母さん」

足下の方から少女の声がした。

「お母さん、寒い、お母さん」

と頭の方からも微かな声がする。お母さん、お母さん……とどこからも聞えて来る。

お母さんはどうしたろうか。光子も黙って独り泣いていた——

2

光子はくらさんと、広島から十四、五粁西北よりの山村の農家の離れに移った。光子の母が万一の場合を慮《おもんぱか》って、疎開のために借りてあった八畳である。

光子の父は広島市の高級吏員で、責任感が強くて、どんな場合にも疎開はしないと頑張って、母のその処置に反対した。母は父に内証でその離れをかり、細心の注意を払って父に気取られないように少しずつくらさんに荷物を運ばせておいた。光子もくらさんにつれて来られるまで、この家の所在を知らなかった。疎開荷物といっても、五十を越した婦《おんな》の肩で、蟻が運ぶようにしたものであるから、たいしてなかったが、くらさんがあの原爆で死にでもしていたら、光子は身一つ、雨露をしのぐところもなく浮浪児になるところだったと、その後よく身の毛のよだつ思いがしたのだが……

四日目にこの山村へ辿り着いた。あれから永遠の時がすぎたようだが、まだ四日目だと、光子は農家の離れに身を横たえるなり、数えてみた。

二晩川原ですごした。暑くて死神がさまよっていた夜のようで、二晩とも夜が明けると、白々とした朝の風が流れるなかに、息をひきとって、たくさんの死骸が累々としていた。水を下さい、お母さん、ただそれだけを微かな声で、念仏のように言っただけで、誰からも手も握られずに、死んでいった。学生と兵隊が多かったが、その膨脹した顔や糜爛《びらん》した体が、光子の目にしみついて、幾度目を洗っても消えない。水を下さいという哀しい声が、寝てもさめても光子の耳についてはなれない――

くらさんは元気で、あの翌日から、光子の両親や息子を探しに出かけたが、光子は左腕ばかりでなく脚も怪我していたので、川原に居残った。死人の顔をのぞいて歩いて、母でないかとたしかめた上で、その顔に南瓜《かぼちゃ》の葉を一枚ずつのせて十字を切ったが、母はいなかった。暑い日に南瓜の葉はすぐしおれた。ただれた死体にはぶんぶん蠅がむらがった。各地から救護班が来て、光子の腕と脚にも、ただマーキュロを塗ってくれただけだが、死体は何処の誰とも判らずに、いつまでも放置されていた。やっと生き残った人々は家もなく、川原にかまどを急造して、菜園の南瓜を煮たりしはじめたが、その煙はあちこちで死人を焼く煙といっしょに、どんよりと白けきった空にみなぎって、川風までが死臭を送って来た。その空に、B29が、一時間おきぐらいに現われて銀色の翼を輝かせた。敵機だ、待避だと、その都度川原に生き残った人々はあわてふためいたが、光子はわけがわからずに、はれ上った左腕を右手で支えながら、ひと思いに爆死したいと、砂原に坐ってB29を仰いだものだ。

くらさんは夕方呆けたようになってもどった。ものも言わずに光子の横にぺったり坐った。

「母は見当りませんでした？」

くらさんの顔が歪んで、双方の頬に涙がこぼれおちた。夕焼をうけて、涙も血の色をしていた。

「広島は全部こわれました。なくなりました。街も人もみんな……どこも死人の山で、市長さんも、司令官も、宮様も生きながら焼けたそうです。電車もみんな焼けて、中心地では電車に乗ったまま、お客も車掌も丸焼けになって白骨が残っているだけでした。この目で見ましたが……ピカッとしたら、もう焼けてしまったそうで……私も亀夫のことは諦めました。こわいことです」

「それでは母も亡くなったんでしょうか」

「赤十字病院へも行ってみました。東練兵場へも……あちこち救護所へ、お母様がいらしていないかと思って……でも、あしたまたお探ししましょうね」と、光子の手を探しながら、「元気を出して、神様におすがりしましょう。お父様はね、市役所へ行きましたが、殉職なさったようで、市長さんとご一緒に市庁も全滅だそうで……ほんとうに世の終りです」

とむせびあげた。

「父が――」光子は父が爆死しようとは、考えもしなかった。市庁へ出て居さえすれば安全だと、安心しきってあの瞬間から、父のことは気にかけなかった。市民の救助作業を終れば、迎えに来てくれるものと待っていた。その父が市庁といっしょに死滅したというなら、もう広島は全滅だと、光子は川向うの街を見つめた。薄もやのなかに、まだ倉庫などが燃えつづけて、その火にまじってあちこちに死人を焼く火が鬼火のように赤く見えていた。

その夜、光子はくらさんと体をよせあって休んだ。秋虫が地に鳴いて、魂も凍るような侘しい夜だった。母は生きているだろうか。母は何処にいるだろうか。終夜光子の体内には、そう悲しいオルゴールが鳴っていた——

焼跡に母が来たかも知れない。光子を探して市内を彷徨しているかも知れない。そう思ったから、翌日は起き上ると、すぐくらさんと焼跡へ移った。行く街々がすっかり瓦礫《がれき》に化して、死骸がころがっているのに、光子はきもをつぶした。わが家も、ただ門の石柱が一本立っただけで、植木一本のこらず、ただ灰と瓦であった。くらさんは母と亀夫を探しに行くというので、光子は焼跡に居残った。母か誰か知人が来るかも知れないと、石の門柱によりかかって終日期待にふるえていた。

照りつけて息のできない日だった。時々日光に灰がまき上った。左腕と左脚が熱っぽくて疼いたが、母が来ると思うと、灰をかぶっても、通りに向って門柱の根から動けなかった。通りを人々が通った。身近な人を探しているのか、光子のそばに駈けよって、つる子ではないかとか花子ではないかとか、呼ぶ老人や婦人があった。光子は花子やつる子や安子や房子やみや子の面影を宿しているのか。生き残った人々は、帰らない身内の者を探して、灰に化した街を彷徨しているのであろう。

現にくらさんがそうだった。くらさんは福屋のあとへも行ってみた。あの朝の百貨店の様子もきいた。ピカッとした刹那、百貨店にいた人は、爆心地に近かったからか、みな全身が焼けて、無事に家へ帰った者はなかろうという噂だった。その日もくらさんは夕方疲労と灰でうか

ぬ顔でもどるなり、

「お母様はいらっしゃらなかった?」

と、光子にきく始末だ。そして、自分で元気づけるように、

「お母様はきっとA村へ行ってるんですよ。なぜそう早く気がつかなかったことでしょうね。あちらで心配して待ってるんですよ。今日はおそいから、あしたA村へ行きましょうね」

と、光子をはげました。


くらさんは焼けた待避壕を整理して、そこで寝るようにした。水道の水が湯殿のあとに流れていた。川原よりもまだわが家がいいと思って、光子は水道の水で顔を洗った。初めて生きていることが感じられた。あの日の夕からカンパンと握飯で飢餓をしのいだが、あつい物を飲みたいと思ったほどであった。

その翌日、ともかくこの山村へと、光子はくらさんと焼跡を出発したが、横川駅から汽車が出るかも知れないと言われて、横川駅へやっと出たが、そこまで道々見た光景で、光子は自分が生きていたことが、不思議でならなかった。特に、横川駅の手前に海軍病院の救護所のテントがあって、そこで母が手当を受けているかも知れないと、二人でおずおずはいってみると、その前の瓦や礫《こいし》の上に、死骸がなげやりに山のように積まれて日にさらされていた。うつ伏せになった婦の死体。仰向けに腰を出した婦の死体が、目にとびこんだ。

光子は母はいないかと、一人々々顔を見ようとするが、どの顔も二、三倍に大きくふくれあがり、頭髪が焼けたり、殆ど着物をまとわずに、ただれた肉体は臭気を発して、顔をそむけたいほどだ。しかし光子は小山の周囲をまわって、母を探した。涙もかれたが、こんなに名の判明しない死体が、あちこちにあるのでは、母も生きてはいられないで、無縁仏のように何処かにまぎれてしまったろうと、光子は腹の芯にまでしみた。

その夕、漸く辿りついた山村の八畳で久振りに畳の上に横になったが、光子の目には、その死体の山が鮮やかに見えていた。母は此処にも着いていなかったから、母は死んだと、観念した。それにしても太郎があの前夜電話さえかけなければ、母も福屋に出掛けないで家にいて、助かったかも知れない。それを思って、光子は太郎と仄かに愛しあったことが、神のお旨に添わなかったかと、あれから初めて、神を思った。太郎を思った。

くらさんは、光子のそばで口癖のように神様、神様と言ったが、くらさんの信仰する神は、光子の信仰では邪神であり、異端の神であったから、光子の心には通じなかったが、しかし、あの怖ろしい死の谷を越えて来たような現在、光子には、幼い日から習慣のように祈りつづけ、顔を向けて来た神も、ほんとうに存在するものか、やはり疑惑がむらむらわいた。そのとたん、教会へ行っていた筈の太郎は、あの閃光で焼けてしまったろうかと、切なく思い出されたのだ……

翌日から、くらさんは山村から十粁以上の広島へ、息子と光子の母の消息を探しにかよった。光子は村に疎開している医者のところへかよった。

医者のところには、何時も負傷者がいっぱいだった。二、三十人も集まっていた。全身硝子の破片で裂かれている婦人もあった。その婦人の手当にはきまって一時間以上暇がかかった。手押車に乗せられて来る老人や少年もあった。ただれた背中に、蛆《うじ》がわいて一匹ずつ殺すのに苦労する中学生もあった。光子は順番を待ちながら、その人々と較べて自分の負傷の軽いことを思うと同時に、その人々の噂話で、当日の広島の各地での状況がだんだん判明して、原爆の怖ろしさをはっきり知った。

光子の離れの襖をへだてて六畳の部屋にも、三人の家族が避難していた。三人とも負傷者で、娘の女学生は、建物疎開の勤労奉仕中に、閃光をうけて、背も肩も焼け、やはり蛆に苦しんでいたが、光子が着いて五日目に亡くなった。母家の方にも、怪我人がいるらしく、縁側にひどく顔のふくれた男が立っていたが、部屋には昼も蚊帳がつってあって、誰かが寝ていた。蛆をふせぐのに、昼も蚊帳をつるといったが、或る朝医者の出掛けに、庭を横切ると、蚊帳のなかから奇妙なうわ言が聞えていた。その翌々日には、その人は死んだらしく、同じ部屋が綺麗に掃除され念仏の声がしていた。

その頃には、小さい山村で、一日に三つも四つも葬式があった。山の根を掘って、棺にも入れずに死人を焼くという話だった。死神が村の中をさまよっているように無気味だった。

二週間もしないで、光子は高熱と下痢に苦しんだ。医者も手当のしようがなかった。原爆の日に広島の空気を吸った者は命が危ないとか、原爆の放射線のために、広島には今後七十年生物は住めないとか、人々はふるえて話した。光子も死を静かに待った。くらさんもその頃には息子や光子の母を探すことを諦めて、離れにいて光子の看護をした。どくだみやげんのしょうこや無花果《いちじく》の葉などを煎《せん》じてのむのが、唯一の薬だと考えられた。くらさんは信仰する神に大声で祈ってばかりいた。隣室の六畳でも、娘の母が急に髪がぽっさり束になってぬけて、全身に斑点ができて、血を吐いた。手のほどこしようがなくて、くらさんに祈禱を頼んだ。母家の方でも、当日顔に少し負傷したと思って安心していた男が、やはり髪がぬけて、口からも目からも血をふき出した。その男もくらさんに祈禱を頼んだ。信仰にたよらなければ助からないと思われたくらさんは、心の建てかえをしなければならないと、いちいち説教家のようなことを説いて、熱心に祈禱をし、汚物の始末をし、斑点のある体をなでさすった。

九月にはいって雨の日がつづいた。来る日も来る日も朝から雨だった。その地方では秋に雨がふるのは珍しいことだった。秋晴れで米がみのらなければ困るが、毎日の雨で田は水をかぶって、稲がくさると百姓はうかぬ表情をしていた。農家では、今年は饑饉だぞと怖れて、疎開者に食物を配《わ》けるのをしぶった。原子力で天候にも異変が生じたと恐怖が支配した。

そんなじめついた雨のなかで、母家の男も隣室の母親も、戦争に負けて日本もおわりだと涙をこぼしながら、息をひきとった。生きながら、腐敗して臭気を放ち、光子の部屋まで臭かった。光子は下痢がやっととまって瘠せほそったが、今度はくらさんが下痢をはじめて、朝起きるなり自分の髪を摑んでひっぱり、腕をすかして斑点を探した。髪はぬけないが、そんなくらさんを見るのは、光子には心細く、哀れに悲しかった。雨はいつまでも上らず、或る夜強風をともなって、離れごと吹きとぶかとふるえていたが、けたたましく警報のサイレンが雨のなかに鳴り響いた。堤防がきれて、村が流れるから、力のある者は出ろと、しきりに叫んで外を通る者があった——

「ああ死んでしまいたい」

と、光子は本心思った。

3

A村で、光子とくらさんの不思議な共同生活が一年ばかりつづいた。身寄りを失って孤独な二人が、より添って悲しい一時をすごしたようなものだ。光子の母のはからいで僅かばかり疎開してあった繊維類を、一枚々々はぐようにして、食糧にかえたが、衣類だけでは農家では食糧を出したがらないので、くらさんが野良仕事などを手伝って、二人の日々の糧を稼いだのだ。くらさんの労働と光子の筍《たけのこ》で、二人が飢えないですんだようなものだった。しかし、疎開したのは腰かけで、何時までもその山村にとどまることはできない。特に、敗戦後の農民の狡猾と貪欲は骨の髄までこおるような激しいもので、光子が文字通りにはぎとられて裸にならないうちに、此処を引揚げなければと、くらさんは焦慮していた。

ただ光子の健康と気力が旧に復さなかったし、此処を引揚げることは二人の離別になるから、くらさんはためらった。翌一九四六年の秋には、光子も元気になったし、くらさんも大決心した。くらさんは九死に一生を得たのは神の加護によるものとして、余生を信仰にささげようと、独り考えた。

彼女の教えの親は、東京の関東大教会の布教師であるが、その人に手紙で相談して、大和《やまと》の天理教本部へ行って、布教師になるために教校に入学することにした。関東大教会からは、光子にもすすめて教校に入学させるように、学費一切は大教会で負担するからと、親切な手紙が来た。光子と別れないですむからと、こおどりして、そのことを光子に話したが、光子は顔をきりっとさせて、はげしく拒んだ。

「私はカトリックの信者ですから」と。

「カトリックの信者でもいいですよ。大和でいっしょに勉強して――」と、しまいまで言わせ

ずに、

「小母さんの方はよくても、私の方は困ります。異端の神に仕えることはできません」

「イタンの神様って……光子さんは近頃はお祈りもしないではありませんか。お母様がご存命のころ、登るたかねは一つでも、道はちがうから、おたがいに信仰のことには触れないようにと、お話がありましたが、唯今ではお母様はなし、光子さんもきっと天理教に――」

「私は天理教なんて大嫌いです」

と、呶鳴った。

「光子さんは天理教をご存じですか、どこが嫌いですか」

「神様なんか、みんな嫌いです」

そう叫ぶなり、畳に泣き伏した。その剣幕に、くらさんは途方にくれた。おとなしくて、我慢強くて、一度も怒ったり泣いたりしたことのない光子だったから。しかし光子は翌日機嫌よくくらさんに詫びた。

「きのうはごめんなさい。小母さんは大和にいらして下さい。小母さんのご恩は忘れません」

「私はそうするより他にないと思いますが、光子さんはどうします。カトリック教会でお世話になりますか」

「私はもう神様のことなんか考えないことにしたわ。岩国の叔母の家へ一先《ひとま》ず落着こうと思うけれど……」

天理教はカトリック教徒の光子には、真の信仰ではなかったが、光子自身も信仰を失ってい
た。両親の信仰に従って、生れた日からつかんでいた天からの神の鎖が、あの原爆で断ち切れ
たように、光子には感じられたのだ。目に見えないものを信じて、長い間、目に見える多くの
ものを失って来たようにも思った。あの気絶した瞬間から今日まで見たことは、総て偶然の連
続で神の秩序ではないと、稚《おさな》い頭では考えられた。光子が二階に上ったのも偶然であった。階
下にいれば圧死したろう。母が百貨店へ行ったのも偶然である。それどころか、アメリカが原
子爆弾を他の都市でなくはじめて広島に投下したのも、偶然の決定であろう。その偶然の決定
で、偶然に広島に生きていた十万人の市民が、一瞬にして虫けらのような死に方をしたが、こ
れが神のはからいであるのならば、神とは悪魔とちがわない。あの瞬間光子を二階へあげたの
も、くらさんを待避壕へやったのも、神であるというなら、原爆をつんだ飛行機を何故海上に
とどめてくれなかったか――

光子は、くらさんがことごとに神様、神様というのを、口には出さなかったが、そう自然に
反撥していたのだ。

「岩国の叔母様のところね」

光子の父の弟の家である。父の弟は数年前に亡くなったが、光子より二つ年上の娘もあって、

父は叔母宛にしばしば送金していた。その叔母と連絡がついたから、光子がそこをたよるのも自然である。くらさんは光子の荷物をまとめて、岩国に送り、十月の晴れた朝、つれだって山村の家を出た。

光子はそれまでもくらさんに母の着物を贈って着てもらったが、その日は母の晴衣《はれぎ》をむりに着させた。くらさんがそばに居たから生きられたと、最後に感謝したかったからだ。村外れでバスを待った。遠く瀬戸内海が見えるといったが、目がかすんで、光子には見えなかった。道端の野菊を折って、胸のボタン穴にさした。これからわが人生がはじまるのだと思い、秘かに祝おうとする心だ。くらさんはそんな時になっても、前日から幾度も繰返したことを口にした。

「光子さん、どんなことがあっても神様のご恩は忘れないでね。私は当分東京の大教会で修養していますから、困ったことがあったら、東京へ来て下さい。大教会も大和の方も広くて、一人や二人喜んで世話しますからね。宛名は書きとってありますね。大教会は地下鉄の停留所のすぐそばですよ。大和は奈良できけばすぐわかります。ほんとうに、不思議なご縁で、貴方は他人とは思えない――」

光子はあれから初めて広島へ出るのだった。くらさんは広島駅で三時半に光子を見送って、すぐ上りに乗りこむことにしていた。三時半まで、くらさんも市内に訪ねる人があったが、光子も大塚はな子を訪ねることにした。はな子の父は市役所の人事課長をしていたが、光子の父と同様あの日爆死して、はな子の母が焼跡に雑貨屋をしていた。はな子は女学校で光子の三年下級生で、女学生間によくある光子のエスだった。はな子はあの日疎開作業中に原爆をうけて、百人の級友のうち数名しか生き残らなかったその一人であるが、痛ましい原爆のケロイドを顔面に残して、頸がつり、正視できない容貌になって、そのために絶望しているから激励して欲しいと、はな子の母は幾度も光子に手紙をよこしたのだった……

焼けこげの電車に坐って、烏有《うゆう》に帰した残骸の街が遠く見わたせたが、涙がこぼれてならなかった。瓦礫の底から、水を下さいと、死者の声が聞える気がした。

停留所からはな子の家まで、あまりバラックも建っていなかった。道路は焼けたままで、白骨を踏むようで胸が疼いた。はな子の家も間口二間の、粗末な狭い店で、バケツやコンロやむしろなどの商品の中から、はな子の母はすっかり商人のおかみさんらしく、はずんだ声をあげた。

「まあ、小野さん、よく来て下さいました。さあお上り下さい」

その拍子に、店と奥の境の襖がぴたっとしまった。しかし、その瞬間、化物が赤い面でもかぶったような娘の顔を、ちらっと光子は見て、慄然《りつぜん》とした、それがはな子かと——

「はな子や、光子さんですよ」

と、母が襖を開けようとしたが、向う側からつめているのか開かなかった。母がむりに開け

ようとすると、向う側から、

「いや、いや、こんな顔で恥ずかしいから、いや」

と、はな子の必死な声がして、微動もしなかった。

「はな子、どうしたの、折角光子さんがいらしたのに」

と、いう母の声も涙ぐんでいたが、その母を制止する光子も目の芯が熱かった。

光子は店先に腰をかけて、山村での話をした。岩国へ行くことも話した。はな子の母は幾度も涙を拭ったが、襖の向う側でも、はな子が啜《すす》り上げているようだった。光子ははな子がすすんで襖を開けて招き入れ、ともに悲哀をわかちあうことを待ったが、終に襖は開かなかった。

光子は早目にお暇《いとま》した。お化けのような顔を見せたくない少女の心が、光子にも痛いほど解った。折角地獄のなかを越えて生きたが、原爆の極印を容貌に残した娘は、これからどう生きたらいいか。光子は自分が同じ原爆の極印を精神に残していることには気付かないから、はな子の将来を憂えて、悄然《しょうぜん》と立ち去った。瓦礫と死骸で、七十年間植物も生えないといわれた街に、いち早くもどって、商売をはじめたはな子の母に感心しながら……

はな子のバラックから半町も来ると、焼けたトタンの屋根の下で赤ん坊の泣き声がしていた。光子はしばらく立ちどまって、その赤ん坊の泣き声を聞いた。その焼けた石とトタンの壁の横に、コスモスが咲きみだれていた――

まだ早かったが、駅に出た。広島駅前で電車を降りると、異国の女のように立派な洋装をした娘に呼びとめられた。

「オノちゃん、あんた生きてたの。驚いたわ。あの日欠席したから、てっきりピカドンで消えちまったとばかり思ってたのにね。へえ生きてたの。そんな恰好で——」

唇を真赤に染めて、チューインガムを口にもぐもぐさせているが同級生の中村好子だった。なつかしさが熱く胸にこみあげたが、彼女の横に見上げるようなアメリカ兵がにこにこしていたから、光子はいっぺんに胸がこおって口がきけなかった。好子はその背の高いアメリカ兵と手をつないでいた。

「オノちゃん、私も両親と姉がピカドンでとんでしまって、孤児になっちまったのよ。いつかみんな話すわね」

好子ははじらった目で光子にうなずき、長身のアメリカ兵と肩をいからして、駅前の混雑のなかに消えて行った。パンパン嬢の噂は、光子も山村で幾度も耳にしたが、はじめて見て、気が遠くなりそうな気がして、好子を見送っていた。そして、自分が相変らず戦争中のモンペ姿であることも、はじめて気がついた。

4

光子の叔母は岩国で小さい煙草屋の店を出していた。町はずれのせまい街角の二軒長屋だった。光子は叔母の家へ着くなり、叔母をたよって来たことを後悔した。

広島と岩国とは近いのに、それまで光子は叔母の家に来たことがなかった。叔母もめったに光子の家を訪ねなかった。しかし、叔母は叔母だからと、光子はA村に滞在中叔母という観念を胸にあたためていたのかも知れない。特に叔父の死後、父は事あるごとに、叔母に送金して援助していたから、歓迎されるものと期待していた。しかし、これが叔母だろうかと、黙って顔を見ることがあった。光子をいたわるどころか迷惑だという表情を露骨にした。それに加えて場末の長屋の店が、暗くせまくて息もできない。

「春子が進駐軍につとめているんで、よかったよ、光子さんに店番をしてもらえて……煙草屋の看板娘になって、早く誰かにお嫁にもらってもらうのが、光子さんにもしあわせですよ」

失礼な事もぬけぬけ言う叔母であった。通りに面して、煙草のケースや僅かな文房具などの前に、終日坐っているのは、若い娘には面映《おもは》ゆくて辛いことだ。狭い道をバスが通って、埃をまき上げる。四、五軒先にバスの停留所があって、乗降する客が、無遠慮に店をのぞきこむようにする。町を外れて少し行った所に、旧軍需工場をなおして農機具を製造する小工場があるが、そこの職工が朝夕往復に廻り道をしては立ち寄り、煙草の切れている時には、切手やハガキを買って、光子に下品なからかいをする。従姉の春子が、この店番をきらって進駐軍関係につとめたのは、無理もないと、光子には思われた。

春子は進駐軍関係の何処に勤めているのか、夜も家に帰らないで、たまに、ジープを店先にのりつけて、外国婦人のようないでたちで、

「あら、ママはお留守？　忙しくて待てないわ。これママに渡してね」

と、光子など眼中にないという態度で、包みを残してジープで帰って行く。

ジープは必ずアメリカ兵が運転しているが、春子を見ると、その服装や化粧から、光子は広島の駅頭であった中村好子のことが思い出されてならない。春子が好子のようにパンパンだとは信じられないのだが……春子の残して行く包みは、アメリカ煙草の場合が多い。その煙草を、叔母は料理屋へ持って行って売っているらしい。時には、包みのなかにチョコレートや砂糖がある。砂糖の配給時代のこととて、叔母は恩にきせるようにして光子にチョコレートをわって配けてくれる。時には、春子は目のやぶれた靴下や着ふるした洋服を包みにして来て、

「光子さんに着てもらうわ。私にはもう古くて着れないけれど……あちらの人々は、着るものがうるさくってね」

と、光子をじろっと見る。

その後で、きまって叔母は春子が出世したことを誇って、すぐその古洋服を着るようにと促すのだ。たとえ従姉の物でも古衣を洗濯せずに身につけるのは、清潔好きな光子には、全身が粟立《あわだ》つほど気持悪いが、叔母はすぐ着てみせないと承知しない。光子の両親が生前、この叔母一家を大事にしなかった仇討に、娘の古衣を着せて喜ぶのかと疑うほどの執拗さである。しかし、光子は春子と同様に大柄で、春子の古洋服がぴったり体についた。光子とて、制服を脱いだあとに着る洋服はなく、アメリカ製の洋服をもらうことは、たとえ着古しでも、嬉しくないこともなく、第一助かることだった。

「光子さんもアメリカさんの服を着ると、見違えるほど大人びて、器量よしだね。店番なんかしていないで、進駐軍関係につとめた方がいいよ」

そう叔母は目を細めてみとれる。或る時光子はきいたことがある。

「春子さんは進駐軍でどんなお仕事をしてらっしゃるのかしら。うかがいたいけど、春子さんはいつも忙しそうで——」

「なにしろ進駐軍は規模が大きくて、どんな仕事もあるらしいからね。女の子が食事も衣類も向うもちで、月何千円って家へいれるなんて、言ってみれば戦争に負けたおかげですよ」

叔母は敗戦によって、やっと生計が立ったような喜び方である。真面目な勤めならば、光子も進駐軍関係につとめたいと思った。何時までも叔母に寄生してはいられない。新しい民法では家族制度も廃止されて、親でさえ子にたよれないご時世になったと、叔母は口癖のように歎くように見せかけて、その文句に針をかくして、光子を追い立てているのかも知れなかったから。

光子は女学校時代に英語が優秀な成績であった。春子につとまるのだから、自分にもつとまるだろうと思った。しかし、アメリカ兵とジープをのりつける春子を見ると、なんとなく不潔で、とても進駐軍関係にはつとめられないと、女の本能であきらめてしまう。思い切って、近所の人絹工場の女工になろうか……

どうしたらいいか。光子は煙草屋の店先にぼんやり坐って考えながら、月日の去るのも気がつかないような顔をしていた。ピカドン呆けだよと、叔母はわらった。映画にも行かなかった。広島にも行かなかった。旧友をも訪ねなかった。クリスマスが来ても、お正月になっても、着物も換えようとしない。すすめても髪にパーマもかけない。いつも埃をかぶって店先にしょんぼり坐って外を眺めている。読書もしなかった。手紙も書かなかった。どうしてあんな悲惨が起きたかと、一年半たっても、原爆の日の記憶が、魂をつかんでいて、生きている喜びも力もないようなあんばいだった。

或る午後、風呂の帰りに、郵便局の向うの広場に人だかりがしていて、ふらふら足が向いた。

トラックほどの大型自動車の上で、三、四人の若いアメリカの男女が、音楽にあわせて讃美歌をうたっていた。光子は忘れた歌を思い出したように吸いよせられて、自動車を見上げていた。音楽がおわると、マイクの前にアメリカの紳士が立って説教がはじまり、それを日本人が一節ずつ通訳した。説教の意味は心にかよわなかったが、光子はわけもなく目の奥があつくなった。ぽかんと見上げた光子の手に、他のアメリカ人が薄い小型の書物を握らせた。マタイ伝だった。書物を見るなり、光子は説教に背を向けて帰った。今になって、こんなものを握らせて、それなら、あの時何故空から原爆をおとしたか。憤りに魂がふるえて、マタイ伝を道端のどぶになげすてた。

その夕方、やはり風呂に行った叔母も、マタイ伝をもらって帰った。

「これ光子さんが読む本じゃないかね、ヤソ教のだから……」

夕食の膳の前に坐った時だった。いいえ、いりませんと答えたが、食膳につくと、習慣で十字を切っている自分に、光子はふと気がついた。

この習慣もやめようと思った。父や母がこの叔母一家を嫌って、うとんじたのは、叔父が下級の銀行員であったからではなくて、叔父一家がカトリック教の信者でなかったからだろう。無形の神を信じたから、実の弟の心も見ないで、その一家と情をかよわすことができなかったかも知れない。自分もまた、あの命の恩人だったくらさんが、異端の神を信ずるからと蔑《さげす》んで、くらさんの本気に語ろうとする言葉に耳もかさなかった。それなら、あれほど父や母がすがった神とは何か。原爆のあの惨事もその試煉《しれん》だとやはりいうのか——

光子の心のなかでは、ぼんやり考えていることが、ねじが外れて、がちゃがちゃ音をたてて空廻りしていた。

復活祭に近い夜だったが——

というのは、その三日目の夕暮春子がジープで乗りつけて、

「復活祭のパーティがあるのよ。今夜はどうしても光子さんに私の顔をたててもらいたいと思って来たわ」

と、言ったから、復活祭を思い出した始末だった。

その前クリスマスや正月にも、春子は進駐軍のパーティに光子を誘った。ダンスができないからといって、いつも光子は固辞した。その都度、春子はいやな顔をした。今度はしかし、春子は有無を言わせないという勢いだった。ダンスができなくてもいいと言った。夜会服でなくてもいいと言った。表の向うでジープが待っているからと、せきたてた。叔母もすすめた。光子は春子の職場を見て、結果によっては自分もつとめようと決心がついたから、みこしをあげた。

春子が手伝って、春子の着古しの絹のドレスを着せ、薄い外套を羽織らせて、庇《かば》うように夕

もやの道を大通りへ出た。ポストの横にジープが待っていたが、運転台に二人のアメリカ兵がいた。光子は春子とならんでかけたが、不安でふるえがとまらなかった。

ジープは郊外へ走って、明るい軍人倶楽部へ着いた。運転台の軍人の一人が、光子を抱えるようにしておろしてくれた。その軍人はヘンリーというのだと、春子が紹介したが、その軍曹が光子のパートナーだった。初対面の光子を、十年の愛人のように大切に扱うのに、光子はどぎまぎしたが、春子がジョージと呼ぶ人に対する態度を見ならって、委せていた。それに、四人はずっと同じグループになっていたから、光子は安心した。

倶楽部は華やかな光のなかに、アメリカ兵と日本婦人とでいっぱいだった。酒やおいしい料理がふんだんにあった。音楽があった。みなダンスをした。光子はダンスもできなくて、体を縮めていたが、ヘンリーは教えるからといって、無理に光子を抱くようにして立った。卓子《テーブル》の前にばかりかけているのは、意地汚ないようで、ことわれなかった。飲まされたあまい酒で足も気も軽くなってもいた。ヘンリーはそう背が高くはないが、その腕のなかで、光子は足が床につかない気持だった。周囲の空気と酒に酔って、夢心地で、足が地につかなかったのかも知れない。ただヘンリーの胸に顔をおしあてていると、不快な枯草の臭気がして、光子は時々さめたように目を見開いて、ヘンリーの顔を見上げたが、軍服の臭いかも知れなかった。

酒や踊りや緊張で、光子はぐったり疲れた。夜半ヘンリーとジョージに送られて、春子といっしょにジープに乗せられた。これで家へ帰れると安堵して、クッションに体を寄せてうとうとした。ジープが停ったが、暗くて判明しないが、煙草屋の前ではない。光子は煙草屋へ帰りたいと主張した。

「私の家に泊って行ってね」

「だって叔母様が待ってるといけないわ」

「私といっしょだもの、母は安心しているわよ」

ヘンリーに抱えおろされた。石門のある小さい家である。寮かと思ったが、森《しん》として空家のようだ。ジョージが鍵であけた。光子はもじもじしながらヘンリーに促されて、春子のあとに従った。電燈がついた。内部は日本間を改造した洋式の家である。春子はわが家のようにふるまった。驚いている光子をベッドのある部屋に案内して、さもいたわるように言った。

「疲れたでしょう、すぐ休む?」

緊張していたからであろう、口もきけないほど疲れていた。光子は上衣を脱ぎすてて、すぐベッドにはいった。部屋は日本式の六畳らしく、襖であった。ベッドは海に浮んだ船のように愉しく、睡魔を呼んだ。

どのくらいたったか、障子があいたような気がしたが、春子が忘れ物を探しに来たのかと夢心地に思った。その瞬間、光子は原爆が落ちたのかと、気を遠くした。何かが全身の上に倒れて重なり、息もできなかった――

しかし、気がついてあわてて起き上った時には、電燈がついて、そこにパジャマ姿のヘンリーが、光子の背に腕をまわして、髪を愛撫していた。

あわてて、その腕をふりはらい、ベッドをおりようとした。白いコンビネーションに赤く血がついていた。血を見ると、光子は下半身が疼きはじめて、本能的にすべてを知った。とたんに、力をなくして、両足をベッドにだらりと垂らしたまま、立つ元気も失った。

ヘンリーはベッドの下に跪《ひざまず》くようにして、光子の両足を抱いて顔をおしあて、しきりに愛撫の言葉をかけるが、光子には、マイ・ダーリン、マイ・ダーリンという言葉しかわからなかった。光子は涙があふれ出て全身が硬直して、じっと虚空を見ていた。

自分をなくしていた。

間もなく、ヘンリーは軍服に着換えて、部屋にはいって来たが、光子はそのままベッドに顔をふせて啜りあげていた。

「ミツコさん、マイ・ダーリン、ミツコさん――」

とやさしくヘンリーはふるえる光子の背を撫でていたが、髪に顔をおしあて、百円札の束を光子の頭の横において出て行った。

外にジープの音がして、春子がパジャマの上に外套を羽織ってはいって来た。

「二人とも帰って行ったわ……悲しむことないじゃないの。処女だったといってヘンリーが有頂天になっていたから、これから大事にしてもらえるわよ。さあ風呂場へ行こう。こんな場合の手当を教えてやるからさ」

春子は光子の手をとって引き起した。光子は涙にぬれた蒼白な顔で、春子をきりっと見た。どうあのけだもの、けだものと、光子は口走りながら、ベッドのそばにしゃがんでしまった。

アメリカ兵を罵倒しても、全身をかけまわっている歎きと憤りはおさまらなかった——

「人間なんか、みんなけだものさ。アメ公だけじゃないよ。この一、二年さんざんあんたも見たじゃないか。日本人だってけだものさ」

春子はヒステリカルに笑って、邪険に光子の手を引っ張った。

翌朝光子は春子が起きる前にこの家を出たきり、叔母の処へも帰らなかった——

そして、その年、原爆記念日に広島へ来た阿部太郎が、光子の住所を知ってこおどりして岩国へ駈けつけ、この叔母を訪ねたところ、叔母は当惑したような顔で、

「おかしな娘でしょう? 復活祭というヤソ教のお祭りの晩に私の娘の家へ泊って、その翌朝消えてなくなったように、居なくなって……何処へ行くとも告げないで、その後手紙もくれないのですからね。ピカドン呆けで、そこらをさまよっているのではないかと心配して、私は広

島中を探しまわり、ここの人絹工場を訪ねたりしましたが、影も形も見当らないですからね。そのお祭りの二、三日前、アメリカさんのヤソ教の一団が大型自動車でこの街に来ましてね、お説教して大賑わいでしたから、その人々といっちまったと、私はにらんでいますがね。あの子の両親は熱心なヤソ教でしたしね、私がそのヤソ教の一団からもらって来た本を、あの子は持って行ったようですから――」

と、油紙に火がついたように、ベラベラ喋って要領を得なかった。そのキリスト教団がメソジストで、カトリック教ではないことも、知らないで……

第四章　扶美子

1

逗子から横須賀にかけて、アメリカの軍人や兵隊があふれるばかりたくさん駐屯しているが、殆どどのアメリカ兵も外へ出ると日本婦人と手をつないで歩いている。日本の軍人が婦人と並んで歩いているのを見たことがなかったから、それは奇妙な光景であったが、扶美子には大きな疑問があった。アメリカ兵はなぜ皆婦人と手をつながなければ外出できないのだろうか。アメリカ兵のなかには、見るからおるばかりにけだかく上品で、育ちのよさを思わせる青年もいるが、その青年が何故よりによって、見るから下品で美しくない日本娘を選ぶのであろうか。ほんとうに愛しあっているのであろうか……扶美子はアメリカ兵と日本婦人を見ると、自然に目をつぶってしまう。清潔に感じられないのだ。祝福ができないのだ。戦争中から敗戦後にかけて、家は焼かれ、裸にされて飢えていた哀れな日本娘が、飢えた小犬のようにアメリカ兵に尾をふるのではなかろうか。それなら、愛ではなくて、憐憫《れんびん》をもとめた者と、恩恵をほどこした者との関係ではなかろうか——

扶美子はそんな日本娘の一人にはなりたくないと、サドク少佐に向っても気負っていた。サドク少佐の愛を疑うのではなくて、自分の愛を疑っているのだった。気位が高いと言われてもよい。扶美子は勤めをやめないばかりか、少佐に誘われても、一緒にパーティにも行かなかった。少佐の自動車でやむなくドライブに出るにしても、誰かを伴った。その場合も、少佐の自動車で家から出掛けることもさけた。世間の目をはばかるというより、自分を清潔にしておきたかった。

祖母はよく家で独り言のように言った。

「私は明治の御代から生きて、さまざまのことを見て来ましたよ。園さんも扶美子も太郎も、ご時世がいつまでもつづくものと思って、さきを考えたら間違いますよ。今はアメリカさんの世の中ですが、アメリカさんがいつまでも占領していられるものではありません。ですから、昔から末長くつづくものをしっかり握って、その時その時の流れには、さからわないようにして、流されてはいけませんよ」

孫達には煙たがられ、敬遠されても、祖母は折にふれて、亡き夫（扶美子の祖父）のことを持ち出し、武士だった家の伝統を、こまごま昔話として聞かせた。お伽噺《とぎばなし》としか感じられないような祖母の話のなかに、扶美子は凛々《りんりん》と響くものを感じて、はっとすることがある。その度に、扶美子ははっとする自分を解剖して、サドク少佐への愛を発見するのだった。サドク少佐を秘かに愛することを、祖母が皮肉に批判するように感ずるのだ。少佐の求愛を聞き流しているが、やはり自分も愛していることを。サドク少佐がアメリカ人だからとて、こだわるのは、自己を偽るのではなかろうかと自分を疑うのだ。家にあって、サドク少佐と生活をともにしている祖母に、それを打明けて、祖母の意見を問いたいと思う日もある。しかし、背中を丸くして、体を縮めてアメリカの風をやりすごしている祖母は、サドク少佐の存在など無視している。祖父が生きていたらば、芯に頑固なところはあっても進歩的で何事もきいてくれたから、男性の目で少佐を観察して、愛するに足る人物かどうか、判断してくれるだろうにと、爆死した祖父をなつかしむが……あの静岡の叔父に少佐を紹介したら、と思った。

叔父は精神科の医者で、父とちがって頭から命令はすまい。叔父に批判を乞うのは、意気地ないことであり、少佐にもすまないことだが、自分の愛に疑惑を持つのだから、精神科の医者の診断を乞わなければならない病人だと、自嘲もして——或る日、パーティに誘われたのを拒んで、少佐の失望した顔を見た機会に、言ってみた。

「それより、晴れた日曜日にでも、いつか、静岡へドライブなさらない？」

「静岡ですか、富士の麓の美しい都会ですね。知っています」

「静岡に叔父がいますの。父の弟で、医学者……サドクさんをご紹介したいと思いますけれど」

「行きましょう、ほんとうに」

と、少佐は顔を輝かして、扶美子の手をとって接吻した。

善はいそげと、少佐は日曜日に静岡行きをきめた。小学生のように土曜日から土産物の他に、弁当のサンドイッチや珈琲や菓子などたくさんPXから買いこんで、はしゃいでいた。日曜日は運よく朝から晴れていた。弟の武雄もいつものように（というのは、弟か母といっしょでなければ、扶美子は少佐の自動車にも乗らなかったから）いっしょに行くことにして朝早く起きて身支度した。

出発間際になって、扶美子は武雄をやめさせた。武雄は中学生らしく失望で頰をふくらませたが、少佐は明らかに喜びをかくせないらしく、

「フミコさん、私と二人ですか、マスコットのタケオ君をおいて行って大丈夫ですか——」

と、笑っていた。

今日は私達の重大な記念日になるかも知れないから——そうした決意であったからだが、しかし扶美子は、それを言葉にできないほどつつましく、生真面目な表情をして、ビュイックの運転台に少佐とならんだ。

旧東海道を西へ走った。古い松並木の路もよかったが、田圃《たんぼ》に稲の収穫をする百姓や、草葺《くさぶ》きの百姓家の間に赤く柿の実が光っている風景など、少佐はいちいち日本の詩だといって讃美した。日本の田圃は小さい庭の集りのようであり、あらゆる場所に美しい版画がある。ただ電柱と電線が風景をよごしてはいるが――

「どうして黙ってしまったの、貴方の国を美しいと思いませんか？　フミコさん、お国を自慢しませんか」

「この路を百年前には、駕籠《かご》に乗って東京と京都の間を往復しましたの。農民の収穫の機具や生活のあり方は、その頃と少しも変りませんの。ですから風景だって同じ……それに感歎なさるのは感心しませんわ。進歩や発展のなかった農民の生活に疑問を持っていただけませんかしら。私の祖母など、ここを駕籠で通った頃のことをよく話して、その時代の精神をなつかしんでいますの。ですから、サドクさんあまり感心なさると、アメリカ人も私達が百年前のようであればいいと思っていられるようで……私達だって、現代の文明人として、世界の人が享受しているような近代的生活をしたいのよ。頭も意識も、アメリカ人と少しも違わないつもりだけれど……私の英語ではよく説明できませんが」

「よく判ります、私の讃美しているのは、ただ日本の物珍しい美しさです。日本人の価値評価をしているのではありません」

「その物珍しさを讃美するというのが、くせものですわ。ごらんなさい、富士が見えてましょう。この富士と近景から、サドクさんはすぐ北斎の富嶽三十六景を思い出すでしょう。それと同時に、サドクさんの心に浮ぶのは浮世絵の女性でしょうし……サドクさんは愛する、愛すると仰有るけれど、現実の私を愛するのではなくて、何か日本女性という幻影をお心につくって、それを私だと思いこんでらっしゃるのではないかしら――私は現代のアメリカやフランスの女性と同じつもりだけれど、サドクさんは浮世絵時代に私をひきもどしているのじゃないかしら」

　彼はすぐには答えなかった。アメリカの現代娘とはとてつもなくちがう、このすばらしい日本娘にどう言ったらいいか。繊細な精神を持ち、理知的で、所謂モダニズムに毒されない、真に近代的な娘である彼女に、今のままの彼女を愛するのだと話して、納得してもらえるか。彼は日本をそこまで理解しようとして、文学や美術やその精神を知ろうとしていることを話したかった。この勤勉な民族の無限の可能性を見たと話したかった。しかし、こんな美しい日に、そんな問題を語りあってもつまらない。ただ二人であることで満足していたかった。

「今のままのフミコさんを、私は愛しています」

　そう彼は日本語で言った。外国人には不可能なほど難かしい日本語まで習って、日本に同化しようと努力していることを、彼女が理解してくれると思って――

しかし、アメリカ人の口から語られた日本語は、全く子供らしく聞えて、扶美子は真剣な気持を茶化されたような気がした。

車は旧東海道をはなれて、箱根にいたる九曲の峡道をよじのぼった。登るに従って、周囲の山々が白霧におおわれた。時々白霧が流れて、山々が顔を出した。日本でも最も有名な温泉地をいくつも通りすぎたが、かつては、そこに富豪がすばらしい別荘を持ち、旅館ではシャミセンの音が聞えたものだ。今日では、大フジヤホテルの前に、アメリカの車が無数にとまり、異邦人だけが通りを散歩している。彼のビュイックは湖の畔《ほと》りに着いたが、湖は噴火湖で生真面目な鏡のように、深くみどりに山々を映していた。のぼりつづけて、湖の周囲をまわり、突然峠に出た。陽にかがやいた高原が足下にひらいていた。遠く海が銀色に光って見えた。霧がはれ上って、ありがたや富士が山々のうしろにそそりたっていたが、頂は新雪におおわれていた。

車は高原を下った。天気も晴れて、やがて、処々に蜜柑《みかん》が黄色に光っている岡が見え出した。蜜柑の香もした。

静岡の市街は空襲で焼野に化したが、今やバラックがたちならんでいた。

「川岸でピクニックして、叔父の家にはあとで行きません？」

突然扶美子が言った。

「それがいい」

その思いつきを、少佐は喜んだが、しかし、彼は、ここで扶美子が最も不幸な目にあって、苦悩多い思い出があるとは知らなかった。

長い堤に出た。以前には桜並木であったが、堤に車をすてて、川原におりて行った。

2

広い川原には誰もいなかった。少佐の外套を小石の上にひろげて、そこに二人ならんで足をなげ出した。小石に反射する晩秋の日が暖かい。百米《メートル》ばかり先に、水かさの少ない青い流れが光っていた。右手には、だんだらな蜜柑とお茶の美しい山に、富士山がおおどかにそびえていた。二人は弁当をひらいて、葡萄酒の栓をぬき、魔法瓶から熱い珈琲をついだ。素晴らしい饗宴《きょうえん》があった。

しかし、扶美子の目には、払っても払っても、この川原を埋めたあの夜の避難民が浮んでならなかった――

叔父の精神病院は堤を四、五米上った街外れにあった。英語の専門学校に学んでいた扶美子は、勤労動員をのがれるために叔父の病院につとめていることにしていた。あの日には、兇暴《きょうぼう》な厄介な患者はすでに田舎の医院に移して、二十一名の患者しかなかった。空襲警報の出たのは、夜の十一時頃だったろうか。南風の強い夜だった。幾度も避難訓練をして万一に備えていたから、B29の編隊が市の上空にはいると知るや、叔父は他の二人の医者や看護婦や看護人と協力して、患者の避難にかかった。叔父の家族も他の医者の家族と行を共にした。扶美子は病院に一人の医者と残った。叔父が皆この川原に避難させて病院にもどった時には、全市が焼夷攻撃をうけて、病院の近所からも火の手が上り、そのほてりで急に明るくなった。南風が強かったからたまらない。全市が火を噴き上げたように燃え上った。その上空に、飛行機が無数に黒いかげを旋回させていた。

叔父や他の医者は薬品の持出しを気にしながら、残った患者はないかと病室を一つ一つ、駈けまわって見た。扶美子も叔父と行動をともにした。患者はいないから安心だが、あくまで病院を死守しようとたがいに励ましあった。病院の外壁に注水していたが、ごうごう物凄く焼ける音響にまじって、吹きつける風が煙と火の粉をはこんで息もつけず、顔がほてるほど熱かった。

もう駄目だ、焼け死ぬぞ。みんな逃げよう。扶美子もいいか——と叔父が叫んだので、扶美子も同時に地面に顔を伏せるようにして川原の方へ走り出した。人っ子一人いない道路は、熱気と煙の流れる道になって、そこを叔父達と走り去ったが、さっきの堤の桜並木に出た時、突然激しい熱風が通りすぎて、あっという間に、扶美子の体は五、六米も川原の藪の方へ吹きとばされた。

慌てて起き上り、這うようにして桜並木路へよじ登ったが、その熱風が一瞬にして総てのものを火にしたらしく、今通ったばかりの路から病院にかけて、一面火の海になって、桜の木まで火を吹き、根もとから倒れている桜もあった。扶美子はどうして駈けたか、いつの間にか叔父に手を引かれるようにして川原へ出ていた。

ああ助かった、と安堵したが、その時、川原は避難の人で埋まっているのを知った。人々は火明りに黒く照り出されていた。しかし川原にも次々に焼夷弾がおとされて、あちこちに篝火《かがりび》のように無数に火が燃えていた。人々は西寄りの流れの方に、ひしめきあって近づこうとした。扶美子も叔父とその人波に従って流れに向ったが、ふと篝火のように燃えているそばを通ると、篝火と思ったのは一人の女が坐ったまま火だるまになって燃えているのだった。それを消そうと、誰もしないばかりか、その女のそばに、十歳ばかりの少女がぽかんと佇んでいた。

まあ、この子はと、扶美子はふるえて、生きながら燃えている女を見たが、その刹那、頭上低く爆音がした。

「空襲だ」と、誰か叫ぶのと同時に、扶美子は、

「伏せるのよ、立ってってはだめよ」

と、その少女に叫んで、川原の砂の上に顔を伏せたが、どこで吹きとばしたか防空頭巾がな

かった。あわてて砂を掘るようにして顔を伏せて、頭を両掌でおおって防ぎながら、

「叔父様、大丈夫ですか」と、言いつづけた。

低空飛行しているのは一機や二機ではないらしく、爆音と焼夷弾の炸裂《さくれつ》する音がいつまでもつづいた。川原に避難した者をも爆撃するのかと、憤ることも知らずに、扶美子はただ一心不乱であった。やっと爆音がなくなって、顔を上げると、篝火の数が無数にふえて、川原はすっかり明るくなっていた。そして扶美子はさっきの少女から二十米も流れの方にはなれていた。流れが安全だからと本能的に移動していたのだろうか。叔父は患者を避難させた場所の方へ行ったものか、見当らなかった。扶美子は少女のところへ引き返した。少女は木像のようにもとのまま立っていた。

「お母ちゃんが焼けちまったんです」

と、言うなり、少女は泣き出した。ほんとうにその少女の母は坐ったまま燃えて、もう人間の形をしていなかった。

恐ろしい油脂焼夷弾で、あたったら、その瞬間火になって消しようがないのだった。無数に篝火のように燃え上ったのも、人間が生きたまま燃えているのだ。人々はあまりな悲惨と恐怖で、声も出せないで、この世の終りのように、自分の都会の焼けつくすのと、同じ市民が燃えて死ぬのを黙々と見ていた――

扶美子はアメリカの少佐と愉しく贅沢な弁当を食べながら涙ぐんでいた。あの川原で焼死した人々の魂はどこにあるのだろうか。無念だったろうが、口にも出せなかったその人々の慟哭は、宙に消えたものだろうか。扶美子は自分がアメリカの将校と、此処に来ていることさえ、白昼夢のような気がした。

「どうかしましたか、フミコさん、お寒いのではありませんか」

少佐は心配そうに、扶美子の青い顔を見た。扶美子は、みな少佐に語るべきだと、きりっとした表情になった。

「ここで空襲にあった夜のことを思い出したの。不愉快でしょうが、その夜のことを聞いて下さらない？　それでなければ、私の魂にしこりとなって残って、いつか、サドクさんとの間にも暗いかげになることがあるかも知れませんから――」

そう言うなり、扶美子はその夜のことを話し出した。どう話しても、実感を伝えることは難しかったが、最後に加えた。

「その翌日明るくなると、川原から街にかけて、地獄絵をくりひろげたようでした。天も地もけむって、黄色な太陽がどんより昇りましたが、人々は悲しむ心もなくしたように放心して、黙って右往左往していました。川原には幾人も焼けて黒こげになった死体がのこって……私は叔父を探しあてるのに苦労しました。叔父はまた、二十一人避難させた患者が十八人しかいないと言って、さわいでいました。病院は焼けてしまったので、患者を収容するところに弱りましたの。何しろこの静岡市も九十パーセントぐらいその夜の空襲で焼けてしまったのですから……叔父は救護所をつくる責任もあって、焼けのこった小学校に、患者を収容しました。

私は学校へ行かずに、焼けた病院あとへ参りました。前夜最後まで病院に私達と頑張っていた若い医者が一人行方不明でしたから……病院はきれいに焼けてしまいましたが、がらくたのなかに貯水槽が残って、その横に行方不明だった若い医者がぼんやり立っているではありませんか。びっくりしました。眉毛まで焼けて、目がはれ上り、何も見えないと言うのですから。叔父の病院は市外ではあり、空地もあり、樹木も多いので、消火につとめれば、焼けないからと、私達が避難してから、一人で消火につとめたんですって……しかし、樹木が生のまま自然発火する状態で、最後にはどうにもならず、焰のなかで自分の体に水をかけて、やっと焼死をまぬかれたんですって……それに不思議ね、ちゃんと川原まで連れて避難させた患者が、三名いつの間にか、本能的に病院にもどったんでしょうね。焼跡に三人の白骨が出ました。私達が逃げる直前、病室や便所まで見廻って、一人もおりませんでしたのに……叔父は三人の患者を殺したことを、病院を失ったよりも苦にしました。これが、アメリカの飛行機から受けた私達の空襲体験ですの」

扶美子はそう話しおわって、吐息しながら目を伏せた。少佐は扶美子の手をとって、うなずきながら傾聴して、しばらく黙っていた。

「みんな戦争の罪悪でした」

「でも、貴方がたアメリカ人は戦争中にこんな体験をなさいましたの？」

「ええ、私達ももちろん」

「この街が焼けた頃は、私達はもうとっくに戦意をなくして、平和を求めてましたの。その前日余りいい天気で、ふと私は裏の山へ散歩に出ました。散歩などしたら国賊扱いされそうな時で、かくれて出掛けましたが、蜜柑の花盛りで、新緑の茶畑のなかの小径《こみち》を歩いても、蜜柑の花の香がして、うららかな日でした。するとB29の編隊が銀翼を光らせて、富士の頂の方へ翔《かけ》ているのが見えました。もちろん警報のサイレンが鳴りひびきましたが、私はぼんやりB29を見上げていました。こんな平和なのに、アメリカの飛行機が、これでもか、これでもかと攻めて来るなら、私は爆弾にうたれてこの新緑の畑と白い蜜柑の花の香のなかで散華《さんげ》したいと、つくづく思いましたの。ところが、茶畑で茶をつんでいたお百姓のおかみさんでしょうね、三人籠を背負ったまま逃げて来て、私の横に立っていました。その一人が突然私に——お嬢さん、どうして戦争がおわらないのでしょうと言うが早いか、おうおう声をあげて泣き出しました。その人は三人の子供を戦線に送っていたのですが、その翌夜、空襲で殺されたのは、こんな風に平和を願っていた人々でしたの」

扶美子の睫毛《まつげ》に涙が重くかかった。

「泣かないで、悲しまないで……そんな不幸な戦争も終りました」

と、少佐も感動で声をつまらせた。

「ほんとうに終ったんでしょうか。終ったにしろ、戦争の結果は私達の心に尾をひいてます。広島や長崎で原爆をうけた人々は――」

「その話はやめましょう。折角愉しい日を曇らせてしまうからね。私はこの戦争について良心にきずを受けたと信じています」

「ごめんなさい。お話しすぎて……。でも、サドクさんには一度は話さないではいられませんでしたの。サドクさんだから話したかったんです」

「ありがとう」と、少佐は扶美子の手に接吻した。

「そう、小学校へ行って見ましょう」

「小学校?」

「ええ」と、扶美子は立ち上った。何かしら大きな声で叫びたいように、胸のなかが緊張感ではり裂けそうだった。少佐も立って扶美子とならんで、富士に向きあった。こころよい寒風が微かに川原を流れていた。

3

小学校は遠くなかった。安倍川《あべかわ》を見おろす小さい岡の上にあった。石門から自動車を運動場に乗り入れた。日曜日のことと学童はいなかったが、間もなく小使の小母さんが出て来た。

「戦災にあった時、お世話になったものですから、通りがかりに、寄せてもらいました」

そう扶美子は声をかけた。小使が教室を案内するというのをことわって、理科教室の方へ出て、外からのぞいてみた。学校はすっかり整備されて、あの日を思い出させるものはないが、扶美子には、その日のことが鮮やかに目にうかんだ――

運動場も罹災《りさい》者や負傷者がいっぱいだった。教室に罹災者が収容された。理科教室と図工室を、叔父は救護所にした。目をはなせない患者を十八名もつれて、小学校に避難していたが、怪我人が救護所をさがしまわるので、傍観できなかったからだろう。しかし、精神病患者は、みな市内か近在の者であったから、夕方までに家族がひきとりに来たので助かったが……あの日の昼すぎのことだった。叔父の病院の看護婦が、扶美子を教室の方へ探しに来て、

「お嬢様、先生の処へ行ってあげて――」

と、言うなり、しゃがんで頭を両手でかかえた。

「どうかなさった？」

「どうも、こうも、私はもう気が遠くなりそうですわ……早く先生の処へ行ってあげて下さい。先生は一人でお困りですから」

扶美子はわけが解らずに、この理科室へとんで来た。隣の図工室からうめき声がさかんに聞えていたが、叔父は怪我人に白い薬をぬりながら振向きもしないで、そこの薬袋からカンフルの注射を探してと、言った。卓子の上に、待避する時持ち出すことになっていた大きい薬袋があった。扶美子はすばやくその袋を開けようとしたが、その時、ふと脚をつかまえられたような気がして、目をおとすと、黒こげに火傷した人が、床にころげていて、扶美子の脚に抱きついていたのだった。男か女かもわからない。気味わるくて、思わずあっと叫んで、扶美子は崩れるようにしゃがんだが、その人はしっかり脚をかかえたままはなさない。

「なんだ、扶美子か、意気地がないなあ……みんな看護婦は逃げ出したが、今すぐ手当するよ」

叔父がそう呼んだから、扶美子は気絶しなかったが、脚を抱えた人間は、扶美子の足のしたで動物のような唸りをたてていた。やがて叔父は白い薬を塗った負傷者をかえすと、その黒こげの人間に注射した。それで、やっとその人は扶美子の脚から手をはなしたが、叔父はその人体を抱くようにひきずって、図工室へ運んだ。扶美子も叔父に手をかすつもりで、図工室へ行ったが、慄然と戸口に立ちすくんでしまった。図工室には、その人間のように、焼けただれた人が十人以上床に転がったまま、うめき声をたてていたから。扶美子は蒼くなって椅子にかけて声も出なかった。めまいがしそうだった。

叔父も理科室にもどると機関車のような溜息をした。

「助かりますの、今の人――」

「皮膚の三分の二が焼けて、生きてるのが不思議だがね……生きるのも死ぬのも、ゆうべからみていると、今や人間は同じだなあ。早く死んだ方が楽だが、モルヒネの注射もできんから――」

そう吐息しながら、叔父がやっと煙草に火をつけた時、理科室の戸があいて、一人の男が火傷者をおぶって来て、戸口にころげるように倒れた。二人とも大変な火傷を受けていて、おぶさって来た方の人間はころげ落されて動きもしない。

「先生、家内の方を先にして下さい。わしはあとでいいですから」

と、唸るような声を出さなければ、おぶさって来た人が女だともわからなかった。

扶美子は椅子からとびおきた。二人は目が見えないらしかった。どう此処までおぶって辿りついたか不思議だった。

「先生、家内を助けて下さい」と、男は転げながら言いつづけた。

「助けるから安心していなさい」

そう言いながら、叔父は女の方に近づいた。女は意識がわずかあるだけで、黒こげの肉体だった。叔父はすぐ応急手当にかかったが、男は、

「家内は大丈夫ですか、先生、家内を助けて下さいよ」

と、叫びつづけていた。

その時の記憶が胸につかえて、扶美子は涙ぐんでしまった。あれこそ愛というものだ。真に、夫と妻とをむすぶ愛である……彼女はあんな愛し方で愛してもらいたかったのだ。

「フミコさん、ここにいてはいけない、叔父さんの処へ行く時間でしょう」

と、サドク少佐は彼女の悲哀を見て、言った。

いつものようにアメリカの車には子供たちがたかっていた。運転台に少佐とならんでかけて、扶美子は子供等の無邪気に眺めている目のなかに厳しい非難を読みとって肩をすぼめた。

第五章　生きた幽霊

1

思いがけない時に、扶美子の母の園子は、かく子の訪問をうけた。

夫の副官だった少佐夫人であるが、最近余り顔を見せないので、園子はほっとしていたやさきだ。一月の寒い雪もよいの日であるが、なんのために訪ねたか、かく子の訪問は必ず阿部家に波紋を残すような、事件を持ちこむから、園子はかく子の顔をみるなり、硬い表情になった
——

「ほんとうに日本家屋はお寒いことね。失礼して外套を羽織らせていただいて……新年のお喜びも申し上げませんで、倶楽部が忙しく目がはなせませんもので……どうぞ、お火をとっていただきますより、奥様、お炬燵《こた》に入れていただきますわ——」

かく子はミンクの外套を着たまま、園子の格式や気持を無視したように、勝手知った茶の間

に通り、掘り炬燵《ごたつ》の蒲団に、上半身を揺すりながらいれた。挨拶もぬきにして、持参のケーキの箱を炬燵の上にひらいた。夫の副官夫人としては勿論、普通の日本婦人としても失礼なこと、園子は胸がおさまらなかったが、これもアチラ風に染まったからと、観念して、こちらも丁寧に扱わないことにして、お茶をいれて、向きあって坐った。

「奥様、その後閣下から何かご連絡でもございませんでした?」

さも内証だというように声をおとして、じっと園子の顔を見た。

「連絡って——」

「やはりおありでしたんでしょう?」と、目をとがらせた。

「阿久津さんの奥様のお話になったこと? 今でも信じてらっしゃるんですか。海底に沈んだ潜航艇は、どれほど待っても浮んで来ませんよ。もう諦めましょう」

「徳田に未練があるんじゃありません。かれこれ三年ですもの……でも、日本の何処かに生きていて、そっと見ていられるなんて気味悪くって……離婚する方法ないかしら」

「離婚するって……立派に戦死したんじゃありませんか」

「戦死した夫が便りをくれるでしょうか」

かく子はハンドバッグから幾通かの手紙やハガキを出して、炬燵の上においた。

「これ、徳田さんから?」

園子もわれにもなく体をのり出した。

「奥様に読んでいただこうと思いまして――」

差出人の住所氏名は殆どなかった。文句は大同小異で、徳田少佐が無事に地下にもぐっているのに拘らず、かく子がアメリカの将校倶楽部に勤めて、アメリカ人の妾《めかけ》になっているのはけしからんと、罵倒しているのが多かった。しかし、或るハガキは、無署名ではあるが徳田少佐自身らしく、丈夫で暮してくれ、大手をふって世の中に出られる日を待っていると、書いてある。或る手紙は、徳田少佐の同期生と名のって、某所で徳田少佐に会ったが、元気で再起を期しているから、夫人も自重するようにと忠告である。或る手紙にはまた、徳田少佐一行は、講和条約の成立する日を待っているから、秘密に面会をさせてやってもいい、少佐は関と名を変えて、某方面に活躍しているから、新聞記事を毎日精読するようにと、書いてある……

読んでいるうちに、園子も徳田少佐が何処かに生存しているという錯覚におちそうだ。

「このなかに、ご主人の手蹟《しゆせき》だと思われるものがありますの」

「主人の手紙は戦災にあって、みんな焼きましたから較べようがありませんが……欲目かしら、これなんか、どうも主人の字のように思われますが」

と、二、三通の手紙とハガキを選《え》り出した。

「これがねえ……徳田さんが無事に日本へ帰って、こんな手紙を書いたとすると、主人も

──」

「ですから、閣下からも連絡があったか、知りたいんですの」

「ところが、私の所には、主人からも徳田さんからも、誰からも……おかしいですわね」

「講和条約が成立するまで待てば、真偽は判明するでしょうが……私は待てませんの。こんな手紙が舞いこむなんて、幽霊が生きているようで、不愉快ですもの……ほんとうに戦死した主人に離婚の訴訟を出したいくらいですわ」

「でも、そんなことがあるでしょうか」

と、園子は呟いて、遠く虚空を見るような目をした。もうかく子もない。徳田の手紙もない。阿部閣下が何処かに佇んでいた。混雑な街角で靴みがきをしていた。知らない農村で、好きな菊造りをしていた。

「どんなこともあり得ると、つくづく思いますわ。近頃のような混乱した社会で働いておりますと……ええ、あの人だって、関という人間になりすまして、英語の力でも活用しているかも知れません、それとも共産主義者になって──」

かく子はアメリカ煙草に火をつけて、しばらく黙って園子の顔を眺めていた。閣下を偲んでいる顔である。連絡があって、かくしていればこそこんな顔になるのだ。閣下を追って、うちあけていいか、閣下にきいている顔だ。いつも閣下のそばで遠慮していた夫人の表情だと、か

く子はおかしさをのみこんで、

「今日は、扶美子さんのことで伺いましたのよ、奥様。サドクさんに頼まれまして……」

そう言って、園子の顔から目をはなさなかった。園子は夢からさめたように緊張した表情をした。

「サドクさんが扶美子さんをお好きなことは奥様もご存じでしょう。私の顔さえ見れば、扶美子さんのご自慢で、扶美子さんに会っただけで日本へ来た甲斐があったと仰有るしまつですの……結婚したいって、扶美子さんに申込み《プロポーズ》したんだそうですが、扶美子さんがためらっている……扶美子さんもサドクさんを愛しているのに、承諾なさらないのは、お家で反対するからだろうと、サドクさんは心配しておりますが……。サドクさんの人となりや身分など、奥様の方が私よりよくご存じでしょう？　今のうちなら、日本人との結婚も正式に認められるからと、サドクさんはあせっておりますのよ。サドクさんは日本の習慣を知らないから、こんな場合はどうしたらいいかって、私にご相談ですが、奥様、扶美子さんのご交際を大目に見ていらして、今になってご結婚をおゆるしにならないのは、やはり閣下から最近ご連絡があったからではありませんの」

立板に水と話すかく子に、園子は呆気《あつけ》にとられていたが、次第に目がさめたように見開いていった。

「それは奥様のお口からは、閣下からご連絡があったとも言えませんでしょうが……特にサドクさんにそう気取られたら、閣下の身に危険が起きかねませんもの……やむを得ませんが、如何でしょうか、愛している者が結婚するというのが、敗戦後のしきたりになったのですし、閣下だって何処かでそれくらいのことは、十分ご存じでしょうから、お二人の結婚はおゆるしになってておあげになったら？　それがひいては、閣下の身が安全になって、青天白日に早くなれるきっかけになるかも知れませんものねえ」

「幾度も申し上げましたように、主人から連絡などありませんのよ」

「いいですわ、奥様、そんなにこちこちにならなくたって――世間にはあくまでご連絡がないものとしておおき遊ばせよ。ただ、いっしょにお住いですから、アメリカ人でも、感づく時がありますわね。私の処へさえ、こんな手紙が舞いこむんですもの。ですから、扶美子さんのご結婚も、そうした配慮で、おゆるしになってあげて下さらない？　いいえ、私にご返事を聞かせて下さらなくていいんですわ。私はサドクさんにも、奥様に何も申し上げなかったことにしておきますから、奥様からサドクさんによいご返事を下されば――」

園子夫人は口を封じられたかっこうだった。

2

かく子を送り出すと牡丹《ぼたん》雪になった。園子は茶の間の炬燵にもどって目を閉じたが、かく子が残した話が部屋中にひびいていた。

夫の潜航艇が無事に日本へ着いたが、戦犯になるのを避けて、部下といっしょに地下にもぐっているという。或いは潜航艇は無事に日本へ着いたかも知れない。部下は生を選んで地下にもぐったかも知れない。しかし、夫は武士の末裔《まつえい》だということを誇りにしていたし、屈辱に生きるよりも立派に自刃した筈である。将来生きてここに現われるようなことが万一あっても、それは夫の阿部重助ではなくて、夫の亡霊である——そう、園子は前年の八月十五日に初めて奇怪な噂を聞いた時から、幾度も繰り返し考えて、その噂を荒唐無稽なものと否定した。まして、かく子の処へあんなに投書があるのに拘らず、わが家に一枚もそれらしい便りが舞いこまないのは、部下はともかく夫は立派に戦死した証拠であると、園子ははっきりかく子の響きを消すことができた。

しかし、扶美子についてかく子が話した響きは、園子がどう打消しても、鳴りやまなかった。静岡へドライブした朝、武雄を突然おいて行ったことは、不安であったが、その夜余りおそくなく帰って来た時の扶美子の様子は、おだやかで変りなかった。サドクさんは帰途、倶楽部によってダンスしようと誘ったが、空襲の夜を思い出したあとで、ダンスする気になれなかったことを、扶美子は説明した。叔父の家に寄ったところ、叔父は県下の精神科の医者の会合に出席するために、沼津に出掛けるところだったので、自動車ですぐ叔父を沼津へ送ったことも話した。その会場は千本松原のなかの市長の別荘であったが、裏庭から海にぬけて、浜辺から富士山の眺望がよかったと、松の色や富士の色まで詳しく話した。叔父はサドクさんの土産のウィスキーを、仲間に飲ませたかったと、家へおいて来たことを幾度も残念がったと、笑っていた。叔父はドイツ語が達者で、サドクさんと盛んにドイツ語で話したが、サドクさんがあんなにドイツ語ができるとは知らなかったと、サドクさんにも言っていた。そう話していた間、園子は扶美子とサドクさんの様子を注意深く観察していたが、何かあったなら、母の本能で感得できるのだが、ふだんと少しも変らなかった。そして、翌日扶美子はいつも通り早起きして、勤めに出て行った。それから、クリスマスの休暇になった。サドクさんは扶美子と武雄をスキーに誘った。武雄は喜んで賛成したが、扶美子は勤めの都合がつかないからと、ことわった。扶美子がことわったらサドクさんも行かないだろうと思ったが、二十七日の夕に武雄と志賀平へ発った。扶美子とサドクさんがかく子の言うように愛しあっているのならば、扶美子がスキーをことわる筈はなし、サドクさんも扶美子を残してスキーに行く筈もない。それどころか、扶美子はもう勤めをやめた筈であるが——

そう園子は必死になって、自分に都合のいいように考えるのだが、やはり不安は拭えない。

「徳田少佐の奥さんは相変らずですね」

園子は背から水をかけられたような気がした。そう言いながら、姑が炬燵にはいって来たのだった。耳がいいが、立聞きされたのではなかろうかと、うろたえて、急いで姑の座蒲団を探して来た。

「命長ければ恥多しと言いますが、重助が不名誉に生き恥をさらしているとか、扶美子がアメリカ人と結婚するとか、ぬけぬけ言わせておくのは、園さんがいけませんね。誇りをなくしましたか」

いくつになっても姑の前では嫁である。園子は頭を下げて、姑の小言をやりすごすことにしている。その時も、詫びて、緑茶をいれた。緑茶が好きな姑で、たいていの場合、緑茶をいれれば機嫌をなおすが、

「講和条約が成立して、万一重助がここに現われるようなことがあれば、私が介錯して立派に自害させて、お上にお詫びいたしますよ。そんな不忠な子に育ててはありませんがね……扶美子の方は園さんがはっきりした処置をとってもらいますよ」

「はい」

太郎や扶美子の目には、ユーモラスに見える姑の態度が、園子には重くのしかかるのだ。扶美子を信頼していたことが、母として監督不行届きではなかったかとあわてた。サドクさんを下宿させたことも過失だったように秘かに後悔した。夫が亡くなってから、子供等にまで蔑《ないがし》ろにされていたように感じられたのだった。

その夜、園子は扶美子と床をならべて休んでからも、なかなか寝つかれなかった。ことこと、時々音がして外はまだ雪が降っているらしい。サドクさんが下宿するようになってから、扶美子を自分の部屋に移していっしょに休むほど、神経を使ったが、娘の心はとうに母からはなれていたのか。床をならべて休むような姑息な処置をわらっていたかも知れない。ふと暗いなかに扶美子の低い声がした。

「お母様、まだお休みになれないの——」

「ひえますね……まだ雪がやまないらしいね」

「お夕食前に、お祖母様からうかがいましたけれど……徳田の小母様がいらしたそうね」

「お祖母様がどんなこと仰有ってました」

「お祖母様も苦労性ね……お気の毒ですが、どうにもできないし……お母様はくよくよなさらない方がいいわ」

いつ何処でどんな風に姑が扶美子に話したのだろうか。素早い姑だ。

「お祖母様は徳田さんのお話をみんななさったの」

「ええ……お祖母様ったら、大時代的というのかしら、大袈裟でおかしいったらなかったわ。こんな時世でなければ、扶美子を成敗するんだがって、真顔で仰有るんですもの」

「成敗するって――」

「そうよ。カブキのなかの殿様のように、庭でお手討にするって……言うんですもの。どうにも話しあえませんわ」

「私もあなたに真面目にききたかったんですけど――」

「サドクさんのことでしょう……お祖母様にも偽ってはいけないと思ったのよ。だから求婚されたと申し上げたの。そしたら、お前はアメリカ人のような野蛮人は嫌いだろうって、叱りつけるようになさるから、サドクさんは立派な人よ、とあっさり答えたの。それで、もうお祖母様は頭がかっとなさって、こちらの言葉も耳にはいらないんですもの」

「サドクさんを愛してたの、扶美子は――」

「愛してるというのかしら……愛してるというのでしょうね、自分の感情を解剖してみると――」

「そうだったの……私は考えちがいしていましたよ。そうでしたか」

「そんなに驚かれるようなことは何もありませんわ……サドクさんは求婚なさったけれど、私はサドクさんのお国も環境も知りませんし……なんといっても征服者と捕虜の関係ですもの。それはサドクさんのひたむきなお気持も、よくわかるけれど、私は自分に自信がないのね。だからって、サドクさんを愛さないのじゃないのよ。お祖母様のようにアメリカ人と結婚してはいけないなんて、毛頭考えませんが……どう言ったらいいかな。まだ私はサドクさんに相応《ふさわ》しくないような気もするの。でも、これ以上相応しくなる方法もないし、又、軍服を脱いだサドクさんが、ほんとうには私にわかってないようにも思われるの。軍用の自動車を持たないサドクさん、軍用の食糧品を持たないサドクさん、軍の伝票を持たないサドクさんを知りたいのよね。それは無理なことでしょうし、又、そう思うのは日本人らしいひがみとも考えますけれど……こんな風に迷ってるのは、サドクさんにすまないんですが、こんなうじうじした気持こそ、成敗してもらいたいくらいですわ……」

真暗いなかだから、扶美子はこれだけ思い切って話せた。母と顔を向き合せては言えないことで、どう話しても結局は自分で解決してゆかなければならないことだ。母は何も答えなかった。しばらく沈黙がつづいたが、

「お母様、もうお休みになった？」

「いいえ」

「ねえ、お母様、お母様は結婚生活、おしあわせでしたの」

「しあわせ……そんなこと、考えたこともありませんよ」

弱々しい声である。それ以上きけないほど弱々しい声だ。

戦争中、叔父の家へ行くことにして、父の書物を同時に疎開させようと整理した時に、扶美子は偶然母の日誌を発見した。数冊の大学ノートだった。空襲の危険のなかで、母に別れて静岡で暮す間、母の若い日の日誌を読むことは、母を識るとともに、母を身近に感じてなつかしむ手段でもあった。しかし、その日誌のなかで、母が仄かに想う人があったのに拘らず父と結婚したような場所に、ふとぶつかった時の驚き。短い言葉だが、悲しみが鋭く誌されてあった。その部分を扶美子は幾度も読んで考えこんだものだ。親の選んだ人に嫁す当時の社会秩序に従ったのだが、母もその人も魂に生涯のこるような傷を受けたことは、その短い文章からも想像できた。それからというもの、扶美子はよく母の悲しみを思った。母がその人と結婚していたらと、考えた。そして、母を見る目がちがって来た。いたわりをもって母をみるようになったが、しかし、ふだんの母は、扶美子がその気持をかよわせようのない権威をもった母である。扶美子は愛する人を持って結婚をためらっている現在、特に母と結婚について語りたいのだが
——

「お母様、お休みになった？」

返答がなかった。園子はわざと眠ったふりをした。

翌朝は晴れて雪が三寸もつもっていた。扶美子は屈託のない顔で、早く勤めに出た。暖かな陽に雪は早くとけたが、日蔭にはいつまでも雪がのこって、道がぬかるんだ。天気の日に、ゴム靴をはいても行けないから、扶美子はサドクさんの出掛けにせめて横浜まででも車に便乗させてもらおうかと思うが、祖母の手前はばかった。

ところが、翌朝、当の祖母が静岡へ行くのに、サドクさんに車で東京駅まで送ってもらいたいと頼んだ。静岡の叔父の家へ行くなら、太郎か扶美子が送って行くからと、前夜も話したが、祖母は叔父と打合せて静岡駅に迎えにきてもらっているからといって聞き入れなかった。ただ汽車が混むから、東京駅まで出て、東京から汽車に乗りたいという希望だった。しかし、いざ出発という時、どんな風の吹きまわしかサドクさんの車に便乗したいと頼んだのには、扶美子も思わず母と顔を見合せた。サドクさんは喜んで、祖母の他に扶美子と太郎をのせて東京へ出た。

東京は美しい都会ではない。火災が多く、とくに一九二三年の震災で大半焼失した。それ故、京都のような過去を持った都会ではない。太平洋戦争中の爆撃で、東京は全くみにくくなった。しかし、ただ皇居だけが、緑の宝石箱のように、深いお濠をめぐらして、美しい芝生と老松とが、以前のように手入れは行きとどかないが、それでも今日なおそのままに保存されて、日本人ならば誰も此処へ来れば、敗戦に拘らず、過去の誇りにめざめて、自然に頭が下り、国を愛する歌が新たに心にひびきわたる。

車が東京の市内にはいると、祖母は皇居の前を通って欲しいと頼んだ。皇居前の広場では車を徐行させて、広場の松が荒れたと歎いていたが、お濠端へ出たいと言った。車は和田倉門前のお濠端に出たが、祖母のいうお濠端は半蔵門寄りのお濠のことで、サドクさんは祖母の指図で、皇居を一周することになった。半蔵門寄りのお濠は氷がはって白く光り、鴨が無数におりていた。

「サドクさん、私はこの鴨の群れが見たかったんです。ここから、日比谷までの皇居の眺めは、東京で最も日本的な美しさです。石垣の形といい、さびた色といい、老松のたたずまいといい……この路は自動車でなしに、ゆっくり足で歩くべきですよ」

そう祖母は突然たくみな英語で話しかけた。サドクさんばかりでなく扶美子も太郎も祖母の英語を初めて聞いて、奇蹟でも起きたように驚いた。それを見て、祖母は大機嫌になり、

「ご面倒でも、もう一度皇居の前を横切って、馬場先門の方から東京駅へぬけて下さい。私の英語は明治天皇様の御代に、イギリス人に習いましたが、今日アメリカ人に通ずることが判って、うれしいです。まだ耄碌《もうろく》していない証拠ですからね」

と、英語で笑っていった。

東京駅でも祖母は機嫌よかった。プラットホームでもサドクさんに握手して、丁寧にお礼を

のべて、二等車におさまった。サドクさんも発車まで窓ぎわに立って見送ったが、祖母は、

「こんな風にサドクさんにお見送りいただくなんて、一体私はどんな遠いところへ行くんでしょうね。日本の風習はおかしいでしょう？」

と、冗談を言ったが、その発音のみごとさに、扶美子は感心した。

こんな風に見送っていては、会社も遅刻するし、困ったと思ったが、祖母がサドクさんと和解したようなのが、扶美子は嬉しかった。発車してからも祖母は窓から手を振っていたし、サドクさんも笑顔で応えていた。

そんな調子で祖母が静岡へ発ったことは、阿部家全体を明るくした。

しかし、それから一週間ばかりして、静岡の叔父から祖母宛に寒中見舞状がとどいた。祖母の行く前に出した郵便が遅れたのだろうかと、あやしんだが、不審に思って、電報で問いあわせると、祖母は静岡に着いていないという。

第六章　娼婦リリー

1

阿部元枢密顧問官夫人の失踪事件も、世間を驚かさなかった。敗戦後すでに二年半たって、世の中は多少落着いたようだが、まだどこか秩序に穴がのこっていて、人命を粗末にした習慣もぬけきれなかったからであろう。逗子の阿部家と静岡の阿部病院から捜索願を出したが、警察でも真面目に扱わなかった。元枢密院議員だとか、元将軍だとか、敗戦前の権力者が、新しい民主主義の警察に軽んじられたからでもあるが、警察は事件が多くて、老人の失踪などにかまっていられないという様子であった。

しかし、二週間後に富士山の裾野の日本平と呼ぶ平野を見おろす阿部家の菩提所《ぼだいしょ》の裏山で、死骸になって発見されると、どの新聞も大きく三面に報道した。敗戦前に枢密院議員を夫に持ち、戦犯に価する将軍を子に持った名流夫人が、夫の墓前で、剃刀で動脈をきって自害したのも、戦争によって没落した階級の一悲劇だというように、興味本位に書きたてた。特権をうばわれてうらぶれた貴族などを、斜陽族と呼ぶのが流行したころのことだ。阿部家も斜陽族として、経済的に困窮したから、この名流夫人は貧困と屈辱の代りに死を選んだとみなされた。そう書くことが当時の占領下で貧困と屈辱に生きていた大衆を喜ばせるからで、実際、この婦人が何故自殺したか、その真の原因も新聞では追求しなかった。

しかし、その新聞記事は、思わないところに影響を起した。

というのは、大井町の或る家の洋間のベッドに寝ていたリリーと名のる日本娘が、毎日の習慣でベッドのなかで新聞を読んでいたが、突然跳ね起き、

「わあ生きてたのか、生きてたのか」

と、叫ぶなり、ヒステリーを起したように泣き出した。

「やかましいじゃないの、リリー。静かにしてよ……。ねむいったら——」

壁におしつけてある他のベッドから、ジョリと名のる日本娘が毛布を引張って顔をかくしながら言った。

「くやしい、くやしい」

と、リリーはなおも体を二つに折るようにしてむせび上げていた。

「リリーったら、どうしたのさ」

暫くたって、ジョリが邪険な声で半身を起して目をこすった。リリーは我慢できないという
ように泣き伏していた。派手なアメリカ製のパジャマの肩がゆれて、動物のような泣き声だ。

ジョリは呆気にとられていたが、スリッパをつっかけて、リリーのベッドに行き、彼女の肩を
撫でるようにして、

「どうしたのよ、朝っぱらから、小学生のように泣いたり、おなかでも痛むの」

「あの人が、生きてたのよ、あの人が――」

「あの人って誰さ……泣いてたんじゃわからないじゃないか」

「この新聞を見て――」

と、大きくむせび上げた。ジョリは床に落ちていた朝刊をひろってみた。

「新聞のどこさね。一体どうしたのさ。じれったい人だよ――誰が生きてたのよ」

リリーは涙を腕で払うようにして、三面のトップ記事を指した。ジョリは眠そうな目でゆっ
くり読んでいたが、

「生きてたんじゃなくて、死んだんじゃないか、斜陽族のお婆ちゃんが……おかしな人だよ。

このお婆ちゃんが、あんたにどんな関係があるのさ――」

「太郎さんが生きてたなんて――」

と、又顔をベッドに伏せて泣き出した。

「太郎さんだって……ああ、この阿部太郎、そうだったの、この人だったの、ほう、この人が」

と、ジョリは枕卓《サイドテーブル》の上のアメリカ煙草に火をつけて、

「そうだったの」と独り言のようにして幾度も繰り返しながら、冷やかに見ていた。

リリーと名のっているが、それは、下宿している家に二世だと思わせ、世間体を慮ってジョリの入れ智慧《ぢえ》で、純粋な日本娘でないように装っているからだが、実はあの哀れな小野光子だった――

光子がこのジョリに初めて会ったのは、前年の春、岩国から上京する汽車のなかだった。あの夜明け、従姉の家を抜け出るなり、光子はふらふら駅に行った。わけもなく太郎に会いたかった。太郎に会わないではいられなかった。東京行きの切符を買った。アメリカ兵が残した札束がハンドバッグの中にあった。最初に来た上り列車に乗った。その列車は大阪行きだった。大阪で東京行きに乗り換えた。その列車も混みあったが、大阪始発の列車であったから、光子はどうにか掛けられた。彼女の横に、大阪からジョリが掛けていたが、関ヶ原を出るまで、ジョリが隣にいたことに気がつかなかった。それほど、光子は岩国を出る時から自分をなくして

いた。太郎に会いたいという一念だけだった。会ってどうすると、その先はなかった。強いて考えれば、太郎に会って死にたい。生きているのがいやだ――と、悲しみが全身に巣喰ってしまって、考える力もなかった。

「ねえ、これ食べない」

関ヶ原の駅を出て間もなくのこと、隣から暖かな息が耳朶にかかった。光子の膝《ひざ》の上に真白なパンのサンドイッチの包みが開かれていた。その頃は食糧難で、駅弁もなかったが、白パンなどアメリカ人でなければ手に入らなかった。光子は夢のようにパンの白さに目をひかれた。

「ここが関ヶ原でしょうか。つまらない野原じゃないの。人間の運命を決するような古戦場で有名だそうだけれど……今度の戦争では、広島が関ヶ原だったのかもしれないわね」

やはり耳朶に暖かな息で囁いた。広島という言葉で、光子ははっとして、狼狽した顔で隣席の女を見た。二十五、六歳にもなろうか、見知らない人である。化粧も日本人ばなれがして頬を赤くしていたが、爪も染めていた。ウールの薄茶のタイユールが華奢《きやしや》なからだつきにぴったりして、ピンクのブラウスが美しくのぞいていた。美しい人だった。

「さあ召し上れよ」

とその人はサンドイッチを頰張った。列車内は混みあって、三人がけをしている者、立っている者もあって、そんな中で、真白なパンを食べるのは気がひけたが、光子は意思に反して手が先に出た。岩国を出てからなにも口にしていなくて空腹であったからでもあるが、幾年ぶりに食べたサンドイッチは、とろけそうにうまくて、われにもなく次々に手を出した。隣席の女は魔法瓶を出して、熱い珈琲を光子にすすめた。珈琲も光子は数年ぶりで、飲むなり目を閉じて、その香り高いあつい飲料が食道を通るのを、じっとたのしんだ。こんな風にサンドイッチや珈琲を持って旅のできる隣席の人は誰だろうかと思った。お礼も自然に口に出せないほど、うぶな光子だったが、

「あの、広島からいらっしゃいましたの?」

と、やっとお礼心をこめて話しかけた。

「いいえ……大阪からよ。あなたは広島から?」

「ええ」

「やっぱり広島から来たのね。ピカドンにあったの」

「ええ」

「へえ……そうだったの、やっぱり。よくわかったわ、あなたが広島でピカドンにあった娘だってこと。私は一目見るなり、そう感じたわ。だって、あなたの全身にピカドンの影響が残っているようですもの」

女が頓狂な声で、そう言ったから、前の席の者も立っている乗客も一斉に光子を見た。光子は彼女の言葉で、忘れようと必死になっている岩国での最後の夜のことを、ふと思い出して、羞恥に赧《あか》くなった。あんな目にあったことが、全身に影響をのこして、人目につくのだろうかと。あれは災難にあったので、従姉の目からのがれれば、なかったことに等しいと、幾度も胸のなかで繰り返したが、一度失ったものはとりもどすことができないのだろうか。光子はみんなの視線が全身に針のようにささって、悲しく目を窓外へそらせた。菜の花がけむるように咲いた田がつづいていた。

しかし隣の女は光子が原爆にあったことを知ると、急に勢いづいたように、当日何処にいたかとか、原爆のおちた瞬間はどんな気持がしたかとか、両親は助かったかとか、次々にきいた。光子は、もう原爆のことは前世での事件のように忘れたくて、言葉少なく答えるが、相手は同情するのか、執拗《しつこ》く根掘り葉掘り切りこむようにきいた。しかし、光子は、相手におこれなかった。どこか人のよさがあるような人だった。

雪のまだ残る伊吹山《いぶきやま》が見えて来た頃には、光子は原爆で孤児になって、太郎をたよって東京へ行くことまで知らせてしまった。同時に、相手がジョリと呼ぶ二世の娘で、光子に同情し、これから困ることがあれば援助するという申し出も受けた。東京へは初めての旅であり、たよる太郎が生きているかどうかわからなかったから、不安な光子に神がジョリをつかわしたように、感じられた。

そう言えば、光子には、ジョリが、イタリアのルネッサンス以前の宗教画で見たマリアに似ているように感じられた――

2

ジョリが東京の地理に詳しいといって、東京駅へ着くなりタクシーで光子を案内して、青山へ行った。

青山から表参道を行ってすぐだと、太郎はよく東京の家のことを光子に話した。たくさん写真を見せてくれたこともある。参道はひろくて、遙かに神宮の森が望める写真も、青山三丁目付近か、電車通りから参道へかかる入口の大石燈籠の前でとった太郎の写真も、光子は忘れなかった。しかし、青山一円が、敗戦の年の五月二十五日の夜の空襲で、完全に焼けて、その広い参道になだれた避難民が、機銃掃射をうけて重なりあって死に、その上、周囲の火災のために逃げおくれた人々が、参道に蝟集して神宮に出るまでに焼け死んで、参道の歩道が人間の油で変色したという悲惨事は、光子は知らなかった。ジョリといっしょに、石燈籠の前に出て、写真の風景とあまりに変っているので、途方にくれた始末だ。

電車通りに田舎の町並なバラックがならんで、ただ一望の焼野だった。石燈籠から参道を一町ばかり行けば、左側に阿部家のあることを、太郎から聞いていた。たしかに写真で見おぼえの石門と石垣があって、阿部という陶製の門札がかかっているが、家も立木もなくて、屋敷のうちは瓦や石のこわれがつみ重なって廃墟である。

「移転先を書きのこしてないかなあ」

ジョリは瓦や礫のなかに、かたこと靴音をたてて歩き廻っていた。光子はりつめた緊張が一度に抜けて、阿呆のように佇んでいた。太郎さん、太郎さん、何処へ行ってしまったの。光子の心臓は絶叫しているが、かすんだ空に、太郎の面影さえ浮んで来ない。ジョリは屋敷の日だまりに咲いていたすみれの花をつんで、出て来た。

「さまざまな思い出が焼けうせて、がらくたのなかに、すみれが咲いていたなんて、可愛い詩だけど……現実としては痛いわね」

そう言いながら、すみれをボタンホールにはさんで、さあ行こうと、冷たく促した。しかし、それでも、バラックの通りへ引返すと、すぐそばの果物屋によってきいた。そこのおかみさんは、二人の様子をじろじろ見ながら、

「枢密院議員の阿部さんですか、戦災前は知ってますが、皆さん焼け死んだんじゃありませんか。参道のお屋敷は、防空壕があって安心していたために、逃げおくれて、みなさん死んだそ

うですからね。誰が誰だか判らないくらいたくさん死にましてね――」

と、話し出して、彼女がどうして助かったか、はぐれた息子が焼死して死骸も判らなかったことなどつづけたが、ジョリは怒ったように礼も述べずに、店先を立ち去った。光子もジョリのあとを追って急いだが、原爆でなくても、そんなに沢山の人が死んだのか、とはじめて知って驚くとともに、太郎があの日教会へ行く途中で、原子爆弾で死んだのだと、あきらめなければならないと、頭を垂れた。

その日はジョリの家へ行った。誘われるままに、そうするよりなかった。家といったが、大井の或る屋敷の広い洋間の応接間だった。ジョリはそこに着くなり、母家の主婦に従妹のリリーだと、光子を紹介して、当分いっしょに住むが、そのために部屋代を上げてもいいと話した。光子はリリーと紹介されながら、顔を赧くしてあわてたが、ジョリは部屋にもどると瓦斯《ガス》に火をつけて珈琲を用意しながら、しんみり話した。

「あなたが誰だか、どんな過去を持つか、私は興味がないわけじゃないけれど、そんなこと、どっちでもいいことよ、ねえ。今日からあなたがリリーになって、私の従妹になれば、此処にいてもあなたも気が楽でしょうが、私だって、気がねがなくっていいわ。どうせ、あんなひどい戦争で、おたがいに羽をむしりとられた小鳩みたいになって、巣は焼けちまったし、親や兄弟もなくなったんだから、過去なんかないものとして、今日の日を生きるのよ。その点では、従妹どころか、姉と妹みたいなものと思えばいいわ。あなたが偶然私にあったから、よかったけれど、東京でうろうろしていたら、狼共につかまるところだったわ。羽をむしられた小鳩を煮たり焼いたりして食べようと、狼族がねらっているからね。まあいいわ、今日からあなたはリリーで、私の従妹よ、わかったわね」

光子は胸がかくかくした。ひどい話だが、相手の愛情が全身にしみわたるようで、じっと見つめていた目の奥があつくなった。

その夕、ジョリは用事があるからといって外出した。泊って来ると言った。翌日の午後でなければ帰れないから、朝食と昼食をどんなふうにせよと、いろいろ親切な注意を残した。

光子は狐につままれたように、その洋間のベッドに腰をおろして、部屋中を見まわした。衣裳簞笥がある。食器戸棚がある。化粧簞笥がある。瓦斯台がある。食器戸棚には、あちらふうの食料品が幾種類もある。この一部屋を天地として生きていかれるような設備である。ジョリは何処にも鍵をかけなかった。光子には全く夢のなかの出来事である。小さい金属製のベッドで腰をうかすと、軽いはずんだ音をたてる。食器戸棚の上の小鉢に、レモンが光っていた。それをとって、すべすべした美しい肌を手でみがいて、頰にあててみた。熱い頰にこころよく冷たい。してみると夢ではないと光子は思った。しかし、この立っても坐ってもいられないような淋しさは、どういうわけか。部屋のなかにいるのに、大洋のなかに放り出されたように不安である。ジョリという人は一体何をする女であろうか。

光子は部屋に閉じこめられたもののように歩いた。歩いていなければ不安でならない。しかし、考えてみれば、この不安は原爆にあった日に、光子の体の芯に不可思議な機械でもとびこんで、それが常時唸りをたてて存在をおびやかしているようでもあるが――

翌日、ジョリは昼前にもどって来た。光子は安心と喜びで、とびたって迎えた。ジョリは部屋にはいるなり、

「リリーのベッドを工面して来たわ」

と、言ったが、すぐあとから、背の高いアメリカ兵が二人、もっそりはいって来た。重そうに長椅子を持ちこんだ。

ジョリは二人を指図して、家具を動かさせたり、折りたたみ式長椅子を組みたててベッドにさせたり、道路寄りの窓に近くベッドを置かせたりしてから、食器戸棚から、コップを出して、ウィスキーをなみなみついだ。二人のアメリカ兵は嬉しそうにウィスキーをあおった。

「ベッドさえあれば、リリーだって、ここに落着けるわね」

「そんなご心配していただいて――」

光子はアメリカ兵をみたとたん、心がこおりついてふるえながら部屋の隅で呆然とアメリカ兵のすることを眺めていた。ジョリが、ジープで時々家へもどった岩国の従姉のように見えた。

煙草をけむらせている恰好も、従姉の春子にそっくりである。光子は二人のアメリカ兵の手前、どうしていいか、身の置き場に困った。

「今日はゆっくり東京見物するなり、休むなり、好きなことしていらっしゃい」

アメリカの兵隊がウィスキーの杯をほすと、すぐジョリは光子にそう言いのこして、アメリカ兵を促して出て行った。光子も自然に見送るために出た。門の外に、ジープと小型トラックが停っていた。ジープにはアメリカ将校が待っていた。ジョリがそれに乗ると、ジープはすぐ坂道を下っていったが、小型トラックの方は、二人のアメリカ兵がそこに集まった子供等をからかっていて、なかなか出発しなかった。

光子はかくれるように部屋にもどって、持ちこまれた低いベッドにかけるなり、両手で頭を抱えた。岩国の叔母の家の店先に坐っていて、幾度見たか知れないジープとアメリカ兵が、払っても払っても、眼底にこびりついていた。ジョリは従姉とちがって、上品ではあるが、春子と同様に何時また光子をアメリカ兵のところへ連れて行くか知れない。両親を失ったことが、こんなにも娘を不安な境地においやるものかと、光子はふるえがとまらなかった。

その時、記憶のなかにくらさんのことが明るく思いうかんだ。困ったことがあったら、東京へ来るようにと、別れる時に、くらさんの静かに話した言葉が、暖かに胸に流れていた。宝石のようにしまってあった言葉である。地下鉄で上野の次でおりれば、すぐそばだとも言った光子はとび立つような勢いで外出した。

地下鉄をおりて、天理教会をたずねたら、すぐわかった。

故郷で見た天理教の教会からくらさんの教会をも想像していたが、その規模の大きいのに光子は先ず仰天した。その地域は一帯に空襲を受けないで、商家もどっしりした二階家がつづいていたが、街々の屋根の上に不燃性の神社造りの建築の屋根が高くそびえて、辺りを圧していた。神社のような境内を黒塀でかこって、十間もある巨大な黒門が広く開いている。光子はためらいながら門をはいり、会堂を見上げた。参拝人であろう、五、六人の男女が光子の前を会堂の方へ行く。会堂の横の方にも、白壁の二階家が二、三軒見える。司祭館だろうかと光子は思った。人の一人や二人は何時でも厄介になれるからと言ったくらさんの言葉が、その宏壮な構えの家々から真実だと感じられた。

初めて天理教の教会を訪ねるのだ。光子は急いでその数人の男女のあとをついて行った。開け放った玄関で靴を脱いだ。三、四段の階を上ると、二百畳もありそうな畳の会堂だった。二、三十人の人々があちこち思い思いの場所に坐り、正面に向って小声で歌を口にしながら、両手で手踊りしては、時々畳に顔をすりつけている。正面はみがきこんだ板の間で、そこに太鼓や鐘のような日本楽器がならび、その奥に、大きな雛段《ひなだん》の上に祠《ほこら》と神鏡があって、その前に神饌《しんせん》をのせた無数の三宝《さんぽう》が幾段にもならんでいる。光子は坐ったまま誰にたずねていいか途方にくれた。会堂の上《あが》り端《はな》の隅の方に、一人の青年が袴をはいて端坐して、両手を膝の上においているのが見えた。参詣した人々が、その青年の方へ行って挨拶して帰る。光子も青年に近づいて、恐る恐るきいた。

「こちらの教会に、大賀くらさんという小母さんはいらっしゃいませんか」

「大賀くらさんですか……信徒さんでしょうか」

「さあ、信者で……広島で原爆にあって、こちらの教会にご厄介になるといって、広島を出たのですが」

「お待ち下さい」

青年は会堂の横の方から出ていって、なかなかもどらなかった。

「わかりました、大賀さんはお地場《じば》の詰所の方へ行っているそうです」

「お地場の詰所って、近いんですか」

「いいえ、大和の丹波市のご本部ですから……」

「何時こちらへお帰りでしょうか」

「詰所の方にひのきしん（勤労奉仕）をしていますから何時帰りますか判りません」

青年は同情して、くらさんの住所を書いてわたしながら、

「どなた様でしょうか。大賀さんでなくて他の者にも出来ます用事ならば、喜んでうかがいます」

と、じっと光子の顔を見た。それほど光子の顔は青白く、思いあまった憂愁が青年にも感じられた。

光子はくらさんの住所を書いた紙片をハンドバッグに入れてから暫く目を閉じていた。唯一の鎖であるから、とりすがってみようかと思った。しかし、その生真面目に端坐した青年の顔を見ると、とても教会においてくれとは言い出せない。光子は力なく幽霊のような恰好で、青年の前を辞した。階の下で靴をはきおわると、青年がそばに立っていた。これが老人ならば、来意を一応話してみたいのだがと、未練がましく青年を見上げていたが——

光子は地下鉄で新橋の方へ帰ろうとした。地下鉄の中で涙がこぼれそうでならなかった。銀座、銀座と呼ばれて、ふらふら下車した。人波におされて、細い階段を尾張町の角に出た。あぁ、これが少女の頃からあこがれた銀座であろうかと、服部《はっとり》の時計台を見上げて吐息が出た。時計はとまっていた。狭い歩道に屋台店がぎっしりならんで、商店と屋台店の間を、アメリカの兵隊、黒人、日本人の群れが身動きもできないで、ぞろぞろ流れになって動いている。立ちどまっていられない。光子はただ流されて行った。店も見なかった。人々だけが目についた。この人々は家があるのであろうか。戦争で親を亡くさなかったろうか。夫や子や兄弟を亡くさなかったろうか。光子はこの人波にさらわれて、何処の岸であれ、打ちあげられてもよいというような、哀れな女になっていた――

光子はやはりジョリの部屋に厄介になった。同じ部屋に同居してみると、ジョリの人となりが自然にわかってきた。東京の津田英学塾に在学中、学徒動員で、工場で勤労奉仕をしている留守に、両親が横浜の空襲で爆死したことも。二世の娘ではなくて立派な日本名を持った浜っ子であることも。敗戦後身よりもなく廃墟に化した街に立って、おぼつかない英語と若さを資本に、占領軍の倶楽部に就職したことも。立派な女の職業として働いたが、倶楽部に出入りするA将校の誘惑を、彼女自身は愛するから今なお関係を持っていることも……みな光子は知ってしまった。派手のようだが、やさしくて芯はかたく、光子の不幸を親身になって同情するのも、幾日も食がなくて飢えるような苦労をしたからだということも――

ジョリは光子に、心配せずにこの部屋をわが家として、好きな勉強でもするように言ったが、しかし光子はしたい勉強がなかった。彼女の希望も喜びも、原爆といっしょにピカッと吹きとんで、その瞬間から生きる支えをなくしたようだった。岩国でアメリカ兵から凌辱を受けた時、生命が火花のように輝いて愛する太郎を思い出させ、一目散にはるばる東京へ来るだけの力をほとばしらせたが、太郎も死んだことを察すると、それも灰のようにくずれてしまった。もちろん勉強するという意欲などなくして、幽霊のようにいつも部屋の隅にかけていた。ただジョリの留守に、ジョリの部屋に、ぼんやりこもっていることは、気詰りで、光子を落着かせなかったし、さりとて、この部屋からとび出して行く力もなく、独りいらだったような瞬間があったが——

そんな瞬間であったが、或る夜光子はジョリに頼んだことがある。

「ねえ、私もあした倶楽部につれてって下さらない?」

ジョリは、聞きちがえたかと呆れた顔で光子を見た。光子は必死に加えた。

「私はただご厄介になっていては、つらいんです。ご一緒に働きたいのですけれど」

「つらいって、どういうことなのさ。私はリリーがいるから、毎日が張合いがあると思ってるのよ。リリーが勉強してくれたら、それでいいんだがなあ」

「勉強って、することがないんです」

「勉強することがないんだって……へえ、驚いた。それじゃお嬢さんのように映画でも見てればいいじゃないの」

「そんなつもりで申し上げたんじゃありませんけれど——」

と、光子は情けなさそうな表情をした。

「私だって、皮肉じゃないのよ。倶楽部で働くぐらいなら、映画でも見て遊んでいた方がよっぽどリリーのためだと思うからよ」

「でも、私はご一緒に働きたいんですわ」

「ねえ、倶楽部がどんなところか知ってるの」

「でも、あなたが働いてるんですもの」

「だから、リリーには映画でも見てろって言うのよ」

「私だってあなたと同じですわ、リリーですもの」

「あんた、勘ちがいしてるんじゃない?」

ジョリは睨むような表情をした。目が血走って、光子も思わずたじろいだが、ジョリは顔を歪めて、

「その話、明朝聞くわ。今夜は頭が熱いから、寝ましょう」と、さっさとパジャマにかえて、ベッドにもぐりこみ、「早く電燈消してね」

光子はいわれるままにすぐ消燈したが、ジョリが憤怒《ふんぬ》と悲哀をもてあましている様が重く感じられて、低いベッドに腰をかけたまま、服も脱げなかった。光子も悲しかったのだ。ジョリに自分の不幸が通じないことが悲しかった。しかし、ジョリに自分の不幸を話さなかったことに、ふと気がついた。母がいたらば打明けたいような秘密の不幸を……それはくらさんにも話せなかったし、岩国の叔母にも話さなかったが。その不幸があるから、自分はこんなにも意気

地がなくなったのだろうかと、光子は暗い闇にうなだれていた。明るいところでは、とても他人に話せないけれど、ジョリにはこの不幸を打明けなければ、ほんとうに自分を解ってはもらえないのではなかろうか。そう思うと、光子はこの世にジョリ以外に頼る者のない哀れさが、胸にこみあげた。

「ごめんなさい――」

光子は涙声で言ったが、ジョリは答えなかった。ジョリは眠ると、暫くの間鼾《いびき》をかく習慣であるが、まだ鼾も聞えていなかった。

「私、聞いていただきたいことがあるんですけれど……母でなければ、言えないことで」

それだけ言うと、光子はもうなんでも言えそうな気がした。

「あの、ずっと月のものがないんですけれど――」

ジョリがベッドに起き上る気配がした。

「思いあたることがあるの、困った人ねえ」

「もう二年近く――心配で心配でしかたがないんですけれど」

「二年……ほんとう？　どうしたの、医者に見せなかったの」

「ええ」と、啜り上げた。

「栄養失調だったからじゃないの。心配することないわよ」

「でも、ピカドンのせいじゃないかと心配で……だって、あれからなくなって……栄養がわるいからだと私も思いましたけれど、あんまり長いことですし」

と、涙であとの言葉が消された。

「ピカドンのせいだって――」

ジョリはとび起きるようにして枕卓の灯をつけた。外套を羽織って、光子のそばに来た。原子放射能の影響について新聞に書かれたいろいろ不吉な記事がジョリの頭のなかにうずまいた。

「ほかに変ったことないの、どうして医者に見せなかったの、泣くことないわよ」

と、光子とならんで肩に腕をかけた。

「左腕を怪我して……医者にかよったけれどはずかしくて……それは話せなくて――」

「腕の怪我は今ではすっかりなおったの？　それなら、その方だって、健康さえ恢復《かいふく》すればきっとあるわよ。心配しなくたって……」

「でも、私は放射線にあたって、かたわになったのかも知れません。もうあるか、もうあるかと思ってたけれど、二年近くなるんですもの……ほんとうに、あの時死んだらよかったんですわ」

「そんな悲しいことを言わないで。ねえ、リリー、私だって死んだ方がいいと、幾度思ったか知れないのよ。二日も食べる物がなくて、波止場を歩いたこともあるわ。橋の上から鉄道の線路を幾時間も見おろしていたことも……だが、その度に、今死んだら何のために生れて来たんだと自分を叱りつけたのよ。死んだ方がらくかも知れないけれど、あの戦争中、歯をくいしばって頑張ったんだもの、戦争に負けたって、生きとおしてやっと迎えた平和が、どんなものかじっくり見なくてどうするかって、思ったのよ。今死んでは、あんまり情けないじゃないかって、自分を叱りつけたの。死ぬ気で生きようってね……」

ジョリはその頃のことを思い出したのか、そう話しながら、涙をぼろぼろこぼしていた。

「かたわになったって……他に体に悪いところがあるの」

「いいえ……でも、もう生きてる力がありません」

「それは精神《こころ》よ、私もそうだったけれど、生きてるじゃないの、元気を出しましょうね」

そうジョリも啜りあげた。その涙に誘われて、光子はジョリの膝の上に顔を伏せて、おうおう声をあげて泣いた。深夜、二人の若い女は傷ついた小鳥のように、薄暗い部屋で抱きあって泣いていた。

翌日、ジョリは光子を独り残して出掛けられなかった。光子を慰めもし、励ましもしたいが、一緒に倶楽部へつれて行くより他に、どうすることもできない。光子が原子力のために女の機能を失っているのならば、アメリカ人倶楽部の雰囲気のなかで刺戟《しげき》をうけることが、却って反対療法になるかも知れない。可哀想なリリーと、幾度もジョリは胸のなかで繰り返した。

「リリー、やっぱり倶楽部へ一緒に行ってみる？」

「ええ、連れてって」

「倶楽部ってアメリカ人の倶楽部よ、いいわね。誘惑する兵隊がきっとあるでしょうが、結婚できる人でなければ肉体をまかしてはだめよ。わかったわね。今からよく言っとくけれど……そんな場合いちいち私に話して下さい」

光子は顔を赧くしてうなだれた。あわれな風情で、ジョリは悲しかった。

「リリーを倶楽部へつれて行きたくはなかったけれど、死ぬよりは、ましだと思ってつれて行くんだから、もう死ぬなんてこと考えないでね、おたのみ」

わざとジョリはおどけてみせたが、光子は緊張した面持でジョリの顔を見ただけだった。

3

光子がアメリカ人の倶楽部へ行きはじめてから、もう小一年にもなる。その間に、光子は文字通りリリーになりきっていた。倶楽部では、ダンサーとして勤務しているのだが、ダンサーをとおすことができなかった。軍人がダンサーでおかないのだった。いつもきまった相手がなければ、一人のダンサーを中心に軍人同士必ず鞘当《さやあて》があって、ダンサー自身も危険であることを、光子はすぐさとった。きまった相手を選ぶというのは、ジョリのように、その軍人の女になるということである。光子はダンサーをやめて、事務の方で働かしてもらおうと考えて、タイプを習いはじめたこともある。しかし悲しい体の秘密が、彼女の起き上ろうとする奮発を、いつも挫《くじ》いてしまった。だが事務の方で働いたからとて、軍人の誘惑からのがれられそうもなかったが。

光子に言いよったB少尉は、ジョリの大尉の親友で、ジョリもB少尉なら信頼していいと、言った。原爆で狂った体に、純潔もくそもないと、光子は絶望的に思った。この体が欲しければくれてやれと、自嘲もあったが、B少尉の女にならなければ、街娼婦にでもなるより他になかったかも知れない――

そんな時に、光子は太郎の祖母の自殺と太郎の生存を知ったのだった。

「リリーはその太郎さんを訪ねるだろうね。住所が解ったんだから――」

ジョリは珈琲をいれながら、光子の悲しみを思った。取り返しがつかないように歎いているが、これも戦争の傷で、災難であるから、励まして、もとの光子にもどしたかった。

「新聞記事では、太郎さんだって、さんざんな目にあったらしいから、リリーの苦労も理解してくれるわよ。戦争によって引きおこされたいろんなことは、こだわらないで、起き上れる時に、起き上っておくものよ。だから、おくやみに行くわね。わかった?」

「いいえ、もとの私は死んじまった……」

「死んだのなら、この機会に復活するのよ」

「はずかしくって……とても」

こんな朝も、アメリカさんの珈琲を飲んでいるのだと、慙愧《ざんき》から吐息が出た。

「はずかしいのは日本人全体よ。太郎さんに会ったら、奇蹟が起きないものでもないと思うわ。ほんとうに愛してたならさ……奇蹟が起きなかったら、それでリリーもきれいさっぱりして、リリーらしく生きられるじゃないの。だから勇気を出して行ってみるのよ。どうせとりこみ中で、目立たないかも知れないから、ね」

ジョリは黒の午後服《アフタヌーン》を洋簞笥から出して、光子に着せた。自分の真珠の頸飾りをも首にかけさせた。太郎を訪ねることをためらえば、首になわをかけて引張って行きかねない剣幕だ。光子はしぶしぶ従った。ジョリは光子を駅まで送って行った。

奇蹟が起きるかもしれないという言葉が、電車に乗ってからも、光子の胸にあつく残っていた。奇蹟とは教会でしばしば耳にした言葉である。しかし今の光子の場合、あのピカドン以後の自分が消えることが、奇蹟である。考えれば、一九四五年の八月六日以前の自分がなかったようにも、前世のことのようにも、感じられる。それなのに、現在の自分をふきとばして、かつての自分にたち返ることができるであろうか。それを可能にするのが、奇蹟であろうが、その奇蹟を何がうむのであろうか。

光子は電車の椅子に独り深くかけて、目を閉じていた。あのピカッと閃光がした瞬間に、父も母も忽然と消えて自分の運命が狂ってしまった。忘れようと努力して来たが、悲憤の涙が今更らしく頬にこぼれるのだった。

太郎さんもさんざん不幸にあったろうから、私をあわれんで、ゆるしてくれるだろう。教会で聞いたいくつもの奇蹟も、結局愛によって起きたのであったから、私と太郎さんの愛が、私の身の上に奇蹟を起さないこともなかろう。太郎さんも私も荒涼とした焼野にみはなされているのだから、二つの魂が火花を散らさない筈がない――

そう光子の心にも少女のような夢が咲いた。

しかし逗子駅に降りると心はやはり重かった。駅前で太郎の家をたずねたが、歩いて行ける距離である。海岸に出る路で、アメリカの兵隊がなれなれしい表情で話しかけて来た。倶楽部で知った兵隊であろうか。われにもなく狼狽したが、そうではない。喪に服するようないでたちで出て来たが、アメリカの兵隊は犬のように本能的な嗅覚でも備えているのであろうか。光子はきりっとした顔で、真直に歩いた。太郎さん、私はこんなふうに、けだものにつけねらわれたのです。貴方はどこにいるのでしょう。青山の家は焼け、お父さんは戦死し、お祖母さんは自殺して、斜陽族だと言われるが、不幸を何処で耐えているのでしょう――光子は太郎を心に呼んで、アメリカ兵に対して武装した。

しかし、海岸通りに出て左に少し行って、右側に阿部邸という大きな屋敷の前に出て、たじろいだ。大きな石の門から、広い庭がのぞかれるが、玄関前のポーチには自家用車がとまっている。間違えたのかと通りすぎたが、通用門の方には忌中としるしてある。

光子は広い二階家を仰いだ。想像してきた太郎や太郎の家が、胸のなかで音をたてて崩れた。この広い家のどこかに彼は居るのだろうが、太郎さん、光子ですと、どれほど呼んでも、もう答えないところに彼はいる。これでも斜陽族というのか。それなら自分は通用門に立つ女乞食だろう。戦争はこんなに境遇を変えてしまった——

ふと自転車が彼女のそばにとまった。光子はあわてたが、何処かの店の小僧さんだった。葬式はすんだろうかたずねたが、あすの午後だそうですと、言いのこして通用門の潜戸《くぐりど》に消えた。光子はとびのくように引き返した。奇蹟なんて、古めかしい公教要理にしか起きないのであろう。

光子は花屋の飾り窓をのぞいていた。みんなが食物に窮している時、花屋の店に贅沢な菊の花やみごとな西洋の花がふんだんに飾られているのは、この付近にアメリカ人が多いからだろうか。店のなかに光子はふらふら誘われた。花をもとめるつもりはなかったが、店の若い主人に、この蘭《らん》が胸飾りにいいとすすめられて、ふと太郎にとどけることを思いついた。白い寒菊の大輪を選んで、阿部家へとどけることを頼んだ。

「お名前は」

「私ですか。いいんですのよ」

店の主人は驚いて葬儀用の贈花には名札をつけることを説明したが、光子は窮して、小野とだけ紙に書いてとどけてもらうことにした。汗をかく思いで、出がけに店頭でぱったりかく子にあった。

「あら、リリーさんはこちらにお住いでしたの」

「一寸《ちよつと》用事がありまして――」

そう答えたものの、かく子が喪服であるのに気づいて、全身の血の気が一度に退く思いがした。かく子が光子達の倶楽部の女支配人であったから。

第七章　海鳴り

1

　園子は姑を葬るのに力がぬけたようだ。人々がみな帰って、初めて茶の間で太郎や扶美子と顔をあわせて吐息した。おそい朝食をすませた後のことである。

　ふと、不思議な海鳴りがしたようで、障子をあけてみた。

　海鳴りどころか、波の音もしない。暖かな日が茶の間の前の小さい庭にいっぱいさして、垣根のそばの白梅がかおっていた。

「まあ、梅がこんなに咲いてたのねえ」

　障子をあけておくと六畳の間にも、厳しい香が流れて来た。扶美子も太郎も一寸目を庭にやっただけだ。園子もまた、梅の花よりも海鳴りに、心をとられていた。

　どうしたことだろうか。

園子は海軍の将校と結婚してから、夫の任地の関係で、いつも海の近くで暮した。そればかりでなく夫を偲ぶ心を海によせて一生を送ったようなものだ。軍令部に出仕した時とロンドンの駐在武官の時の他は、夫は艦にいることが多かった。園子は呉の海も佐世保の海も知っている。海を眺めながら、艦の行く先々の海を想像した。今日では夫の潜航艇が沈んだかもしれない台湾沖の海底を、逗子の海から、想像するのだが……夫からはなれて、夫を想って生きた一生には、虫の知らせということを、幾度も体験した。それを夫に打明ければ、わらわれるにきまっているから、秘密にしていたが、日常茶飯事でも決しかねることのあった場合など、海を眺めて、夫と対話していると、解決策が胸に聞えて来た。それを海鳴りとも海の声とも、園子は独り名づけていた。不安のある場合や落着かない場合など、海鳴りを聞こうとして、海を見に出て、夫を想ったこともあるが、ふと部屋の中などで、現実的に海の鳴るような響きを聞いて、あわてて海を見に出たこともある。それは胸さわぎの一種かもしれないが、海を見ていると、何か予感がはっきりするようで、それで安心する。この場合、海が教えるのではなくて、夫の心を感ずるのだと、園子はやはり独りきめていた。夫婦の愛というのは、それくらい切なく貴いものだと確信もしていた。

その朝も、海鳴りを聞いたようだから、すぐ二階へ上って、縁側から海を見た。どうしたことかと、見えない夫の声を聞くような努力である。姑が何故自殺したか、私が悪かったのでしょうかと、それこそ夫からききたかった。しかし、海は風もなく凪《な》いで、見るかぎり眠ったように穏やかで、いつまで眺めていても、夫の声は聞えて来なかった。

茶の間にもどると、太郎と扶美子は珈琲をいれていたが、太郎がぽつんと言った。

「ねえ、お母さん、この家を手ばなした方がよくはありませんか」

園子が海の声で期待したことを、代って言ったというような響きに聞えた。狼狽して園子は太郎の顔を見た。しかし、太郎はそれ以上何も言わないで、珈琲茶碗を持っていた。園子の方で答えなければならないのだと気がついて、ますますあわてた。

というのは、太郎の言葉は、姑が何故自殺したのかという疑問に、答えているように感じられたから。姑の失踪以来、何故失踪したのか、何故自殺したのかと、園子はその責任が自分にあるようにずっと苦しんで来た。何処を探しても姑の遺書はなかった。和歌をよむのを老後の唯一の趣味にしていたにも拘らず、辞世の和歌を遺してなかった。それは無言の答《しもと》として園子には一層つらかった。姑の死を知って集まった人々は、洋間にアメリカの将校を下宿させておくことに呆れたらしい。サドクさんは親身になって喪に服するような態度で、親切に援助してくれたが、阿部家の古い関係者には、サドクさんが目障りでならなかったらしい。この人々はアメリカの将校と同居する屈辱に抗議して、昔気質の姑が死を選んだと、みなきめたらしい。それそう誰も口にこそ出さなかったが、園子はその人々の非難の目に圧倒される思いがした。それはサドクさんの咎《とが》ではなくて、自分の不徳からだと、園子はサドクさんに、その人々の不満を感じさせまいとして、すっかり神経を疲れさせた。

しかし、太郎が思いがけない時に、この家を売ろうと言い出したのは、その人々を代弁したというよりも、太郎自身も何故祖母が自殺したかと、考えぬいた挙句、結論を持ち出したのかもしれなかった。

「サドクさんがいらっしゃる間は、手放すこともできないでしょう」

園子はやっとそう歎息《たんそく》したが、この返事は扶美子への思いやりでもあった。

「家の事情では、サドクさんに他処《よそ》へ引越していただいてもいいでしょう」

扶美子は事もなくそうはさんだ。曇りのない表情であるが、園子は扶美子の心をはかりかねた。

「ここを売って、お兄様の通学に便利な処に、小さい家を買った方がよくはないかしら、格式張ったお祖母様がいらっしゃらないんですから、その方がお母様も気楽じゃありませんの」

扶美子、お前はどうするのと、口もとまで出た言葉を、園子はかみしめて、扶美子の顔を見ていた。扶美子にも、祖母の死は何かを残したろうが、そのためにサドクさんとの愛を清算したというようには、考えられなかったから。

庭で、うぐいすの声が聞えたので、三人とも思わず固唾《かたず》をのんで聞き耳をたてた。戦争以来初めてうぐいすを聞いたような気がした。うぐいすも梅の香に誘われて、安心してやっと谷から出て来るような日になったのであろうか。

なごやかなものが三人の胸に流れて、家を手放すというような悲痛な話題が忘れられた。扶美子は今日は出勤しなければと言って、間もなく出ていった。それから半時間もして、太郎も大学へ行くといって出て行った。

園子は一人になると、二階へ上って縁側の籐椅子にかけて、海を眺めていた。白い海鳥が穏やかな海面に群がってすれすれにかけていた。雲の影がゆるやかに海面を走って、時々海鳥を追っていた。

園子は海鳴りを聞こうとするが、太郎と扶美子の残した言葉が、海いっぱいにひろがるのだった。まるで、二人が相談して、夫の声を抹殺して、この家を手放した方がよいと、一字ずつ大きく海面に文字を描いてみせて園子の意思を動かさないでおかないというように……ふと、姑が階段を上って来た気がして、立ち上ったが、姑は居なかった。居るはずもなかった。

お姑様はなくなられたのだった――と、園子は口のなかで独り言したが、嫁の座に三十年近く坐っていたことを、はじめて気がついたように、そう吐息した。再び目を海の方にやったが、わけもなく目の奥が熱くなって、海面が曇って行った――

2

太郎は祖母の死に涙も見せなかった。自殺も不審に思わなかった。無感動で、若い戸主として、祖母の失踪以来葬式まで、すべて事務的にてきぱき処理して、園子や知人を驚かせた。ふだん口数の少なく世故にうとい彼には、想像もできない実際的な手腕にみえた。その無感動も、実際的な手腕も、実は広島の原爆から得たものであるが、そうとは誰も知らないから、これが戦後派というものかと感心されたり、非人情と見られたりした。

　葬式は家で仏式に質素に行なったが、あの菩提寺の老師がわざわざ来た。七十近くの有名な名僧智識で、太郎は祖母の死骸を引取りに出向いた時に初めて会って、かざらない人柄とかおるような人格に惹かれた。

　葬式もすんで、老師はその夕帰山することにしてあるのに、出発の時刻に、独りぼんやり庭に降りて繁みの横にしゃがんでいて、座敷へもどらなかった。太郎はそっと庭の飛石伝いに老師のそばへ近づいた。老師は低いきりしまの株の葉に、薄くかぶった埃を、ていねいに拭きとっていたようだが、ふと太郎の方を見上げた。白く長い眉毛の下に、穏和に澄んだ目が、太郎の胸に喰い入るような気がした。黙ってじっと太郎を見つめていたが、

「あ、太郎君だなあ」

と、言った拍子に、その美しい目から大きな涙の粒がこぼれおちた。

太郎は名僧の喝をうけたように、身がしまり、老師の横に無言でしゃがんだ。

「お祖母様がな、死なれる四日前に来られてなあ、暖かな午後で、わしは庭で剪裁《せんさい》をしておったが……仰有られた。老葉が落ちないと新芽に邪魔になりますねと……青木の剪裁をしておったのだったがな」

祖母が自殺の四日前に、菩提寺を訪ねたとは、初めて聞く話である。太郎は好奇心にふるえた。

「新芽がほんとうに立派に展くものと安心できるから、枯葉は自然に散るんでしょうかと、笑顔をなさった……わしは答えないで、すぐ剪裁をやめて、茶室にお誘いしたが、お祖母様はいそぐからと言ってことわられた……茶室へ案内できたら、お祖母様を助けられたろうに……わしはまだ徳が足らん。お祖母様がもどられる後姿に、合掌して送りましたよ」

「四日前ですか……それから四日間、祖母は何処にいたのでしょう」

「知らん、その四日間がお祖母様の地獄やったろう」

太郎は石のように緊張した。しかし、老師は静かに立って何事もなかったように座敷へもどって行った。

老師は何故庭の隅にしゃがんでいたのだろうか。何故そんな話をしたのだろうか。そう太郎はよく思う日があった。

しかし、老師から聞いた話は、母にも静岡の叔父にも伝えなかった。自分独りの秘密として胸におさめた。老師の言葉が魂にくいいったからだが、また、暇さえあれば、意識にのぼって反芻したものだ。その度に、機嫌よく東京を発った祖母の面影が目先にちらついたのが、同時に、死を決してから彷徨した幾日間の祖母の悲歎が、自分のもののように魂の疼きになるのだった。そして祖母を死にやったのは自分だと、老師の語った言葉と新芽との比喩からも、さとった。

私の怠惰を、祖母は見かねて、祖母流に私を成敗する代りに、自刃したのであろうか。家宝の名刀は敗戦後武器の所持が禁じられて提出したために、剃刀で動脈をきるような最後をどんなに腑甲斐《ふがい》なく残念に思ったことであろうか。

それを思うと、太郎は精神的原爆病のような状態であった自分に、臍《ほぞ》を噛む思いがした。それ故、家が落着くと、さっそく学校に出かけて、学年試験を受けようとしたのだ。しかし、さりとて魂の空洞が急にふさがるわけでもない。空洞には時々光子の影がさした。

白の寒菊の花が届けられた時、小野とは誰であろうかと、太郎は葬儀委員からきかれた。生花がまだ高価でたくさん贈られなかった頃である。亡父の同僚か先輩であろうと思って母にたずねた。母には思いあたる人がなかった。祖父の関係者であろうと、母は言った。名を告げないというのは、祖父達の時代の者のゆかしさだろうとも、母は言った。

その時、光子も小野という姓であることを、太郎はふと思った。しかし、孤児である光子が、生花を贈ることはできなかろうが、新聞の記事で住所を知って、手紙はくれるだろうと、期待した。

太郎は光子からの便りを待った。たくさんの悔状《くやみじょう》がとどいた。思いがけない人のもあって、あの人も生きていたと、喜んで噂したが、光子からのは、ついにまじっていなかった。原爆病が出て死んだのであろうか。それとも、宗教団体に助けられてアメリカへ渡ったのであろうか。そう、太郎はぼんやり光子の影を追うような瞬間があった。

ある夕、学校のもどりに、遠くから花屋の飾り窓に夕焼が映って輝いていた。飾り窓だけが燃えているように見えた。そこに花屋があったことを、それまで太郎は気がつかなかったくらいだ。

飾り窓のなかには白百合《しらゆり》や花菖蒲《はなしようぶ》に、寒菊の白い花がまじっていた。寒菊は贈主不明の花束をすぐ思い出させた。それが小野光子ではないかと、突然疑念が浮んだから、店にはいった。

若い主人は太郎の問いにすぐ思い出したらしかった。

「たしかに若いご婦人でしたよ」

「いくつぐらいの人でしたか」

「さあ、ご婦人の年はよくわかりませんなあ」

「住所はこちらでおわかりになりませんか」

「わかりませんね、顧客《おとくい》さんでありませんから――」

「奥さんでしたか、それとも娘のようでしたか」

「近頃では奥さんでも娘のような恰好してますからな。真珠のすばらしい頸飾りをしたご婦人でしたよ」

若い主人は笑った。太郎はあわてて、赤面しながら弁解した。

「贈主がわからないもので、御礼もできないで弱ってますから」

夕焼雲の上に、女学校の制服をつけた光子の姿がうかんでいた。光子が「真珠の頸飾りをつけたご婦人」に成長しているとは、太郎には考えられなかった。太郎自身まだ大学の制服をつけているのだから。寒菊の贈主は、亡父の部下夫人であろうと、きめてしまった――

3

「やっぱり今日も便りがなかった?」

ジョリは光子に毎日のようにいう。慰めるつもりで言うのだが、光子にはそれが辛い。光子自身が毎日郵便をたのしみにして、失望を繰り返すのだから。しかし、考えれば、太郎が倶楽部の支配人から、住所を知って、訪ねて来るか、少なくとも挨拶状ぐらいくれるものと、あまく秘かに期待したのが誤りで、その後、倶楽部で徳田夫人と顔をあわせても、言葉もかけてくれない。結局、奇蹟など起きなかったと、光子は大きく笑いたかった。

その頃から光子は酒を飲むようになった。倶楽部にはウィスキーがある。軍人はウィスキーを煽って踊るが、ダンサーは酔ってはならない。光子は緊張してか、倶楽部では蒼白の顔になるだけだが、下宿へもどると、いっぺんに酔いが出て、前後不覚になってしまう。その前後不覚に陥る快感と忘我が、光子には大発見であり、広島を脱して天国に遊ぶことであるから、ウィスキーこそ彼女にとって済度《さいど》の良薬であった。特に、この良薬を服用した夜は、B少尉からも解放されるのだからその功徳も大きい。

ジョリも光子の酔態を大目に見た。光子が倶楽部で酒を飲んだことを知ると、帰りもいっしょにして、光子をいたわり、介抱することにしていた。

桜の花が咲くころの土曜日の夜だった。日本流の桜花パーティとかいって、倶楽部ではおそくまで賑やかだったが、ジョリがA大尉のジープでホテルに向うために倶楽部の門を出て暫く行くと、道路の端で、黒人兵と立話している女があった。あまり光子に似ていたので、急停車してもらった。出掛けに、光子を探したが見当らなかったし、倶楽部の目と鼻のところで、黒人兵と話している筈もないと思ったが、心配でならなかった。果して光子だった。

ジョリは狼狽して、物も言わずに光子をジープに引張り上げるようにして、つっけんどんに言った。

「ねえ、クロを相手にしたなんてわかったら、つまはじきになるじゃないの」

光子は白面《しらふ》のような顔をしていたが、荒く酒臭い息をしていた。

「クロといったたって……あの人、N軍曹になぐられてたのよ。通りでラッパ飲みしてたってことぐらいでさ……可哀想じゃないの。同じアメリカ人で、色が黒いからって、倶楽部にも来れないなんて」

呂律《ろれつ》のまわらないような光子の口に、ジョリは軽く手をあてて、A大尉に言った。

「よかったわ、心配してたとおり、リリーったら、少し酔って出て、今少しで黒人にひどい目にあうところだったのよ。家まで送っていかないこと?」

そう言いながら、光子の顔を見た。クッションに崩れるようにして、ジョリの肩に顔をのせて目を閉じているが、蒼白くすきとおったような肌の色である。血潮がこの若い肉体によせて来ないような色つやである。ジョリはあれから、ずっと気にしていたが、ふと、そのことが光子の酒に関係があるのではなかろうかと、あわれさに胸いっぱいになって、彼女の肩を愛撫し

ながら、思い切って、

「ねえ、リリー、まだ、あれ、ないの」

と、そっと耳もとに口をよせて囁いた。光子はどんよりした目を開いただけだった。

「あれからずっと、栄養もとったんだし……私は心配してたけれど、ないのなら、医者に相談した方がよくはないの」

突然光子はジョリの手を払うようにして、起き上り、ジョリを睨めつけた。その目に火花がちるように光った。

「あれがあるかって？　あれが？　あれがあって、こんな真似がしてられると思うの。え、ジョリ」

光子はそう言うなり、悲しみがこみあげたのか、むせび上げながら、「くやしい――」と叫んですぐ前で運転しているA大尉の方へのめっていった。そして、あっというまに、大尉に背後から抱きつくようにして、左肩にかみついていた。

車は暗い通りを走っていた。大尉は急停車したが、ジョリは狼狽して、光子の体を支えた。肩にかみついても、軍服で歯もたたなかったが、大尉は冗談にとったらしく、光子の髪を軽く叩いて笑いながら、再び運転した。ジョリは両腕で抱えたが、光子は正体をなくしたように目を閉じていた。ジョリは光子の髪に頰をあてて、光子の悲しみを思って倶楽部へ紹介したのは、失敗であったろうか。倶楽部の雰囲気が光子の体に眠ってしまった女をさますだろうと期待したが、実現されなかったろうか。B少尉とならばしあわせになれると思われたが、女でない体には無理であろうか。ふだん愚痴も不平もいわずに倶楽部へ出ているのは、そうする以外に行き場のない不幸のためであろうか——戦争だとて、日本に空襲があるまでは、こんな不幸な境涯におちようとは、想像もつかなかったと、ジョリは今の現実が夢で、この夢からさめる日を夢みるような目で、A大尉の後姿を見ていた。

その大尉の後姿には、友人の兄の軍服姿が映っていた。東大を出る間際に学徒兵でとられて、通信兵としてフィリッピンへ発ったまま、フィリッピンにも着かなかったらしい彼の姿が。フィリッピンに発つ前に、電報で友人の家へ駈けつけたところ、東京駅へ発ったばかりだというので、急いであとを追って、やっと会えた彼の姿が。通信兵だから危険はないので安心だと、手を握って、元気でいて下さいと言った彼さえ生還してくれたら、私もこんなジープには乗っていなかったろう——

「ハロー」と、A大尉に呼ばれて、ジョリは夢からとびあがった。見覚えのある坂の上のポストの横に車はとまっていた。光子はジョリの膝の上で正体がない。

「さあ、厄介なお荷物を運ぼう」

大尉は光子を抱えあげて、下宿の洋間にはこんで、ベッドの上に安置した。光子は気がつかないのか眠っていた。

「生きてるのか、死んでいるのか」

A大尉は光子の靴をぬがせて、光子の頰を軽く叩いた。それでも目をさまさなかった。ジョリは呆気にとられて眺めていたが、

「ごめんなさい。この子は広島の犠牲者で、可哀想な子ですから……原爆の日を思い出すと酒にでも酔わないと、いられないいんですから……このまま眠らせてやって下さい」

と、大尉に詫びながら、光子の上衣やスカートを脱がせて、毛布や蒲団をかけた。

大尉はジョリをホテルに誘ったが、ジョリは涙ぐんだ目をして、正体のない光子をこのままのこして行けないからとためらった。今夜はA大尉からのがれたいのだが、大尉はそれならよしと、いきなりジョリを抱きあげて、ベッドにはこんで、灯を消した。ジョリは声も出せなかった。こんなことになっては、光子を他処へ移らせなければと、そのことばかり考えて、大尉のなすままに委せていた。

しかし、ジョリが光子に移転するように話すまでもなかった。それから数日後、A大尉はアメリカに帰還を命じられたから。命令が出てから輸送船が横浜を出港するまでに僅か三日しかなかった。

ジョリは狼狽した。それまでにも大尉の帰国を考えなくもなかった。しかし、そんな風に命

令が忽然と来て、風のように帰国するものとは予期しなかったからだ。帰還命令を知ると、すぐジョリは下宿で荷造りをはじめた。光子も手伝ったが、ジョリが大尉といっしょにアメリカへ発つということが、光子にはのみこめなかった。というのはジョリは正式に大尉と結婚していないのだし、正式の妻でなければ、アメリカに渡れないことは、倶楽部でさんざん耳にしていたから。

「身のまわりの物さえ持っていけばいいのよ。あとはみんなリリーにやるわ」

ジョリはトランク二つに、洋服や下着類や手廻りの化粧品などつめた。

「リリーのベッドは後で何処かからとりに来るかも知れないけれど……他の物はみんな私の所有物だから、誰にも渡さなくてもいいことよ」

ジョリは二つのトランクの荷造りがおわると、お別れだといって、食器戸棚のなかからコップを二つ出して、ウィスキーを注いで、光子と乾杯した。ジョリはすぐA大尉のところへ行って、もう大尉のそばをはなれないのだと言った。光子はただおろおろしていたが、ジョリは乾杯しながら、

「リリーに言っとくけれど、クロを相手にしてはだめよ。わかったわね。クロのことで疑われたら倶楽部から追い出されるばかりじゃなくて……B少尉とも結婚できなくなるからね。クロに対して感傷的な同情を持たないって、約束する？　それだけがリリーについては心配だか

ら」

と、光子の目を見入った。光子は胸がいっぱいになって、ただ大きくうなずいていた。しかし、こんな風に別れても、ジョリがアメリカに行けるのだろうかと、心配が胸をかすめた。

「ジョリはほんとうにアメリカへ行くの？」

「行かなくちゃ困るじゃないの――」

と、笑ったが、顔が歪んだような悲しい笑いだった。

「手続が間に合えばいいわね」

「うん、間に合うようにAにさせれば……簡単よ、正式にAが結婚すればいいんだもの、手続なんか……今まで帰国する時には必ず正式に結婚してつれて帰ると約束してたんだから……愛する、結婚するという約束で、求愛したから、私は全く結婚したつもりでいたんだもの、いざとなって、私を日本へおきざりにするような真似はさせないわよ」

ジョリは思い出したように、名刺の裏に、私の部屋にあるものはみなリリーに贈ったことを証明する、とペン書きして、光子にわたした。

「これ、必要があるかも知れないから、大事にしておいてね」

光子にはどうしていいか判らなかった。

「あの、売って、お金にした方がよくはないの」

と、光子の声はふるえていた。

「リリーが不用になったら、売って送金してもらってもいいわ。向うに落着き次第、リリーには知らせるから」

ジョリは小さい方のケースをさげて出掛けた。大きな方は、出発前にもう一度下宿の主婦とも別れに来るから、その時まで残しておくと言った。光子もいっしょに出た。電車でなしに、坂の下でタクシーをひろって、横浜へ行った。車に乗るなり、ジョリは顔をよせて囁いた。

「リリーも早くBに正式の手続をとらせなければ、だめよ、わかった」

「ジョリはAさんをそんなに愛してたの」

「バカねえ、それでなければ、パンパンになるじゃないの」

真剣な声に光子は思わず顔を見た。

「私を残して行くようだったら、Aを殺してやるから」

「ほんとう?」

「これは冗談だがね。それくらいの気持よ」

光子は倶楽部の門で車を降りた。ジョリは車のなかで手をふっていた。それが光子が姉のような友人を見た最後だった。というのは翌日から光子はいつジョリが来るかもしれないと思って倶楽部を休んで待っていたが、ついにジョリは現われないで、大きいケースはいつまでも、ジョリのベッドの上にのせてあった。

輸送船が翌日出帆するので、今日こそジョリが来るものと、朝から光子はジョリの好きな白百合で部屋を飾って待っていたが、三時頃、MPの自動車におそわれた。ジョリの荷物といっしょにその車にのせられて行って、初めて、ジョリがその朝ホテルの一室で大尉とピストル心中をしていたことを、知らされたのだった。光子はジョリがA大尉を殺して、自殺したのだろうとふるえながら考えたが――

第八章　悩める魂

1

園子はかく子の残した言葉が生きもののようにはなれないで困った。

「閣下から何かご連絡がございませんでしたか。お姑様がお亡くなりのこと、あんなに大きく新聞に書かれたんですもの。閣下が何処にかくれていようとも、お目にはいったと思いますけれど」

もとの副官夫人は二週間ばかり後に、さびし見舞に来たと言っていたが、そんな失礼なものの言い方をした。しかし、園子は親切に訪ねてくれたことに感動して、相手のぶしつけな態度にも気がつかずに、年下のかく子に気弱い女心を吐息してみせた。

「あの人がほんとうに生きて日本に帰って、何処かにかくれているのでしたら、今度こそ夜陰に紛れてこっそり訪ねてくれると思いましたが――」

「世間には、おかしな噂をひそひそしている者もあるそうですけれど、奥様はご存じ？　お姑様が自殺なさったのは、静岡で閣下にお目にかかったからですって……お姑様は閣下に自害をおすすめになられたが、閣下が従わなかったからだと、まことしやかに話しているそうでございますわ」

「まあ――」

園子は茫然とただかく子の顔を見つめていた。

「そんなバカなことと、お思いでしょうけれど、私の処へもそう知らせてくれた者がございますのよ。その人は、だから主人も生きていると、私に言うのですが……考えてみますと、お姑様が自殺なさらなければならないような原因はなかったと、うかがいましたものね」

意外なことで、園子は反駁のしようもなかった。

「閣下がかくれてお訪ねなさるようなことがございましたら、主人に言伝てをお頼み願いたいのですけれど……何時まで地下にもぐっていても仕方ないでしょう？　早く現われて、新しい時代に対処しなければ、今に時代にとりのこされてしまうと思うの。今なら、私は主人に協力して、主人と立派に更生できますけれど……これ以上もう主人を待ってはいられませんもの。この一、二ヵ月に現われなければもう知らないってこと、閣下から伝えていただきたいんですの――閣下は、それは、今現われたら戦犯に問われるか知れませんが、主人など、別にたいしたこと、したのではありませんもの。戦争中によ……アメリカさんをこわがってかくれていることもないのに、閣下を庇護するつもりで地下にもぐってるんですわ。私も倶楽部をやめて、大いに活躍したいと思いますから、主人の問題をはっきりけじめをつけたいと存じますの。閣下に、主人をかえしていただきたいの――」

園子は両手で耳をおおうつもりで最後には、殆どかく子の言葉をきいていなかった。しかし、独りになると、かく子が真剣にぶつけるように言い残した言葉が、彼女の心に波をたてるのだった。

姑が静岡に発って行った時の機嫌のよかったのは、息子重助に会うためであったろうか。昔風の女丈夫であったから、旧右翼関係者と連絡があって、そうした人の手引きで、重助に会うことにしたのであろうか――

それは園子にもありそうなことに、思われた。自殺する原因が他にない。逗子の家を出てから、自殺するまでの間の足取りも不明である。その間に、何処かで重助と会って、自殺を決意したにちがいない。世をあげて民主主義とアメリカ色に明るく塗り変ったが、それも占領軍の駐屯している大都会の風景だけのことで、地方では昔ながらの伝統的忠孝の日蔭があって、在郷軍人や右翼関係者がたむろしているのだろうか。重助もその日蔭に身をよせて、独立の日を待っているのだろうか。姑は重助にあった上で、武士の妻らしく立派に自害したのであろうか。

そう思えば、疑問にしていた姑の自殺が、園子にも解釈がつくことである。夫が生きて日本へ帰ったとは、信じられなかったが、陸軍の有名な将軍は、敗戦後ビルマの戦線から僧侶に身をやつしてタイから仏印や中国を通って、日本へ潜入したという記事が最近新聞に報じられた。しかも、日本に潜入したその将軍を日本の警察も占領軍も逮捕できないと言う。その将軍に較べれば、夫は潜航艇で台湾を発ったのであるから、日本へ到着する可能性も多いわけだ。かく子が一年も二年も前からそのことを告げていたが、そして自分は信じなかったが、恐らくかく子は話すこと以上に確証を握っているから、執拗く言って来たのであろう——

園子はぼんやり二階から海を眺めては、そう思う時が多かった。

生きて日本にいるのならば、一目でも会いたい。身をかくしていなければならない事情があるのならば、何処かへ呼び出して、何気なく目をあわせるようにしてでもいい、あの人をこの目で見たい。あなた、あなた、重助さん——と、声には出せないが海に向って、大きく叫んだこともある。

その夕も、朱を流したような海を見ながら、園子は夫を心に呼んでいた。丁度その時、階下で夫の声で、

「いないのお母さんは？　二階だって？」

園子は飛び上ったが、それと同時に、階段がみしりみしりと軋《きし》って、確かに夫の足音がする。

園子は棒立ちになってふるえていた。艦から上って家へ帰る時、いつも前ぶれもなく、ひょっくり玄関で、お母さんは？　と、同じ声ですぐ園子のいるところへ、台所へでも茶の間へでも、現われたものだが、その習慣どおり、階段を上って二階へ来る夫を、どう迎えたらいいか、胸がわれそうに鳴り、めまいがしそうで目を閉じた。

「お母さん、ここにいたの」

しかし、目の前には太郎が立っていた。

園子は口がきけなかったが、涙が双方の目に湧き上って、はずかしいがどうにもできない。太郎も母の涙に暫く呆気にとられていた。

「学校から帰ってたの」と、園子はやっとごまかしたが――

「どうなすったんです？」

園子はその言葉が胸にしみこむような気がした。こんなにもこの子は父親に似た声をしていたのかと、初めて発見した驚きである。

「太郎さんの声があんまりお父さんにそっくりだったので……」

そう作り笑顔をして、涙を拭った。しかし、そのとたん、太郎の情けなさそうな表情を見ると、園子は今こそかく子の話した秘密を太郎にうちあけなければならないと思った。そして、縁側の椅子に太郎をかけさせて、海を見ながら話した。太郎は黙って注意深くきいていたが、

園子が語りおわって、

「太郎さんは、お父さんが日本のどこかに生きているってこと、信じられますか」

と、加えた刹那、荒々しく立って、

「お母さんは信じられるの？　ねえ、信じたいんでしょう。僕はいつか申し上げようと思ったけれど……お母さんは戦争で苦労をしたときめてるけれど、一寸も苦労なんかしなかったし、戦争ってものがどんな苛酷なものか実感していないから、そんなあまいことを考えたり、信じたりするんですよ。それは、お母さんも苦労したと仰有りたいでしょう、でも、この家は焼けなかったし、死と向きあわなかったじゃありませんか。ピカッと光ったとたん、二十万人の人間が、生きながら焼かれたようにして死んだんですよ。僕はそのなかに居たから戦争がどんなものか知っているけれど……その人々の焼かれた臭気がまだ鼻にのこっています。水を下さい、水を下さいと、叫びながら死んだ女学生の声が聞えます。こうして生きてるのがすまなくなる瞬間があるんです。ですもの……かりにお父さんは生きていても、生きてましたという顔で、僕達の前に現われることはできませんよ。僕はお父さんが戦死してよかったと思ってます。まして、生きてるなんて信じません」

そう言いながら、どしどし雨戸をしめた。母の目から海をさえぎりでもするように。電気をつけて、縁側の椅子に母がうなだれているのを見ると、太郎はいらだって、

「お母さんがいけないんです。お父さんは死んだものと、はっきりさせないから……お父さんは結局、僕達みんなの敵だったんだから、死ななければいけないんです。生きてたら、僕はとても、家にはいられないんです。お父さんと顔を見あわせて暮すことなんかできないですからね――」

と、非情に浴びせかけた。

しかし、太郎もかく子の話が真実ではなかろうかと、胸にかげのさすような日があった。その度に、菩提寺の老師の姿が目にうかんだ。何か秘密を握っているような老師の姿が。父が生きていれば、菩提寺に老師を訪ねることはあり得ることだ。かつて太郎がカトリックに改宗した時父の前に呼び出されたことがある。呶鳴りつけられるものと観念して父の前に坐ると、大人を相手のようにやさしく話した。その時のことは、終生忘れられないだろうが、その時父が話した言葉のなかで、太郎は初めて老師を知ったのだった……

「……わしも信仰には反対しない。信仰が生命の一大事につながるものであればなあ。お前が宗教音楽や教会のなかの社交性にあこがれて、カトリックの教会に帰依するのであれば、わしは不賛成だが。わしも清水の菩提寺の老師から、生死を越えた悟りを得て、泰然として敵に向うことができるようになったが、老師にお前を会わせればよかった。お前はまだ子供で、老師に会わせてもしかたがないと思ったが、今日のように乱世では、少年でも生死に迷うことがあるのか……」

そう父は呵々《かか》と笑った。

従って、父が生きていれば、何処にかくれていようと、老師を訪ねる筈である。老師のはからいで、秘密に祖母が父に会うことも容易にできる筈である。会見の結果、祖母が自殺することも、自然な成行きである。太郎は、そう考えてみると、葬式の日の老師の謎を秘めたような様子がうなずけるのだ。それと同時に、自分があくまで小僧扱いされているようで、口惜《くや》しかった。

それゆえ、菩提寺で祖母の四十九日の法事をかねて、父の法要も営むように、太郎は熱心に母を説いた。というのは、母はそれまで、父の法要を菩提寺で営んだことがないが、それも父が戦死したのではないという空頼みがあるからだろうから、この際法要をすることで、母の気持をはっきりさせるとともに、老師の態度を観たいと、太郎は秘かに期したのだ。

2

静岡の叔父は太郎の説に賛成して、菩提寺の方の交渉も用意して、日取りも日曜日にきめた。当日の朝になって、サドクさんが一家を自動車で送ると申し出た。園子は困却したが、武雄が先ず喜んで運転台に乗りこんだ。太郎や扶美子もためらうことなく乗りこんだ。園子は扶美子の横にかけて非難をこめて囁いた。

「サドクさんに行っていただいてよかったかね」

「日本の習慣はなんでも知りたいと仰有っていますから」

「お父様の法事をするのに、アメリカの将校が出席するなんて、おかしなことでしょう」

「叔父様ご夫妻と家のものばかりですもの……」

「だって、アメリカはお父さんの敵でしたからねえ……老師さんがどうお考えになるでしょう」

「お兄様の話では、老師さんは名僧智識でとてもわかった方だそうではありませんか」

扶美子がサドクさんと相談して、すでに親類のように父の法要にのぞむという態度であろうかと園子はうろたえた。愛しているならば早く正式に結婚させて、世間からわらわれないようにしなければと、自然に急く気持になった。しかし、同じ車のなかで、太郎は黙りこくって、老師のことを考えていた。叔父の話では、父の法要は期日が早すぎるからと、老師は反対したそうであるが、その法要の席に、父を招いているかもしれない。それくらいのことをやりかねない老師である。昔は罪人も寺院にのがれれば罪を問われなかったと言われるが、父もほんとうに生還しているならば、戦争の責任を感じて僧院に身をよせて部下の霊を弔っているかも知れない。剃髪染衣《ていはつぜんえ》して世をかくれることが、父に最もふさわしい生き方であり、占領軍の目をのがれる安全な方法でもある。役僧に身をやつした父が、法要に現われた場合に、動じない肚が自分にできているだろうか。母は大丈夫だろうか。その点サドクさんを拒まなかったのは、不謹慎であったかも知れない……

さまざまな思いをのせて、サドク少佐の新車は、春らんまんな東海道をゆるやかに走った。

菩提寺は久能山からほど近い、日本平と駿河湾を見おろす山の中腹にあった。鎌倉時代から由緒ある禅寺で、その眺望の絶佳なことの他に、庭園と建築美で有名であるが、園子達は庭園を鑑賞する暇もなく、静岡から阿部博士夫妻も待っていて、到着するなり、予定どおり法要がはじまった。

広い本堂で、僅かに六人の家族を前に、十二人の役僧が華やかに仏事をいとなんだ。その古い彫像のような役僧のなかに、太郎は父をさがしたが、それらしい人は居なかった。仏事は、太郎には退屈であったが、家族のうしろに日本式に坐っているサドクさんには、興味が深く、経文の合唱も、役僧の立居振舞も、単調なのに拘らず厳重で、東洋的招魂であろうと目を見はっていた。

仏事のあと、老師のはからいで、庫裏《くり》で昼食の饗応があった。古風な八畳と六畳の装飾一つない部屋であるが、簡素で清らかな上に、障子を開け放って、日本平から駿河湾まで、部屋に付属した庭のように一望におさまっていた。桜花の季節で、日本平には桜花と菜の花が、桃山時代の色調をひろげていた。

庫裏にとおされたとたん、前面にひらいた豪華な自然の屏風絵に、みな圧倒され、しばらく茫然と声も出せなかった。桜がすむと蜜柑の花になり、全山蜜柑の香にむせかえるとか、寺の庭には修学旅行の学童がたえないが、この庫裏の庭は学童から妨げられないとか、いろいろ阿部博士がサドクさんや太郎に説明した。

客は庭に向い、老師一人が庭を背にして、席がもうけられた。膳がはこばれた。精進料理である。給仕にも女をまじえないで、役僧である。酒も出た。儀式のように役僧も客も殆ど無言で、老師一人が話した。しかし、老師の話は法話の類いではなく、一九二八年に老師が世界漫遊した際の話が主で、ロンドンで駐在武官だった阿部に案内してもらった時のことなど、ユーモアをまじえていた。

「ホテルに初めて訪ねてくれた時、わしが法衣でなく背広を着ているのをびっくりなさって、貴方は法衣でも背広でもよく似合うって、ほめましてなあ。ところが重助さんは軍服でなくて背広でしたが、背広では見劣りがしましてなあ。わしは重助さんに申したことです、軍服を脱いだ時に立派に見えるような人間になれって。いつか法衣をきせてやるから、その時、ただの雲水に見えないような徳を積んでおけって、なあ。ロンドンで重助さんを雲水にする約束をしましたが――」

そう老師はのどかに笑ったが、太郎は息がとまりそうな気がした。老師が僧侶になった父をその場に紹介する前提に思われたから。固唾をのんで待ったが、老師はその次を語らなかった。しかし、老師が話のなかで祖母を、必ず戒名で呼ぶか、仏様というように死者として現わしたのに、父を重助さんと生者のように呼んだことを、太郎ははっきり胸にとめた。

膳をさげたのをしおに、座がくずれて、太郎と武雄はサドクさんに庭を案内に立ち、扶美子は母といっしょに叔父夫妻に祖母の自殺した場所へ案内された。寺の庭から垣をぬけると墓地である。墓地にはいる前の小径で扶美子は大きく呼吸して叔父に言った。

「叔父様にご相談したいんだけど……私はアメリカへ行こうかしら」

阿部博士は突然の言葉に驚いて立ちどまり、扶美子の顔を見た。

「法事できちんと坐っている間に考えたんですが、叔父様にご相談した方がいいと思いつきましたの。というのは、今日まで誰にも相談しないで、自分で決定したことですから、全部責任を自分で負えばいいと思っていましたけれど、あんな仏事は、私初めてでしょう、やはり神妙な気持になるものね。古い祖先からのつらなりのなかの一人というようなことを感じさせるんじゃありませんかしら。不思議な気持ですわ。今まで感じたことのない自分を発見して……それで、自分が責任を負えばいいと思っていただけでは、足りないって気がしたんですが……家では、まあ叔父様にお話をするより他にございませんでしょう？」

飛石を伝わるように、ゆっくり歩きながら扶美子は、どんな風に話したら心持を伝えられるか、手探りしていた。

「私に相談するというのか、それとも決定したことを認めろというのか」

「決定したことを叔父様のご意見で変えてもいいの、ですからご相談ですわ」

「まだ変えられることなんだな」

「私はアメリカの大学へ数個所願書を出してみましたの。スカラシップをもらえる大学はないものかと思って、詳しく私の志望を書いて送ってみたんです。ちょっとした論文を送ったんですが……アメリカの大学だって、そんなことぐらいで給費生にしてくれるものと、あまく考えたわけではありませんけれど……私はアメリカへ留学したいし、真剣でしたが、今考えてみますと、一種の憐憫を乞うたのかも知れませんが、ともかく二、三日前に、二つの大学から招聘するというご返事があったんですの」

「扶美子のアメリカ行きというのは、サドクさんと結婚することじゃなかったのか」

肩の高さに刈りたてた赤芽樫《あかめがし》の生垣に出ていた。垣越しに、茶畑から海が見えた。茶畑は一番茶を摘む前であろうか、丸い株が新緑の玉のようである。扶美子は風景を見るように装って、答えなかった。サドクさんと結婚しないということで、叔父の声がはずんでいたから。

「アメリカ行きをためらう原因があるのかい」

「ありませんわ。手続などが面倒らしいけれど……叔父様には祝っていただけますわね」

「ママは賛成したかい」

「まだ話してありませんの」

「なんだ」と叔父は大きな声で笑った。「私からママに話させたいんだな。引き受けた。納得させるが、大学はどこだい」

「コロンビア大学と、もう一つは北部の名も聞いたことのない町の大学ですけれど……」

その時、母が叔母や老師といっしょに異った小径から、その生垣に近づいたから、扶美子は言葉をきったが、叔父はのどかに、

「やあ、今日は母や兄の墓前に報告しなければならないことがあったんだよ。扶美子が近くアメリカに留学するからなあ」

と、みんなに話しかけた。

扶美子はとっさのことであわてて、三人の方を見れなかった。母の驚きがいっぱいひろがるようで胸が高く鳴った。生垣の潜戸をくぐれば、墓地になる。叔父は三人を促して、潜戸の方へ行ったが、扶美子はついて行けなかった。最後に見る景色かもしれないから、よく心底にきざみつけておこうと、遠く海を見おろしていた。紺青に光った海をバックに、黄色の蝶が二匹

花びらのようにたわむれて、茶畑の丸い株の上に舞いあがっていた。その丸い茶株の間から、サドクさんや太郎の頭が見えて来た——

3

最後に老師の居間で抹茶のもてなしを受けた。襖といい障子といい白一色で、床に軸もかけずに古瀬戸らしい壺がおいてあるだけである。清潔にととのいすぎて落着かないのを懸念したのか、老師はみんなのために北側の障子をあけて、竹林の庭をとり入れた。しかし、それでも皆沈黙がちだった。

お暇をする時になって、太郎はしばらく寺に厄介になりたいと、老師に頼んだ。老師はけげんな顔をした。父のありかを老師が知っているものとにらんだからだが、叔父も母も、太郎の申し出に呆れていた。老師は、

「学校が休みならば、ここでしばらく雲水の行をするのも、面白かろう」と、笑った。

太郎は母や叔父達がみなサドクさんの車で、静岡へ出るというのに、送ろうともしないで、老師の居間で坐禅をはじめたかのように端坐していた。その態度が何か不安で、園子は車が菩提寺の山門を出ると、義妹の博士夫人に吐息した。

「ほんとうに太郎には困ったものですわ。何を考えているのか、さっぱり判りません」

「戦争に負けてから、若い人との間に突然断層ができたのでしょうか、病院などでも、若い人の気持が判らなくて、困ることばかりですわ」

「若い者はまた、おれ達がわからずやで閉口しているだろうさ」

と、博士は笑い声で車のなかのよどんだ空気を吹きとばした。

しかし、園子は前の運転台に三人掛けをしている扶美子の背を見ながら、太郎ばかりでなく扶美子も頭のなかにどんな考えをかくしているかと、心を重くした。

一同静岡の博士宅で、精進落しのご馳走になり、夜の東海道をサドクさんに運転してもらって帰ったが、園子は扶美子とならんで掛けて運転台の武雄に聞えないように扶美子に顔をよせて囁いた。

「叔父様の仰有ってたこと、みんなほんとう?」

「あれからあと、どんなこと申したか存じませんが、叔父様、誇張なさるかもしれないが、嘘は仰有らないでしょう」

「お母さんは扶美子に信頼されてるものとばかり思ってましたよ」

「してますわ、信頼しているからこそ――」

と、扶美子はあわてて言った。

「それなら、あんな大事を独りできめる前に、お母さんに相談してくれてもよかったわね」

「そうでしたの？　ごめんなさい、私はまた、お母様にご心配かけたくないから、独りで立派に行動するつもりでしたの」

そう言いながら、扶美子は園子をさけるようにして、自動車の左窓に顔をよせ、しばらくたってから、

「富士が見えますわ。黒い富士――」

と、呟いて顔を窓からはなさなかった。鈴川付近を通っているのであろう、おぼろ月夜に、富士山がずっと裾野から黒い線をひいて北に立ちふさがっていた。それから逗子の家まで八十粁もあろうが、扶美子も園子も黙りこくって、一言も話さなかった。

家に着いたのはおそかった。サドクさんは今日の一日で、一年分ぐらい日本を知ったと言って喜んでいた。園子が一風呂浴びて床についたのは、かれこれ一時すぎていた。扶美子にはあたゆっくり話をきこうと思ったが、なかなか寝つかれない。遠くに犬の声がして、横の扶美子も寝返りをうってねむれないらしい。

「ねえ、扶美子がアメリカへ留学するというのは、サドクさんのお考えなの？」

真暗いなかに手探りのような母の言葉である。昼間は、顔を見あわせても、心を見せてくれないほど娘も成長したと園子は思った。

「いいえ……サドクさんにもまだお話してないの。手続をする時には、どうせいろいろお世話にならなければなりませんけれど」

「扶美子はお祖母様が自殺したから、サドクさんとの結婚をあきらめたの？——」

暗くて顔が見えないから、急所にすぐ触れられた。しかしこんな問い方は娘にでも失礼だというように、扶美子の声はとがった。

「私がサドクさんと結婚するかしないかが、何かお祖母様の自殺と関係があることでしょうか。というより、お祖母様の自殺が、私とサドクさんの問題に関係があったと、お思いになるの」

「私の聞き方がわるかったら、ごめんなさい。ただ扶美子がそう考えて、あきらめたのなら、可哀想だと思ったものですから——」

「お祖母様の自殺の原因がはっきりしないからとて、生きてる者がめいめい責任を感ずることもないと思うのよ」

園子はどう扶美子に説明したらいいか迷った。扶美子がサドクさんに求愛されたことを知った時には、狼狽もしたが、あれから小学生の宿題のように、そのことを胸のなかで、一心に考えてみた。サドクさんを家でよく観察したが、真面目で親切な人である。長い間同じ屋根の下に暮したから、これくらい確かなことはない。扶美子をしあわせにしてくれるだろう。不安なのは、ただアメリカ人だということであるが、しかし、アメリカ人だからとて人間であり、人種だとか国だとかこだわらずに、愛する者同士が結婚することが、世界を一つにし、世界を平和にするもとかも知れない。この結婚を私が喜べないのは、結婚後いつか二人でアメリカへ行ってしまうことを本能的に感じているからで、私の身勝手である。扶美子の喜びを喜び、扶美子の幸福を祝福することが、母親のつとめである。特に姑が反対であるから、私が扶美子の側に立って、激励もし、取りなしもしなければならない――そうやっと園子の心のなかで結論して、その結論を自分の態度に生かそうとした頃に、突然、姑の自殺という思いがけない事件で、気が転倒してしまい、扶美子の結婚問題どころではなかった。姑の四十九日の忌も明けたら多少心に余裕ができるから、そしたら扶美子の望みをかなえてやろうと思う日に、また思いがけなく、扶美子が結婚しないで渡米するという事件だ。園子はどう扶美子に動揺を伝えたらいいか。

「私はね、お祖母様が亡くなられたから、扶美子もことなくサドクさんと結婚できると思ってましたが……」

その言葉は闇にすいこまれたようで、聞き耳をたてたが扶美子は答えなかった。扶美子は母の愛情が胸につきあたって、涙ぐみそうになる。しかし、胸のなかを撫でるような母の言葉は不愉快だ。疎開中に読んだ若い日の母の日記の文章が、その言葉にからみついているからだ。涙を出すまいとすれば、いらだった声になる。

「私は結婚問題でも、自分の心にしかきいて決心しないから……結婚すべきだと思ったら、お母様が反対なすっても、結婚することよ。ですから、私が渡米を決心したからって、お祖母様の問題は少しも影響してませんから、ご安心していただくわ……」

と、ここで止めておこうとしたが、言葉が自然にとび出してしまう。

「幸いなことに、私達はお母様の時代とちがって、基本的な人権を認められて独立解放したんだそうですから、自分の行動に自分で責任をもたなければならないし、自分自身にも言訳ができないのよ。そのことはお母様の時代の人には想像もできないほど、私達は大変なの。街で若い娘が占領軍の兵隊の腕にぶらさがるようにして歩いてるわね。世間では、パンパンだのなんのって、軽蔑しているけれど、娘達ははずかしそうな様子もなく、誇らしげに歩いているでしょう？　私も娘だから、その誇りが判るわ。あの人達は今日までの日本の女性のように、自分に言訳がないから、あんなに堂々としていられるのよ。言葉を換えれば、あらゆる絆をきられて、自分だけしかないのよ。自分をたよるしかないのよ。自分だけをたよって生きているのよ。こんなこと数百年来、日本の女になかったことですわ。たとえ黒い赤ちゃんを産もうが、兵隊にすてられて堕落しようが、自発的な行動で責任は自分で背負って、甘んじられるのよ。彼女達が思慮が足りなくて、折角独立した自分の人格をそまつにしすぎるうらみはあるかも知れないけれど、彼女達を笑えないと思うの。私も彼女達と同じよ。ですから、ただ愛するというぐらいのことでは、すぐ結婚ができないの……これはサドクさんに申し上げなければならないことで、お母様にお話してもしかたありませんけれど——」

「では、どうして、扶美子はアメリカへ行くの」

「アメリカを知りたいからよ。お母様達の言葉では、もっとサドクさんを知りたいと言ってもいいわね」

「すると、サドクさんも近くアメリカへお帰りになるのかね」

「いいえ、命令がなければ帰れないでしょう。……もう遅いから休みましょうよ」

「私には、扶美子が今夜話したことは、支離滅裂で、なんにもわかりませんよ」

しかし、扶美子はもう答えなかった。翌朝、扶美子は食事しながら、勤めの方をやめてくると、園子に言った。コロンビア大学に、おそくも新学年に間にあうように行くのだと言った。

その午後サドクさんの事務所を訪ねる約束をしたとも言った。園子は前夜暁の鶏の声をきいてから、うとうととしたきりで、寝不足の頭でもうろうと、うけこたえしていたが、サドクさんの事務所へ訪ねるということで、はっとして、

「サドクさんをお訪ねするって……なにかあったの、家でも話せるでしょう」と、咎めた。

「いいえ別に」

と、言いながら、扶美子は外出の支度をしてから、また園子のところにもどって、

「サドクさんは相変らず熱心に求婚しているの、私もサドクさんが好きですけれど、自信がないの。自分をアメリカにおいて見、サドクさんの生き方をアメリカで見て、その上で、結婚すべきかどうか決める決心をしたの。そう、今日サドクさんにお答えするつもりですが、それでサドクさんと結婚できなかったら、縁がなかったんでしょう……お母様だってお若いころ、愛した人と結婚できなくても、結構ご幸福でしたものね」

と、言うなり元気よく出て行った。最後の言葉は母をいたわるつもりで加えたのだが、園子の胸をえぐったことには、扶美子は気がつかなかった。その夕、扶美子よりも先に、太郎が帰って来て、園子の前に坐るなり、

「老師なんか瓢簞鯰《ひょうたんなまず》で、もう信用ができん。あんな坊主は黙殺してやる」

と、園子にくってかかるような調子だった。

「老師さんがどうかなさったのかね」

「こんな家に住んでいるからいけないんです。売って、質素な家に移りましょう。僕たちは本気に親爺の罪を社会に詫びるような生き方をしなければならなかったんです。親爺の法事をするどころか、親爺を軽蔑し、にくむことからはじめるべきでした」

そう太郎の涙ぐんでいるのを、園子はおろおろしながら見ていた。

第九章　奇蹟

1

ジョリがA大尉とピストル心中したホテルに、MPの自動車でつれて行かれた翌日、光子が悲しんでいると、思いがけなくジョリの遺書が届いた。検閲にもかからなかった。ジョリは自殺する直前、これをポストに投函《とうかん》したのであろうか、それを思うといつも光子の胸にあつく涙がこみあげるのだが……遺書にはこう書いてあった。

「Aがもどってくるのを待っているところです。静かに落着こうと心に言いきかせながら、奇蹟が起きるだろうかと、やはり期待でふるえています。それとも、もうあの人はここへもどって来ないのであろうか、あの人がもどらなければ、私は自殺する覚悟ですから、やはり光子に最後の言葉をのこします。

あの人を愛しました。あの人も私を愛したと思います。正式の結婚届を、軍司令部に出すまでもないほど愛するといったあの人の言葉が私にも信じられました。帰国する時には、必ず妻としてアメリカに伴うか、それができなければ、軍から身を退いて私といっしょに日本へとどまるからと、いつも言っていました。しかし、いざとなって、あの人は約束をまもりません。それどころか、今朝になって、本国に婚約者があると、たわけのようなことを言う。独りで帰国して、婚約者と破約してから、迎えに日本へ来ると言うのです。笑ってしまいたいほど古い手で、倶楽部にも同じような甘言でだまされた哀れな仲間が幾人もありますわね。あの人はそんな『アメ公』ではなし、私も聡明な女だと信じて、女のまことを捧げました。それゆえ、あの人が約束どおり、本国へつれて帰るか、日本へ残るかすればよし、私を残して去ろうとすれば、無理心中をする決意です。さっき外出する時、その決心を伝えてピストルを受けとりました。あの人は可愛い冗談だと思ったかも知れないが、私は真剣です。あの人も約束を守ると言って外出しましたが、私のもとにのこることにしてここへもどるのは、奇蹟でも起きなければ不可能でしょう。

光子もB少尉に今すぐ正式に結婚をせまらなければいけません。彼等は勝者かもしれない。だからといって、女のまことをふみにじっていい筈はありません。光子はすぐBと結婚して、倶楽部をやめなさい。Bが正式に結婚することをためらったら、倶楽部のみんなの前で、そう笑って侮辱してきっぱりBをすてて、新しい人生をはじめなさい――」

この日、光子はここまで読んでやめた。

ジョリが亡くなってから、光子は幽霊のような顔をして、ベッドに寝たきりだった。全身から力がぬけて、倶楽部へ行く元気もなかった。ジョリの残したウィスキーを思い出したようにあおった。酔いがまわると、部屋中にジョリの声が、早く正式に結婚しなさいと聞えるようで、毛布をかぶってしまうけれど、同時に、こんな体で正式に結婚するなんて……と、悲痛な叫びがはらの底で盲腸の痛みのようにする。そしてなぜあんな遺書をのこして、心中なんかしたんだ、バカ、バカなジョリと、毛布のなかで、ありったけジョリの悪口雑言を口にする。しかし、酔いがさめると、やはりジョリがなつかしくて、ぼんやりジョリの死を想うのだ。――そんなことを繰り返して幾日すぎたろうか、或る日B少尉が下宿へ自動車をのりつけた。光子の顔色に驚いたらしかった。

「一体どうしたんです、倶楽部へも顔を見せないで、生きていたんですか」

そう軽々と抱きあげて、甘い言葉を浴びせかけられると、光子はこの世にたった一人この異邦の軍人しか、頼りになる者のない孤独に身をちぢめた。B少尉は親切に光子の健康を心配して、ジョリの死を悲しんではいけないといろいろ慰め、引きたてるようにして光子を外へつれ出した。その日、光子は広々と海の見える所へ行ってみたかった。彼は車で京浜国道を走り、藤沢に出て、江の島の海へまわった。江の島の見える松原で、光子は車を降りて、砂丘のかげの日だまりに休んだ。

光子には、広島を去ってから初めて見る海である。勤労奉仕をしていた宇品の工場の窓から見えた海が、光子の心にいっぱいひろがった。同じように紺青に光る海に、いつも新の島が浮いていた。あれから数えるともう四年目である。その間、母をも思い出さなかった。神様のことも忘れていた。そう思うと、突然悲しみがこみあげて、どう耐えても涙の粒が次から次へと頬にころげおちるのだった。

Ｂ少尉は光子の涙に驚き、あわててやさしく肩に腕をかけて、泣く子をあやすように軽く揺すった。光子は右手で無意識に砂を掘りながら、何も考えまいと努力したが、少尉が彼女の好きなジャズソングを甘い声で囁きかけるのを聞くと、この人には自分の悲哀が理解できないのだという思いが、やはり胸に疼くのだった。同時に、この人には自分の過去も話したことがなかったと、思いかえした。それでいて、早く正式に結婚しろというようなことが言えるであろうか。光子は、一握りの砂を遠くへなげながら、ゆっくりおぼつかない英語を話した。

「私は遠慮してお話しなかったけれど……私をこんなふうな運命にしたのは、ピカドンでした。それまで広島で幸福でした。私の幸福のためにあらゆるものが備わっていました。神様までがありました。ええ敬虔なカトリックの信者でしたから。それが、こんなふうに晴れた空に、ピカッと閃光がしたとたん、広島の街が吹きとんで、私の持っていたものがみんな消えましたの。家も母も父も……神様も、友人も、消えました。そればかりでなく、私の体のなかからも……大事なものが、吹きとばされたんです。……だって、人間が人間に見えなくなったんですから。未来というものがなくなったんですから。ほんとうにあの時私も死ねばよかったのです」

「わかります、わかります」と、彼はうなずきながら光子の上半身を揺すっていた。

「おわかりになりませんわ、貴方がたには……いいえ、経験しない者に理解できるような生やさしいことではありません。自分が誰だかわからないで、倶楽部で踊っていたようなものですもの。……リリーなんておかしな名を持つ塵芥《ちりあくた》になってしまったのよ。それを、ジョリは、死ぬ時になって、私に光子になれというような遺書を残すなんて……ジョリも経験しなかったから、ピカドンがわからなかったからですわ。なれといっても、私はもう光子になれないんです。私というものが吹きとんだんですが、私のまわりからも、何も彼もなくなって、ジョージ、貴方だけしかないんですもの――」

しかし、江の島の海に太郎の姿が大きく見えていた。かつて宮島を対岸に眺めながら、太郎が話した言葉も、耳底に波音となってひびいていた。

――この戦争が終って、無事だったら、ぼくは南方の無医島へ渡って、神の栄光のために、土民の救済をしようと思います。その時、光子さんも行ってくれますね。
——ええ、私はオルガンを持って行って、土民の子供達に讃美歌を教えますわ。
高校生と女学生で、将来を誓った言葉であるが、その誓言も希望も粉々に砕かれて、アメリカ軍人の腕にすがり、通じない言葉を一心に手探りして、かろうじて生存しているような哀れな自分である。光子よ、光子は、何処へ行ったと、あの時の自分を空や海の上に探す気持だった。

帰路、B少尉は倶楽部に誘ったが、光子は真直に下宿へ送ってもらった。ジョリの居ない倶楽部へ出るのが、怖ろしかった。しかし、B少尉は光子の部屋を初めて見て、光子に倶楽部へ勤めることを止めるようにすすめた。光子はその勧告に従って、喜んでやめたが、それはB少尉の世話になることであり、いわゆるオンリーと呼ばれる妾になるのだとは、その時には気がつかなかった。

2

正式に結婚しなければと、光子はいらだつことがある。しかし、その都度、自分の体の秘密を思って、顔が赧くなるのだった。

B少尉は週のうち大半を光子の下宿で夜をすごした。食料品などをはこびこむが、ずるずると、少尉が光子の部屋に居すわった恰好である。光子をわがもののようにどこへも伴い、土曜日と日曜日の夜には、むりに光子を倶楽部につれて行き、みんなの前で光子を誇るようにダンスもした。光子もB少尉に仕えるようなやさしい妻になりきった。それゆえ、時々ジョリの遺書を思い出して、正式に結婚してもらわなければと、独りいらだつのだ。

しかし、肉体に欠陥があることを、彼が気がついているだろうか。この体でほんとうに正式に妻にして欲しいというのは僭越であろうか。光子は独り悩んだり疑ったりした。真剣に誰かにききたいが、秘密を安心して語れる母も神父も友もない。B少尉にもはずかしくてうちあけられない。自信をなくしてよくウィスキーを飲んだ。酔いで自分を忘れた。ウィスキーを飲むと、少尉はいつも悲しそうな顔をする。それが辛くて光子は、

「ピカドンが私の自意識まで吹きとばしてくれればよかったんです」

と、Bの顔に浴びせたこともある。

「ピカドンのおかげで、私はこんな女になったんです」

と、誰かにうったえたい鬱憤を、酒の勢いでBにぶちまけたこともある。

その夜も、B少尉はPXから食料品や繊維類をたくさん買って、光子の所へ抱えて来た。独立祭が近くて、その夜の倶楽部でのダンスパーティに着て出る夜会服《イブニング》をつくるようにと、少尉

は白レースの布地を光子の肩にかけてみせた。日本人にはまだ布地が自由に手にはいらない時だった。美しいレースで、ピンクのコンビネーションの上に着たらば、はえるだろうと、光子は布地を肩に大鏡の前に立って、あれこれ形を想像してたのしんだ。しかし、夜会服を三着持っていることを思い出して、新しくつくるのは勿体ないような気がした。特に、白のサテンの夜会服はつくって間がなかった。街ではぼろをさげている人が多いのにと、胸にかげがさした。しかし、B少尉は光子が同じ夜会服を着て出るのをいつも欲しない。

「白のサテンのはこの前のパーティに着て出て、みんな知ってますよ。リリーがこれで出れば、美しくてすてきです。会場を圧倒します。これを着てぼくを喜ばせて下さい」

「水色のはずっと前にきたから、誰も覚えてないと思うけれど……あれをなおして着ようかしら」

「これが気に入らないのではないでしょう? リリーは色が白いから、白のレースが似合うよ。ぼくが買って来た物を、リリーは好きな形につくらせて着ればいいのです」

「布地はPXへ持って行って金にかえてもらうなり、もっと現実的なものを買うなりしますけれど」

「現実的なものって、リリーには足りないものがありますか」

「そうではなくて、夜会服なんか、贅沢で勿体ないんですもの」

「勿体ないだって？　面白いことを言うリリーだね。まあいい、夜会服は早くつくらせなさい」

と、B少尉の表情は愛情でかおっていた。

光子も彼の愛を信じられたから、その晩は親和した気持から、長く心にためていたことを、懇願のようにして言ってみる気にふとなった。正式に結婚して欲しいと。

B少尉は最初光子の英語があやまりであろうと疑ったらしいが、光子が真剣に同じ言葉を繰り返すと、彼もその真意を知ってあわてたらしく、心の動揺をかくそうと、声をあげて笑った。

「えらいことを言うが……正式に結婚するって、どんな意味か、リリーは知ってるのかい」

その笑い声が光子の胸をえぐった。憤りで彼の顔をなぐりつけたかったが、じっと顔を見つめて我慢した。

「こうして暮しているのが、結婚じゃないか」

「これが結婚ならば、私をお国の法律の前でも妻だとして下さい。すぐ手続をとって下さい」

光子は思うことの半分も英語で表現できないから、むきになるのだが、彼女がむきになればなるほど、少尉は愉しそうに笑った。光子は気持のやりばがなくて、ウィスキーの瓶を出して彼にもすすめ自分でも飲んだ。少尉も珍しくウィスキーをたくさん飲んで、光子よりも早く酔って雄弁になったが、口早く話す英語が、光子にはよく通じない。

しかし、酔った彼の饒舌のなかに、光子ははっきり判断のできる文句を、胸のなかへひろいあげた。例えば、誰も長い先のことは判らないもの、正式に結婚するつもりで、愛しあったのではないから、七面倒なことを言わないで、愉しく過せばいいのだとか、ピカドンで不幸になったというがその不幸にあまえて結婚を強要しても、結婚は慈善事業ではないとか……光子がそうした言葉を掴んでからみつけば、愛しているから、こうして生活の世話もしている、夜会服の布地まで買って来たではないかといって、その英語が通じないことを心配するのか、愛する、愛する、と絶叫しながらそれを実証するかのように光子を抱きすくめて接吻で身動きもできなくする。それが、真面目な話を狡く外す手段だと感ずるから、光子は口惜しくて、あばれまわり、布地などいらない、正式に入籍しろと、絶叫するが、酔いも手伝って、言葉が英語にならないから、ますますいらだって、白レースの布地を破こうとする。彼は破かせまいとする。しばらく二つの体がもつれあっていたが、最後には光子は荒い息を吹きかけながら少尉の肩にかみついて行った。上衣を脱いでいる彼は、大きな声をあげて、光子の体を両手でかかえ、荷物のように部屋中あちこち運んで、最後にベッドの上におくが、その頃には光子もたわいなく眠っている――

翌朝、光子は少尉の横で目をさまして、前夜のことを静かに思い浮べ、堕落した自分がつくづく情けなくなる。あのまま目がさめなければよかったと思うが、やはりジョリの場合と同様に奇蹟は起きなかったと、吐息が出る。しかし、私にはジョリのようにピストルをうつ力がないと、Ｂの寝顔をつくづく見るのだ。

金色の睫毛が光って優しい顔である。右肩をのぞくと白い肉に歯のあとが赤くにじんでいる。この人は私を幸福にできない、という切ない思いがこみあげてくる。この人はどんな我儘もみんなたえてくれる。光子はゆるしでも乞うように、寝顔にそっと唇をあてた。

私はジョリのように正式の妻としてくれというような自負心を持てない。この人がいる間は、この人にまことをささげよう。お仕えしよう。この人が本国へ去る時に、私を日本へ残しても、感謝して見送ろう。どうせ私の体は原子力の放射を受けて、いつくずれるかもわからないのだから。あの時広島の川原で、水を下さいと死んで行った人々に較べれば、今日まで生きたのはまだ倖《しあわ》せだったかも知れない。この人にすてられて、生きるに困難ならば、その時こそこの世に未練なく死ねばいいのだから。

——そう、少尉の寝顔を前にゆっくり自問自答した。そして、ベッドから飛びおり、日本の若妻のようにいそいそ朝の化粧をすませて、彼のために朝食を用意してから、部屋のカーテンを開けて小声で朝の歌で彼の目をさました。

Ｂ少尉も、その日は勤務であったが、出勤前に光子を自動車にのせて横浜に出て、光子のために洋装店により、独立祭のパーティの夜会服を注文させた。光子は営舎の前で車をおりて少尉に別れたが、今なら太郎に会ってもいいというような、途轍《とてつ》もないことを、ふと思った。実際その帰り横浜から横須賀線で、逗子に出た。太郎にあって、現在の境遇をわだかまりなく話すことで心のなかにもやもやある悲哀を払って、晴れやかにBに仕えることができるかも知れない。そう考えながら、海岸近い阿部家の方へ歩いていった。今度は玄関から正々堂々と名のって、面会しようと決心したが、阿部家に近づくにつれて、あやしく動悸が鳴った。

しかし、大きな門には阿部の門札の代りに、原田という新しい門札がかかり、庭に数人の庭師がはいって、二階の雨戸がしまっていた。玄関前に立つと、内には大工が数人いて、言葉をかけると、「阿部さんですか、前の持主でしょうな。原田さんが買って、手を入れてるところですが……前の持主の移転先は、わしらにわかりませんな」と、奥から遠慮のない声で呶鳴った。

付近の商店できいてみることも、光子は考えつかなかった。しかし間もなく独立祭のパーティにB少尉につれられて、倶楽部へ行った際、ふだんは女支配人に会ったこともないが、わざわざかく子に会って、

「阿部重助閣下のお宅は逗子からどこかへお移りになりましたの」ときいた。

「リリーさんは阿部さんをご存じでしたか」

と、驚いた顔をしたが、かく子は忙しそうに立ち話で、

「サドクさんが下宿していたでしょう？　扶美子さんに熱心に求婚していましたが、扶美子さんはアメリカへ留学するといって、おことわりになって、サドクさんは悲観して、京都の民生部にかわったという評判、リリーさんもきいてるでしょう？　それであの一家も逗子の家を売って、東京の世田谷へ移ったが、それがお気の毒に三間の三軒長屋でしてね——」と、口早に話した。

「新しい住所はおわかりでしょうか」

「渋谷から玉川電車ですが……どこかに書きつけてありますから、あとでお知らせしますわ」

「お嬢様はアメリカへご出発になりましたの」

「つい二、三日前にね……輸送船に便乗させてもらって……近頃の若い人は勇ましいですわね」

と、言いながら、かく子はビュローの方に呼ばれて駈けて行った。

みんなから尊敬されていたあのサドク少佐が阿部家の止宿人であったのか、扶美子がアメリカへ留学したのか、意外なことを聞いて、光子はしばらく立ち竦んでいた。

3

その年の暮から、B少尉は三ヵ月近く中部地区の名古屋に滞在を命じられた。彼は光子をつれて赴任しようとしたが、光子は健康がすぐれなくて、東京に残った。彼は土曜日の夕には、待ちかねたように東京へもどり、終日光子のそばで、光子を愛撫し、日曜日の終列車で、別れをおしみながら名古屋へ帰って行く。光子の健康を心配して、いたわり、医者にみせるようにと、しつこくすすめるが、光子は原爆病であろうから医者にみせてもしかたがないと、あきらめていた。ただはなれてみてB少尉の愛情が信じられたから、それだけを小さい幸福として、大事にする肚を据えた。健康が心配というが、苦痛がどこにあるわけでもなく、ただ多少食欲がなくなり、血色がわるく、顔色がすきとおるほど蒼白くなって、疲労しやすいぐらいであるから、暖かになれば元気になるだろうと自ら慰めた。彼と別れている間が静養期間でもあり、のんびり我儘に休養することにした。少尉は会う度に、可哀想なミツコさんといたわるが、光子は幸福なミツコですと答えるほど、独り居をたのしんだ。ピカドン以来初めてあきらめから発見したような平穏な日々だった。

その平穏な日々を、二月にはいってから、或る水曜日に突然黒人兵が荒した。黒人の軍曹ヨ

「ミス・リリーが——」

「ミス・リリーがご病気だとうかがって、お見舞に上りました」

そう言って白薔薇の花束を抱えて、部屋にはいる黒人兵を見た瞬間、光子は或る夜ジョリの話したことが、すぐ胸に浮んだ。クロを相手にしてはだめよ、わかった？　クロのことで疑われたら、爪はじきされるからね、クロに対して感傷的な同情を持たないって約束する？

私は不謹慎だったと、急いでベッドから半身起き出した。昼近かったが、朝食をすませてから休んでいたのだった。

「ごめんなさい」と、光子はしどろもどろに言葉もかけられなかった。

この人がまたここへ現われたという狼狽である。黒人兵は白い花束を抱えたままベッドに近づき、跪いて、光子の手に接吻する。光子は払いのけるような剣幕で、

「ここに来ないでいただきたいの。B少尉が知ったら、貴方はただではいられないでしょう」

「B少尉のことも知っています。ミス・リリーが病気だと聞いて、心配で心配でたまらなかったのです」

「病気って、なんでもないの。お花を持って帰って下さい」

「ミス・リリーがお困りになったら、いつでも、私はかけつけます」

「出て行って！」

黒人兵は優しい目でじっと光子を見つめてから、花束を卓子においてすごすご出て行った。

光子はそれまで幾人も黒人兵を助けた――というより、人間なみな親切をしたにすぎないが、例えば、白人兵と喧嘩してひどいめにあった黒人兵を慰めたり、白人兵の酒保や倶楽部で酒を買えないで酒をあさっている黒人兵に、密売している日本人を紹介したぐらいのことだが、そんなことでも多くの黒人兵が光子に感謝していた。前年の秋の終りのことだったが、このヨハヒム軍曹が夕方光子の宿をひょっくり訪ねて来て、光子に助けられたお礼をのべた。見覚えのある軍曹であったから、話を聞いてみたのだが、人種的偏見のない日本の女性が誰でもすることをしたのにすぎないのに、涙をこぼして感謝する黒人兵に、光子は当惑し、感動もした。特に軍曹が清潔な感じのする青年であったし、光子も安心して椅子をすすめ、黒人兵が酒を飲むのでウィスキーをご馳走した。B少尉が東北地方へ出張中ではあり、後で考えれば不謹慎であったが、日本人らしいもてなしをしたのだ。ところが、ヨハヒム軍曹は酒が少しまわると、光子を手ごめにして凌辱した。あっという間の出来事で、騒ぎたてようとしたが、母家の人々に聞かれることをはばかって、光子は声を立てないで抗った。しかし、黒人兵は黒鬼のように力強く、抗することができなかったが、気がつくと彼はベッドの下に跪いて、涙を流しながら、光子にゆるしをもとめていた。

「悪魔、うせちまえ」

光子は声を荒く叫んだ。黒人兵はしどろもどろに、日本語と英語をまじえて、愛するからこんなことになった、貴方のために生命をなげ出していると、くどくど言っていたが、光子は毛布をかぶってむせびあげていた。岩国の夜の出来事が記憶からふき上げて、けだもの、けだものと、幾度も叫ぶようにして泣いたが、その剣幕に、黒人兵は怖れをなしたのか、いつの間にか部屋を出ていった。

その後、光子はそのことをB少尉に打ちあけようかと、幾度思ったか知れないが、しかし、軍曹がどんな罰を受けるか怖れてためらった。特に、自分の体が女でないことを省みると、純潔を守ろうと気負い立つことが愚かしくもあった。その後ヨハヒムが光子の前に現われないのだから、秘密を守るのも少尉に不貞ではなかろうと、自己弁護をしていた。

その黒人兵が、Bの留守を承知で、花束を持ってひょっくり現われたのだ。光子はジョリに蔑まれてるような気もして、その花を花瓶にいけた。二度と訪ねてくることはあるまいと思ったが、次の水曜日の午前に、また花を持って訪ねて来た。光子は肌が粟立って、

「もうここへ来ないで下さい。MPにうったえますよ。わかった?」

と、戸口へ押し出した。

ヨハヒム軍曹は黙って、悲しそうな表情で光子の顔を見つめながら、

「ミス・リリーは不幸ではありませんか」

と、涙声で囁いて出て行った。

光子がつき返した花束が、窓の外においてあったが、その甘い囁きも気味悪く光子の耳にいつまでものこった。次の水曜日には、光子は朝早くから落着かなかった。それまで宿の母家の人々とは努めて交渉をさけていたが、黒人兵が見舞に来ても通さないようにと、思いきって頼んだ。母家の主婦は気軽に承諾したが、すぐもどろうとする光子を引きとめて、

「リリーさん、どこかお悪いのですの、お顔色もおわるいし、医者にみせましたか」

と、心配そうにきいた。

「どこって……原爆症ではないかしら……一度広島にあるアメリカの研究所へ行ってみてもらおうと思いますけれど。赤血球がこわれているのじゃないかしら」

「原爆症ですって？　そうでしたか。うちの母はね、リリーさんが赤ちゃんができたのではないかなんて、しきりに申してますが、原爆症ですか、そうでしたか」

と、人の好い主婦は感心したような大きな声を出した。

「赤ちゃんって？」と光子は目をまるくした。

「母はあの年でしょう？　経験でわかるなんて、偉そうに言ってますが、こわいですわね。原爆症ですか、原爆にあってから、四年もたって今になって、そんな病気が出るなんて……赤血球がこわれるんですか」と驚きを誇張した。

その日も黒人兵は花束を持って現われたが、光子の部屋には通されなかった。しかし、その日から、母家の主婦は専門医の診察をうけるようにしつこくすすめて、きかなかった。主婦の老母は、光子が妊娠であろうといってゆずらないらしかった。光子は体の秘密をよほど主婦に打ちあけようかと迷ったが、そんな体でアメリカ人と同棲していることを思うと、恥辱で全身に汗をかきそうで、とても話し出せることではなかった。次の水曜日の朝になって、また黒人兵に居留守を頼みに母家へ出向くと、老母が自ら出て来て、光子の体を両腕でいだくようにしながら、

「リリーさん、だまされたと思って、一度医者にみせてごらんなさい。ね、今朝いらっしゃい。一人でおいやならば、娘におともさせますよ。この老人を安心させるために、みせて下さい。わるいことは申しません。電話をかけさせましょうか」

と、いたわって、すぐに主婦の知り合いの病院へ電話をかけさせた。

「年寄りは気が早くて、ご迷惑でしょう」

と、主婦は詫びたが、光子はそんなふうに親身な言葉を浴びせられたことがなかったから、涙ぐんで委せてしまった。

母家の主婦に案内してもらって、黒人兵の来る前にと、光子は病院へ急いだ。病院といっても産婦人科病院であり、無駄ではあるが、親切な人々の好意をむだにしたくないと、気の弱い

光子でもあった。

医者は五十近いものやわらかな人だった。どこか深尾神父に似ていた。診察室の椅子にかけるなり、この人ならば秘密をうちあけられそうに思った。しかし、医者は初めから妊娠したものときめてあっさりきいた。

「いつ頃とまりました」

光子は顔を赧くして暫く答えられなかった。

「あの、なかったんです、ずっと……広島で原爆にあった時から」

「ほう、すると四年ばかりですな、原爆をはらんだとしても、もう産れてもいい頃なんだが……それまではありましたか」

「ええ」光子は穴があったらはいりたかった。

「結婚はしているのですな」

「ええ……原爆症だろうと思いますけれど。ですから、産婦人科で診ていただいても仕方がないと思いましたが、杉さんの皆さんが心配しますものですから……」

「少しおなかがおふとりになったような気がしませんか、近頃」

「ええ、脹満《ちょうまん》という病気ではないでしょうか、心配で、数日前図書館でしらべたんですけれど」

「おかしいですね。ともかく診せてもらいましょうか、脹満よりも妊娠だと考えるのが順序ですからな」

「だって、妊娠する筈はありませんもの――」

その話の間に、医者は脈搏をはかり、体温をはかり、尿の検査をさせてから、診察台に寝かせて、ていねいに診察した。光子は来たことを後悔しながら、俎《まないた》の魚になっていた。

「さあ、おわりました。妊娠ですね。三ヵ月ですかな、四ヵ月かな」

「ほんとうでございますか、先生」

「ほんとうらしいですな」

「ご冗談ばかり仰有って――」

「奇蹟かも知れませんな」

真面目くさって冗談を言う医者だとは知らないから、光子は半身を起して、

「ほんとうでしょうか」と、医者を見た。声がふるえて、涙がこみあげそうだった。

「困ったことだろうが、しかたがない。妊娠ですな。原爆症かどうか広島の医者にでもみせなければわからんが、妊娠かどうかは、私にも判る。四分の一世紀産科をしていて、狂いのなかったことですからな」

光子は診察台の上で、おうおう声をあげて泣き出した。とめようとするが、泣き声がとまら

なかった。医者はびっくりして、光子の肩を軽く叩いて笑った。

「女と生れたら、誰も赤ん坊を産むんだよ。悲しむことはない。痛くも苦しくもない。案ずるより産むが易しというから、安心していればいい。猫だって産めるんだからな」

光子は背を震わせて咽《むせ》びあげていた。やがて顔をあげて涙を拭いて、

「ありがとうございました」

と、医者の方を見た。泣き笑いのような表情をしていた。

「さあ、元気を出すんだよ。今すぐお産があるわけじゃないし、悲しまずにゆっくり落着くんだな」

「悲しんでるんじゃありませんの。うれしいんですの。奇蹟があるということがわかったんですの」

そう言うなり、光子は思わず胸に十字を切って、マリア様、お恵みをお与え下さいましてありがとうございますと、つづけて小声で言っていた。それは女学生の頃、嬉しいことがあれば必ず口にした感謝の詞《ことば》であるが、ピカドンでふきとんだように忘れていたもの。それを言ってる自分に気づいて、光子はわれながら驚き周囲を見廻した。それこそ辺りが金色《こんじき》に輝いて、誰にも感謝したかった。ほんとうに奇蹟が自分に起きたような気がした。

第十章　よろこびの日々

1

ほんとうに妊娠したのであろうか。光子はどうしても信じられなかった。しかし、体内にオルゴールのようなものがはいって、幸福の鐘が鳴っているような気がしてならない。月のものもみないで妊娠する筈はないと思うのだが、妊娠です、妊娠ですと、動悸も高鳴るのだ。或る朝、洋箪笥の等身鏡の前に立って、自分の裸身像をうつして見た。

そんなふうに裸体を見ることは、自分の体でも恥ずかしいが、ほんとうに妊娠であるかどうか、自分を納得させるのには、そうでもしなければいられなかった。愚かなことだ。洋服のベルトが窮屈になって脹満という病気ではないかと疑ったくらいであるから、鏡にうつして見るまでもないのに、光子は自分の裸体に見入るのだ。

その二、三日前に、光子は母家の主婦と老婆に、原爆にあってから月のものをみなかったから、妊娠する筈がないがと、恥をしのんで体の秘密をうちあけた。その時主婦も老婆も光子の話を笑いごとにした。

「家の次女も月のものがなくて、結婚してから四年目に子供ができましてね」

老婆は当時を思い出すのか、くすくす笑いながら主婦と顔を見合せて、次女の場合を話した。日華事変中のことで、老婆の次女は上海駐在の新聞記者のあとを追って、中国にわたって二年目に妊娠したが、妊娠だとは信じられなくて、中国に流行している風土病にかかったものと心配して、手術するために独り東京へ帰って来た。

「私は娘を見るなり、その体つきで妊娠だと思いましたよ。でも、娘は中国に腹のふくれる風土病があるからってききませんでね。日本にいるつもりで生エビや貝類を食べたのがいけなかったなんて悲しんで……乳を見れば変りかけているのにね、未経験てことは、どうにもなりません。病人のつもりで、東大病院へおそるおそる行って診察してもらって、笑われて帰りました。その時、生れたのが、寧夫《やすお》ですよ。妊娠する筈がない、妊娠する筈がないって、寧夫が生れる日まで口癖にしてました。リリーさんもご存じでしょう、寧夫を。今度娘が来ましたら、よく娘から聞いて下さい――」

光子は元気な小学生の寧夫を知っているが、鏡のなかにうつる女の裸像を見ていると、ふとその時の老婆の声が耳底に聞える。乳が変りかけているという言葉を思い出して、頰をほてらせながら、乳首を引張ってみた。ゴムのように弾力があるが、気のせいか色も変っている。してみると、やはり医者のいうとおり妊娠であろうか。この蒼白い体内に、新しい命が息づいていると、不思議な感動が全身をはしるのだった。

その翌日、B少尉が中部地区からもどる土曜日であった。光子は部屋中に花を生け、お祭りのように少尉を迎えるなり、自分のよろこびをつたない英語で浴びせた。

「愛は奇蹟をうむと、よく神父さんが申しましたが、真実だとわかりました。奇蹟は私のような女にも、愛さえあれば起きるってことが……だって赤ちゃんが生れるんですの。赤ん坊をうめない私に、赤ちゃんが生れるんです。幸福です。おわかりになる?」

「赤ん坊がリリーに?」

「そうよ、原爆病とばかり思っていたのに、病気ではなくて、ジョージ、あなたの赤ん坊が生れるのよ、ピカドンで神様はふきとんだと思っていたけれど、ちゃんと私を見ていてくれたのねえ。私の愛にご褒美を下すったの。もちろんあなたの愛にも……おわかりになる?」

「そんなこと言っていないでリリーは医者にみせなければいけない」

「みせたの。医者が診察して、妊娠だというの。病気ではないの。赤ん坊が生れるのよ」

少尉は光子を抱くようにしていたが、静かに光子を椅子にすえて、煙草に火をつけた。少尉が期待したように喜ばないことが不満で、じっと少尉を見ていた。英語でなくて日本語であったら、少尉にも喜んでもらえるように、心のうちを話せるのだがと、光子は少尉を責めるよりも、自分の語学の不足を思って、なおも一心に努力してみるのだ。

「今までよく私はウィスキーに酔ったりして、いけないリリーでしたわねえ。でも、それは、私があなたの愛に価しないように思って、焦慮していたからよ。ごめんなさい。私の体がピカドンの影響で、あなたの妻になれないような変化を起しているものと、思いすごして、絶望していたからなの。それほどあなたを愛してたの。わかって下さる？　しかし、もうあなたの赤ちゃんのママになるのですから、安心しました。あなたの愛にふさわしい女だと実証されたから、これからは、あなたにふさわしい人間になるように努力しますわ。ねえ、あなたは私を愛してくれるでしょうね、ジョージ、あなたの赤ちゃんのママですもの――」

「僕がリリーを愛するのは、赤ん坊のママであるかどうかなんてことは、関係ないことだよ」

この言葉を、光子は文字通り解して、少尉の心理をさぐるようなことをしなかった。自分の幸福と歓喜に少尉が同化しているものと信じていた。それほど、少尉はいつも光子を大事にし、いたわっていたから。

しかし――

少尉は中部地区の任務をおわって、もどったのであるから、毎晩光子の宿へ来た。光子も病気でないと解ったから、努めて少尉といっしょに外出もした。少尉のいうなりに、自分の意志をなくして、添いとげようとした。

　或る夕、少尉は光子を散歩にさそって意外なことをすすめた。終日家居していては、胎児にもよくないからとて誘い出した親切な言葉とは、全くうらはらなことをすすめた。妊娠を中絶したらというのだった。沈丁花《じんちようげ》の香が何処からともなくかおってくる、生垣の閑静な小さい路だったが、光子は立ちどまって、少尉の顔を見ながらききかえした。少尉は同じことをくりかえして言った。光子は自分の英語の理解力が足りないのかと、妊娠中絶という単語の説明をやさしく頼んだ。わけもなく光子の頬に涙の粒がこぼれた。少尉は光子の腕をとって、励ますように言った。

「リリーはふだんから余り丈夫でない。こんな健康で母になることは、リリーを殺すことになるよ。だから、リリーを助けるために、一時母親にならないことにするんだ。出産することよりも簡単にできるからね」

　やはりそうだったかと、光子は穴へつきおとされたような気がしたが、おだやかに笑顔で少尉の顔を仰いだ。

「健康のことは、自分でいちばんわかりますわ。赤ん坊ができたとたん、全身の充実感で、健康になったことがわかりましたもの。ご心配なさらないでね。折角の奇蹟を自分の手でこわすようなことをしてはいけませんわ」

「中絶して、十分健康をつくった上で、母になってもおそくはないよ、リリーはまだ若いんだからね」

「奇蹟は二度起きないかも知れません。そんなこと言い出して、私をいじめないで――」

「リリーはそんなに子供が欲しいの？　僕にはその気持がわからない」

「このことはもう二度と言い出さないで……私を苦しめるばかりですから」

光子は顔を真直に向けて歩いて行った。少尉がどんなことを言おうとも、もう耳を傾けないと、決意を示すかのように。少尉も何も言わなかったが、生垣の間の路はまもなくだらだら坂になって、小さい魚屋や八百屋や荒物屋などの貧しい店がごみごみした通りに出た。魚屋の店先には、血のにじんだ鯨の切身や鯡《にしん》がうずたかくならんで、その前に街のおかみさんが集まって通れないくらいだ。おかみさんはたいてい幼児の手をひいたり赤子を背負っている。狭い路を、みなりのよくない子供が騒々しくかけまわっていてぶつかりそうだ。やかましいパチンコ屋のなかに、若い人がぎっしりはいって、その店先にも子供が蠅のように群がっている。リリーは奇蹟、奇蹟というが、リリーの子供もこんなふうに巷《ちまた》のなかに塵芥《ちり》にまみれて育つのだろうか。そう少尉は顔をしかめた。

その夜、少尉は中部地区から帰って初めてウィスキーをあおって、湯気の立つほど顔を赤くした。酒の勢いで、光子にもう一度堕胎のことを話したかったからであろうか。

「リリーは赤ん坊、赤ん坊というが、ほんとうに赤ん坊のことを考えたことがあるのかい」

と、目をすえた。

「あってよ」

光子は微笑んでみせた。子供のことを少尉と話すのが嬉しいのだ。

「そうかい、僕が散歩の途中で中絶をすすめたのも、子供のことを真剣に考えたからだがなあ——」

「どういう意味、みんな聞かせて——」

少尉はしばらくためらっていたが——

「リリーは原爆をうけたろう？　原爆の影響が体にいつまでも残るだろうと心配していたろう？　その医学上の研究はまだ未完成であるから、リリーの心配はぬぐい去られないわけだよ、放射能で身体の細胞組織が変化しているのだから、それが胎児に影響しないとは、保証できないものね。畸型児《きけいじ》や精神薄弱児ができたらどうするんだ」

それを聞きながら、光子の目は憤りに燃えるように輝いたが、突然、黙って！　と叫ぶなり少尉にとびついて手で彼の口をふさいだ。

「そんなことがあるものですか、そんなことが——」

と、喘《あえ》ぎながら、一心に手に力を入れたが、涙がこみあげてどうにもならなかった。

「そんなことを考えるなんて、ひどいわ。ひどいわ。ピカドンを落したのはアメリカじゃないの。あなたがたじゃないの。畸型児が生れるなんて……畸型児が生れたら、アメリカの咎です」

と、むせびあげて、少尉の膝に顔をふせた。

そんなことがあってはたまらない。畸型児だなんてことがあったらどうしよう。天も地も照覧あれ。こんなにも愛しあって儲けるわが子が畸型児である筈があろうか。光子は少尉の膝に顔をおしあてて、おうおう声をあげて泣いた。

少尉は慰めることもできないで、だだっ子を扱うようにただ光子の背を軽く叩いて、泣きやむのを待った。しかし、光子は泣いているうちに、ふと三年前に、山村から初めて広島へくだって、学友の大塚はな子を訪ねた時のことが頭をかすめた。あの時焼野のように家のないところから赤ん坊の泣き声がしたものだ。驚いてあたりを見まわすと、焼けトタンでかこったバラックの横に、コスモスの花が咲きみだれて、おむつを乾してあった。ピカドンから一年余たっていたから、ピカドンにあった両親から生れた赤ん坊にちがいなかった。あんなふうに新しい生命は旺《さか》んなものである——

光子は涙で洗われたような顔をあげて、きっぱり少尉に言った。

「そんなことがある筈はありませんけれど……万一赤ん坊が畸型だったり、精神薄弱児でしたら、アメリカでなおしていただきますわ。それぐらいアメリカはできるでしょう? アメリカはしなければなりませんもの……ねえ、私は子供を抱いて、アメリカ中を歩きまわっても、なおしてもらいます。原爆を発明したんですもの。それぐらいできない筈はありません」

もうめそめそしてはいられないという決意が、光子の顔にかおっていた。

2

それにつけても、光子は正式な結婚の手続を少尉にとらせなければならないと、心あわてた。少尉の子供を産むのであるから、誰にはばかることもなく、何処の国の法律におびえることもなく、少尉の正妻である。愛する、愛すると、おたがいに言いあっているだけで満足しては、もういられない。生れる子供にすまない。ジョリが遺言で忠告したことを、今こそ彼に実行させなければならない。そう光子は決心して、さっそく或る日、少尉にそれをせまった。しかし少尉は司令部の手続が面倒だからと逃げをうったが、光子は承知しなかった。

「私達の関係は、夫と妻というように公式文書にかかなくても、愛しあってさえいれば安心していられるというような、そんな暢気《のんき》な段階ではありません。子供のために、正当な義務ではありませんか。どんなに手続が面倒であっても、私は司令部へ出掛けて行って、お願いするから、いいこと？」

「結婚願を出せば、司令部がリリーの身元を洗うからな」

「身元を洗うって、どんな意味ですの」

「リリーの両親だとか、履歴だとか、過去の操行だとか調べるよ……僕はリリーの過去にこだわらないが、今のリリーを愛してゆるぎないが、司令部ではそうではないからな。許可しない場合が多いよ」

「私はどんなに調べていただいても安心よ。それとも、私の両親がピカドンで殺されたと判明したら、いけないの？　女学生の時に勤労奉仕で軍需工場で働いたことが、いけないの？　司令部だって、そんなに無茶は仰有らないと思うわ」

「OK、リリーにそれほど自信があるなら、明日でも結婚願書を司令部に出そう」

「うれしい」と、光子は少尉のくびにとびついて、幾度も接吻した。

しかし、少尉は結婚願を提出することよりも、胸のなかでは、もう別れるべき時が来たと計算していた。リリーは子供の生れることを、奇蹟だとか、神の恩寵《おんちょう》だとか、誇張して喜んでいるが、自分達のような関係で子供を生むのは、思慮が足りない、リリーがたしなみが足りなかったのだ。子供が生れそうだからといって、正式に結婚しなければならないとは、本末顚倒《てんとう》だ。リリーをあわれに思うが慈悲心で結婚はできない、リリーを最も傷つけない方法と時期を選んで、別れなければならない。——そんなふうに冷酷な考えが彼の胸にもえているとは知らないから、光子は信じきって、ジョリの遺書を彼に見せて、その文句を英語に翻訳して聞かせたりした。

その後、光子は少尉が結婚願書を司令部に提出したものとばかり信じていた。許可を待っていればいいと安心しきっていた。

それ故、光子は幸福であった。この幸福も、神様のお恵みであると、幼い頃からの習慣がよみがえったように、神や聖母を思って感謝した。教会へ行きたい。おミサにもあずかりたい。懺悔して心を洗えるような神父さんを持ちたい。そう思ったが、光子の住む近所にはカトリックの教会がなかった。少尉にも話したが、少尉はメソジスト派の信者だった。光子も彼の宗教に従って結婚をし、アメリカへ行ったら、彼の教会で改宗しようと考えて、カトリック教会に無理に行こうともしなかった。

それにつけても、光子は太郎を思うのだった。幸福であるから太郎が切なく思い出されるのが不思議だ。幸福をわかちあう友人も両親もないからであろうか。太郎ならば、この幸福を喜んでくれるだろう。ともに聖母に感謝してくれるだろう。そう光子は身勝手な考え方をした。

その頃、聖ザビエルの日本渡来四百年祭のことが、新聞によく書かれた。ローマから巡礼団が聖ザビエルの奇蹟の御腕を奉持して到着したことも書かれた。聖ザビエルの奇蹟の御腕を迎えて、明治神宮の外苑で荘厳なミサが行われることも書かれた。それを読む度に光子はみうちが感動で疼いた。父や母が生きていたらと思う。深尾神父やゾルゲ神父が生きて、この盛儀を迎えるのだったらと思う。この感動を話しあえる者のないことを悲しく思う。

外苑で野外の大ミサの行われた日は、朝から晴れわたっていた。六月初めの緑の微風が終日そよいでいた。

光子はこのミサに出席して聖体を拝受し、できれば奇蹟の御腕の祝福も受けたいと、朝からベールも用意して、何時でも出掛けられるようにして少尉を待った。それも胎児の将来のためだと秘かに考えていたからだったが。聖ザビエルの四百年記念ミサには、信者でも招待券がなければ出席できないという噂だったが、少尉の手づるで招待券が得られるものと安心していた。しかし、その日彼はなかなか現われなかった。待ちあぐんだ頃に、招待券が手に入らなかったといって、悄然と光子をドライブに誘いに来た。

「招待券がなくても、ジープでのりつければ入場させるでしょう。スピード出してよ。もうおミサはおわってしまうじゃないの」

ジープにとびのるようにして、彼をせきたてた。占領軍の将校といっしょならば、あらゆる場所がフリーパスなのに、招待状にこだわって機会を逸しそうなのが残念でならなかった。

実際、外苑に着いた時には、ミサは終って解散したらしく、緑にもえた樹々の間の小径を、人々がなだれて帰るところだった。光子も少尉もミサが外苑のどのあたりで行われたのか、外苑の地理にも詳しくない。車をとめて、なだれるような人々にきいてみたが、ミサは野外運動場で行われたという。

「車をおりましょう、この人々の来る方へ行けば会場に出られますから」

少尉は駐車場の方へ車をひきかえした。そこから、光子は少尉の腕をとって、駈けんばかりに、人の多い小径の方へいそいだ。むせかえるような緑と強い陽にめまいがしそうだ。光子の体がもう人目につくのか、行きあう人々が必ず視線を光子に向ける。二人は人々に逆らって、会場の方へいそいだ。

しかし、十分も行かないうちに、光子は原子爆弾にうたれたような気がして、立ちすくんだ。思わず、あっと声が出た。気がつくと、少尉が腕を支えていたが、幻影ではなくて、光子の前に、やはり太郎が立っていた。立ちどまって、じっと光子を見ていた。紺の背広を着ていたが、たしかに太郎である。

「太郎さん、太郎さんじゃないの」

彼を捕えるために絶叫したつもりであったが、声がのどにからんで、呟いたようだった。とたんに太郎の顔が歪んだ。光子は横に立って腕を支えていた少尉に初めて気がついて、

「従兄の太郎さん、ピカドンの日に広島で別れたきりで……死んだとばかり思ってあきらめて

いた太郎さん」

と、やっと紹介した。

「ハウドゥユドゥ」

少尉はこともなげに太郎の手を握った。

しかし、太郎は感動で口がきけないのか、顔面神経をうごかしただけである。光子はあわてて、

「B少尉よ、私のハズバンド……」と、急いで言った。

会場から帰る人々があとからあとから押しよせるので、立ちどまっていられない。

「ジョージ、ミサはもう終ったらしいから、会場へ行くのはやめましょう」

——此処で太郎をはなしたら、永久に見失ってしまいそうで、あわてて太郎といっしょに、その人波におされて行こうとした。

「太郎さんを二度お訪ねしたわ。お祖母様がおなくなりになった時、逗子のお家を知って……その前青山の焼跡へも行ったのよ」

そう太郎に話したが、また少尉に、

「太郎さんはピカドンの時、高校の生徒だったの。勤労奉仕していて、太郎さんが生きて東京にいたなんて……夢みたいだわ」

と、急いで説明してから、

「太郎さんは、やはりおミサに行ったのね。私達はおくれちまって、でも奇蹟の御腕のおとりなしで、太郎さんに会えて――」

光子は何を話したらいいか判らない。何か話して、太郎を引きつけておきたいだけだ。太郎は感動で、口がきけなかったが、光子は太郎をゆすぶって、何か話させたい。しかし、太郎はたくさんの日本人の真中で、アメリカ将校と腕をくんだ日本娘になれなれしく話しかけられても、返事のしようがなかったのだろう。特にその若い日本娘が一目で妊娠だとわかるのだから、若者らしい潔癖から、閉口していたのかも知れない。駐車場へ出るわかれ路で、光子が、

「ジョージ、太郎さんは幾年ぶりかで会ったんですから、何処かへご案内しないこと？」

と話すのを最後まで待たずに、太郎はことわった。

「今日は失礼します。僕はこれから行く処があるし、友達もいっしょだから」

「だって、折角マリア様のおとりなしでお会いしたのに……ひどいわ。ジョージの友達になってよ。いい人ですから」

少尉も太郎に煙草をすすめた。太郎は差し出されたケースからアメリカ煙草をぬいたが、少尉はライターで火をつけてやった。そんな二人をぼんやり光子は眺めて、胸をあつくした。太郎はみごとな英語で少尉に別れの挨拶をして、握手した。光子はあわてて、

「近いうちに家へ来て下さい。今住所を書きますから」

と、ハンドバッグから小さい手帳を出して鉛筆で下宿の住所を書きとめながら、未練らしく話しつづけた。

「父も母もあの時爆死して、私は孤児になったのよ。太郎さんにはお話がたくさんありますわ」

「知ってます」

「私がどんなに苦労したか、太郎さんには想像もつかないわ……ここへ太郎さんのお処も書いてね」

と、帳面と鉛筆を渡した。

「小母様もお元気でしょう。太郎さんは医学部を卒業なすったの。広島に原爆さえおちなければ、いくら戦争に負けたって、太郎さんにはぐれちまうことなんかなかったけれど——」

太郎は住所を書きおわると黙って光子にわたし、少尉に黙礼するなり、人波のなかに駈けて行った。ほんとうに友達が待っていたからであろうか。光子は今度こそ太郎を見失うまいとするかのように、じっと後姿を見送っていた。

3

太郎にあったことは、奇蹟の御腕のとりなしであると、光子は信じた。それから、太郎の訪問を毎日心待ちにしたが、無駄だった。光子は思いきって長い手紙を太郎に書いた。

ピカドンが光子の過去を全部吹きとばしたと書いた。不幸な孤児になって、太郎を探しに上京したが、太郎も広島で爆死し、太郎の家族も東京で全滅したと知らされたとも書いた。神に見護られているように、上京の車中で知りあった二世の娘の紹介で、B少尉と知りあい、愛しあって幸福に結婚したとも書いた。母になろうとしているが、何れアメリカにわたるけれど、自分の心には、女学生の頃に太郎と語った理想が燃えているとも書いた。世界が一つになれば戦争はなかろうにと、太郎が常に言っていたように、世界が一つになるてはじめに、あらゆる国の人々が人種的にまじわりあうために結婚すべきだと考えたから、B少尉との結婚は太郎の理想に従ったものだとも書いた。その点、太郎は二人の恩人のようなものであるから、いつまでも二人の友人になってもらいたいとも書いた。

手紙の内容には事実と相違したところがあるが、光子は恥じなかった。偽ったのではなくて、光子の心ではそれが真実だった。光子は太郎が返事をくれるか、必ず訪ねてくれるものと、期待した。しかし、太郎から音沙汰なくて、予期しなかった不幸が降ってわいたように起きた。少尉に突然帰国命令がおりたのだ。

少尉には予定の行動だったろう。結婚願がまだ司令部から許可にならないから、故郷に伴うことはできないが、帰国後は除隊するから案外早く許可になるだろう。その時には、すぐ飛行機で来るようにと、光子を慰めた。光子は彼を信じていたから、その言葉をも信じた。どう悲しんでも軍の決定を変えることはできないのだから、少尉が先に帰国して、彼女の渡米をはやめるように努力するという言葉を真実として、信頼するより他にない。少尉は出産の費用や当座の生活費を残した上に、アメリカから月に百ドル送金するから、ともかく我慢して待つようにと、くれぐれも光子に話した。その親切もさることながら、彼の目を見ると、愛と憐憫にぬれているようで、多くのアメリカ兵のように、口実を構えてすてて帰るのだろうとは、とても考えられなかった。

「安心して下さい。私は淋しがらずに、あなたの呼びよせを待っています。だって、小さいジョージが私のなかで、もう動き出しているんですもの。さわってごらんになる?」

少尉の手をとって、無理にわが上腹部に触れさせた。硬くはっていた。胎児が、時々動くのが光子には感じられた。出発の朝も、光子はとりみださなかった。

「ジョージ、あなたはA大尉のような人ではないし、信じています。ですから、私をも信じて下さい。勇気を出して、待っています。あなたの子供をお土産に、お国へ行ける日を……」

そう最後に言って、下宿の杉さんの家の門前で別れた。日本の妻らしく、悲しみや涙をかくすために、船まで見送らずに門前にたたずんで、歯をくいしばって、ジープの去るのを見ていた。しかしジープはあっという間に見えなくなったが、そのとたんに、全身の力がぬけたようで、垣根の根もとにかがんで両手で顔をおおった。あの人は、行ってしまったと、涙をながしながら独り言していた。

実際、あのジープに彼女の心ものって行ってしまったように、茫然と幾日も暮した。ベッドのなかで、誰かに蹴られたように感じてびっくりして目をさまし、少尉を手探りしたこともあるが、胎児の動くのだと気がついて、涙をこぼした。その度に胎内の子供に励まされるような気がして、

「わかりましたよ、赤ちゃん、元気を出しますよ、悲しみません、私もママだものねえ」

と、そっと掌を下腹において、声を出して言ってみるのだった。胎内でうごくBの半身にじっと呼びかける方が、遠く去った彼を思うよりも、切実で実感があって慰められもした。

そんな間、時々太郎のことをも思い出した。訪ねて来ないことや手紙に返事のないことにこだわった。しかし、こんなもぬけのような状態は見せたくないから、彼の来ないことは気がらくだと思う反面、返事のないことは、パンパンと間違えて軽蔑しているのだろうかと、ひがみ

も出て淋しかった。暑い朝一カ月以上便りのない少尉の航空便を待っていると、太郎から封書がとどいた。光子はふるえる手で開封した。

俳句が一句書いてあるきりだった。

原爆忌一歩浅蜊《あさり》の殻を踏む

原爆の記念日も忘れていたのだ。光子は謎のような短い俳句を見つめていた。

太郎は今日広島の全滅した忌日だと思いながら、背戸に出て西方の空を見ようとしたのであろうか。その一歩にすててあった浅蜊の殻を踏みつけたのであろう。累々たる浅蜊の殻に、くずれ去った広島の街の幻を感じたのであろうか。

この一句にも光子には、あの恐怖の日が鮮やかに全身によみがえる。しかし、太郎が浅蜊の殻を踏むと書いて、その住居がもう所謂お屋敷ではなくて、庶民のわびしい長屋住いであることをあらわしたことも、その句で光子の現在をこの内に眺めて、光子を浅蜊の殻だと象徴して、己れの悲憤をかくしていることも、光子は感じとる余裕はない。ただ、太郎から送られた一句の俳句によっても、怖ろしかった場面が色彩フィルムのように目先にちらついて、じっとしていられないようなものが自分のなかにあることが怖ろしいばかりだ。あれから十年もたったような気がして暮していたが、数えればまだ四年である――光子はすぐに太郎に電報をうった。

「オイデマツ　ミツコ」

そう電報をうってしまってから、何故打電したか、一日中、心のなかで繰り返し反省した。訳はなく、ただ無性に会いたい。会って原爆の日のことを話しあっても、今更はじまらない。やはり、少尉が発ってから絵ハガキ一枚くれたきりで、一カ月以上何の便りもないのが、不安だからだろうか。その不安や悲しみを、太郎に打ちあけたいからだろうか。少尉を信じていると、あれほどはっきり言って見送ったが、倶楽部に出入りした日本娘で子供といっしょにすてられたたくさんのA子やB子やC子等と、同じ運命であろうか。A子もB子もC子も、その子供を育てるために、他のアメリカ兵に体を売ったり、街娼婦になったりして、倶楽部にも顔を出せない境遇になっている。ああ、戦争に負けても広島に原爆さえおちなかったら、私は女子大を卒業して、太郎さんと生涯をともにできたのに――

そんなふうに、光子が気持を整理できない間に、太郎が夕刻訪ねて来た。浮かない表情であった。光子はわれにもなく、太郎の背負ったような暗い影におびえたが、それを追い払うように、挨拶もぬいて陽気に、

「よくいらして下すったわ。会いたかった。あの人、アメリカへ帰って、いないのよ」

と言いながら、電気冷蔵庫から、ウィスキーや炭酸水を出してハイボールをつくって、太郎にすすめ、自分ものんだ。

よく見れば、高校生の頃とちがって黒い髪ものびて自然にちぢれ、目もきりっとして、逞しい大人だ。ハイボールのコップを光子のにあわせてから、あおるような飲みっぷりもまた一人前である。

「ほんとうに私達はもう子供じゃないのねえ？」

そう光子はわざとたのしげに笑って、太郎をつくづく見た。

「だから、昔のことなんか考えることもないさ」

「昔のことって、原爆の前のこと？　みんな原爆で吹きとんでしまったわ」

「原爆の話なんか、よそうや」

「ええ、あれからだって、ずいぶん生きた気がするもの」

「僕はあれから生きた気がしないな。未来がなくなったからだろうが……だから、僕は話すことはなんにもないよ。光ちゃんの現在をききたいな。それをききに来たんだから」

と、太郎は自分で瓶をとってウィスキーを注いでのんだ。こんなに酒を飲む人でなかったと、光子は心に受けとめながら、

「私の現在って、私の未来にかかってるもの。ジョージの国へ行くのを待ってるのよ。現在はただそれだけね」

と、笑った。太郎が黙って酒をのんでいたから、ゆっくり加えた。

「でも、私の未来は過去にもかかっているのよ。アメリカへ渡ってから、ジョージとしようと計画していることは、瀬戸内海の浜辺や流川の教会の帰途、川岸などで、太郎さんとよく話したことを実行するようなものだから。いいえ、みんな聞いて！　太郎さんは仰有ったわね。戦争はいつまでもつづくものではない。きっと平和になる。医学を勉強するのは、平和になった時に、南方の無医島へ渡るか、日本軍が苦しめた南方の大陸へ渡って、土民たちのなかで、地の塩になりたいからだって……いつも私は答えたでしょう、その時は私もいっしょにお伴するが、オルガンかピアノを持って行って、土民の子供達にマリア讃歌を教えたりして、土民の相談相手になろうって……空襲がはげしくなった時、太郎さんは頰を輝かして仰有ったわ。こんなに僕達が平和な心で生きてるのを、アメリカ人に知らせたいって。あの頃美しい将来の設計をたくさんしたわね……ところが、突然原子爆弾が一発おちたために、何も彼も吹きとんで、無に帰してしまったけれど、私も塵芥になったようなものでしたわ。でも、ジョージと結婚して、彼の子供の母となることが判ると、私の心のなかに、太郎さんと昔貯えたようなことが、よみがえったの。それでジョージと相談したの。アメリカは南方の島々とはちがって、文明国ではあろうが、戦勝者で、戦敗者の慟哭や戦争の不幸をほんとうには知らないと思うの。ですから、アメリカ人になって入国して、そうしたことをアメリカ中に説いてまわろうって。もちろんジョージと二人で……敗戦国の悲しみや広島で体験した原爆の不幸や、みんな話します。そしてこの世に戦争が起きてはならないことを、アメリカ人に知ってもらいます。ですから、私がジョージと結婚してアメリカに行くのは、太郎さんと南方の島に渡るのと同じです……」

そう話しているうちに、光子の頰には涙が糸をひいて流れた。湧き上るような自分の言葉に感動したというより、そんな気持でアメリカに渡りたいのだが、少尉にはそれも話せないで別れたというような悲しい涙だった。光子は拭おうともしなかったが、太郎はその涙にびっくりして、

「なんだ、光ちゃんは不幸じゃないのか」

と、酒で赤くなった目をすえて、光子を焼きつくようにみつめた。

「不幸って……原爆にあって、不幸でない人なんか、あるものですか」

そう光子は笑おうとしたが、顔が大きく歪んで、嗚咽がこみあげ、我慢できなくてあわてて化粧室へかけこんだ。しかしあとに残った太郎はウィスキーをゆっくり飲んでいた。

第十一章　色からの解放

1

暦は一九四五年の八月十五日から五回まわったが、淡泊で健忘症のような日本人は、この宿命的記念日を無表情に迎えた。朝から晴れわたって、きらきらする夏の陽に、暗い顔もしていられないからであろうか。

暑さに森閑とした郊外の街の屋根を、時々飛行機がゆすぶって行く。外へ出て仰ぐと、青けむるような深い空にB29の編隊が銀色に光って、吸いこまれるようにすぐ見えなくなる。今日も朝鮮へ翔ぶのであろうか。朝鮮から帰るのであろうか。五、六年前にはこの爆音に命がちぢまったが、朝鮮の人々はどうであろうか。

園子は庭ともいえない二、三坪の庭におりて、空を見上げていた。歴史上かつて経験しなかった敵の占領下も五年たってみれば、悲しいかな馴れて、一種の落着きもできたが、突然起きた朝鮮の戦争で、また混乱するであろうか。

「あら奥様、こんな処でしたの。ずいぶんお探ししましたのよ。車もはいらないでしょう。あちらの四辻《よつつじ》に車をおいて来ましたが、奥様がここにお立ちでなければ、途方にくれるところでしたわ。きいてもわからないですものねえ」

そう、かく子がすきとおる声で、生垣越しに言葉を浴びせながら、じめついた路地をはいって来た。向いの家から二つ三つ顔がのぞくほどすきとおった声だ。路地ではめったに見られないような洋装の貴婦人でもある。園子はあわてたが、かく子はさっさと玄関の方から上って、縁側にまわり、座敷にはいった。

三畳の玄関をいれて、四間しかないわびしいすみかだ。座敷は太郎の部屋に使っているが、かく子のような声では話が通りにもれてしまう。風通しはわるいが茶の間にとおすよりほかない。あちこち開け放ってあるから、家のなかがまる見えだ。園子は内職にしている造花の材料を、急いでかたづけたが、かく子は挨拶もそこそこにして、

「こんな処にお移りになって、奥様は先見の明がおありでしたわ。ほんとうに感心しました。ここでしたら阿部閣下のお住いだとは、どなたも気がつかないでしょう」

と、さも内証だというように声を落した。

園子は用心深く言葉も少なく、おしぼりを用意し、冷たいものをはこび、うちわで風を送っ

て亡夫の部下の夫人をもてなした。ここに移ってから訪《おとな》う人もなく、巷の庶民のなかにまじりあって、なりふりかまわず生きていた園子には、八月十五日を忘れずに訪ねてくれたかく子は、やはりありがたい。

「朝鮮に戦争がおきたでしょう。これは一寸にはおさまるまいってお話ですわ。倶楽部にいらっしゃる軍人さんなど、みなそう申しておりますの……戦争が長びけば、アメリカさんの態度も変って来るにきまっていますわ。現に個人的にはずいぶん変って来たんですから、これから日本に対する態度が、寛大になって、戦勝者という態度をすてると思うのよ。旧軍人の扱いもねえ……すぐには協力をもとめるわけには行かないでしょうが、そんな訳で戦犯の追及も打切ったんですものね。待てばなんとかの日和《ひより》って……閣下は海軍軍人らしくちゃんと心得て、今日あることを期していらしたと、やっと私も気がつきましたの。奥様はまたちゃんとそれをご承知で、こんな処に居を移されて、受入れ態勢をととのえていらっしゃるんですもの。全く感心いたしましたわ」

かく子はおどけたようにおじぎをする。この人は又何を言いに来たのかと、園子はあいた口がふさがらない。

「サドクさんをことわって、逗子のお宅をお引払いになった時には、奥様を心でわらっていましたが、おかざりの下をただくぐっただけではないと今度こそ頭を下げますわ。ここならば、閣下がもどられても誰も気がつかないでしょうし、お訪ねしてみると、ご用心深くちゃんと造花の材料をちらして内職しているようにみせかけていらっしゃるんですもの。私も奥様を学ばなければと、つくづく思いましたわ」

「主人達が世をかくれてどこかに生きているってこと？……その妄想は、早くおすてにならなければいけません。そんなバカなことは、こんなふうに庶民の間で暮してみると、閑人《ひまじん》の白昼夢ですよ。みんな一日々々が生きるか死ぬかというような苦しい生活ですもの」

「奥様はまだ私を信じて下さらないのでしょうか。私もこの月末には倶楽部をやめることにしました。朝鮮戦争になって、日本の講和も案外早くできるでしょうし、私はバイヤーの仲介業を始めることにして、準備にかかってます。倶楽部で有力なアメリカさんを知っているからではなくて、主人の仕事を用意しておくためですの。主人はほかにとりえはなくても、外国語と押出しの堂々とした点では、その方で使い道になると思いますから……」

「徳田さんも戦死なすったのよ。あきらめて下さい。でなければ成仏できませんわ」

「奥様、閣下はまだこちらへ現われませんか。南方で戦死した筈の陸軍の参謀大佐の書いた原稿が或る新聞社の出版局へとどいたそうですの。潜行三千里とか題がついてるんですって……戦死した筈の将校の署名した原稿が、無数に出版社に送られるそうですが、奥様はご存じでしょうか、主人と海兵で同期の中野少佐。半月ばかり前にちゃんと帰宅したんですのよ。この前の日曜日に訪ねて見ましたが、少佐は外出中でしたけれど、奥様はもう喜んで、墓場の中から出て来たなんて笑っておりました。何処にかくれていたか、奥様にもあかさないんですって。無事で帰ってくれれば、それで満足だと奥様は仰有っていましたが、朝鮮戦争のおかげで、墓のなかからでもよみがえるのですから、潜航艇からは大丈夫よって……中野さんの奥様は閣下の潜航艇が着いた日本の港まで知っているような口吻《くちぶり》でした。かくれている者同士連絡があったらしいんです。さすがに帝国海軍だと、久振りに私も感心したわけですが……」

そう、かく子は笑ったが、園子は涙がふきあげそうで困った。子供もなく、幸福に見えるかく子が、生きている筈のない夫を待って、五年間折にふれては、そううったえて来たが、どうしてやることもできない。園子の家の路地を出ると、戦災にあった地区であるが、その前日も、そちらへトマトを買いに出ると、八百屋の前で数人の若いおかみさんが口ぎたなく話しあっていた。小学生である子供が、学校のみんなと海水浴に行きたいとせがむが、夫が戦死したからそれどころではないと、必死な面持で議論の調子で話していた。園子はさも聞かなかったように無表情な顔で、トマトも買わずに逃げ帰ったが、今もかく子の話に同じ無感動を装うよりほかに力がない。逗子でのように茶をたてて心の乱れを正す気力も、もう園子にはない。おかみさん達の口にしたお父ちゃん、お父ちゃんという言葉が、かく子の主人、主人といっしょになって、園子をせめたてるようだ。かく子の肩に両手をおいて、かんべんして下さい、徳田さんのことは忘れて、今の幸福で満足して下さいと、ゆすぶってやりたいが、かく子の話を聞いていると、園子自身も重助が生きていてくれたらと、腑甲斐なくも、願いたくなるていたらくだ。

「奥様、いいんですわ。あの潜航艇には、誰と誰が乗りこんでいたかも判明しませんが、講和条約も間近いことですから、みなさんで、それこそ潜航艇の浮揚祝をする日もございますわ。その日には大いに笑いあいましょうよ。その時盛大にお祝いができるように、私は遠慮なく稼いでおくつもりですわ」かく子はそう言って、コンパクトを出して、ていねいに唇を染めながら、

「奥様、太郎さんは今年も広島ですの」

「いいえ、インターンとか申しましてね。病院へ――」

と、園子は送り出すように腰をうかせた。

「先月初めだったかしら、倶楽部でお噂をききましたけれど、太郎さん、MPを訴えたんですって?」

「え、あの子がMPに訴えられたんですって――」と、園子は顔色を変えた。

「いいえ、その反対よ。奥様はご存じありませんの。まあ」

「少しも、話しておりませんでしたが」

「その噂がほんとうかどうか、たしかめたんですが、太郎さんに感心しましたわ。本牧《ほんもく》のどこ

か場所はよく存じませんが、ＭＰが白昼黒人兵をピストルで撃ったんですって……どうせ黒人兵が悪いことをしたんでしょうが。ＭＰがその黒人兵を追いつめたところ、黒人兵は両手をあげて無抵抗に縛につこうとしたんですって……ところが、ＭＰは相手が黒人兵だからでしょう、両手をあげてるのに近づきながら、すぐそばから三発も放ったんですって……黒人兵は血みどろになって倒れたそうですが、偶然に太郎さんが、現場に居あわせて、すっかり見たんでしょうね。いきなりＭＰをつかまえて、手を挙げている者を撃つ法があるかって必死に抗議したんですって……弥次馬も集まったんでしょうが、問題になって太郎さんはそのＭＰと、司令部につれて行かれたそうですの。でも、結局太郎さんの正義が認められて、そのＭＰが罰せられて、減俸になったそうですけれど。太郎さんは黒人兵だってアメリカ兵であろうに、黒人だからとて、差別するなら、黄色の日本人はどうなるかって、つめよったそうですわ。太郎さんは英語がとてもお上手だそうですのね」

その話を聞きながら、園子は大きくうなずいて目を閉じた。思いあたることがあったからだ。たしかに七月のはじめの或る夜半、太郎が疲れきって帰ったが、夕食の膳を用意していると、腕組みしながら独り言した。その蒼白く緊張した顔色にも胸をつかれたが、思いあまったような言葉にも驚いた。独り言はたしか、こんな言葉だった。

「――窮乏からの解放、恐怖からの解放なんて偉そうなことを唱えても、皮膚の色からの解放がなければ、人類は幸福になるものか。よし、おれは医学的に色からの解放を実現してみせるぞ」

「なにかありましたか」

そうききとがめると、太郎は園子の顔をじっと見上げた。その視線の激しさも忘れられないが、太郎は唇をふるわせておし黙り、茶漬をかきこむようにして自室へ行ってしまった。不安になって寝る前に、部屋をのぞくと、太郎は机の前で声を出さずに泣いていた。何かあったなと、胸をつかれたが、翌朝は早く学校へ行くと言って機嫌よく出掛けて、夕方帰宅し、それから規則正しい生活がはじまり、毎日ただ朝と晩の食事に顔をあわせるだけなので、園子もうっかりその夜のことも忘れてしまったが——

「太郎さんがいらしたら、むやみに黒人兵に同情なんかなさらない方がいいとご忠告するつもりでしたが……何しろ、今は大切な時ですもの。閣下や主人なんかのためにも、太郎さんの身許が洗われたりすることがあったら、事を面倒にしますものねえ」

かく子はそう言い残して暇をしたが、園子はいつまでもぼんやり茶の間に坐っていた。

2

光子は九月の中頃に出産した。

産院は、下宿の杉さんの紹介した医者が、ユーモラスで信頼できなくて、太郎に頼んだ。太郎の大先輩の経営している大森駅寄りの産院に紹介してもらった。

その日、朝から少し痛んだ。杉さんの老婆は早く産院へ行くようにすすめたが、光子は午後の郵便配達を待った。B少尉から二本目の飛行便が着いてから、一カ月もすぎて、もう便りがある筈だと毎日待ったが朝の郵便にもなかった。二回とも午後の郵便で配達されたことを思い出して、三時半まで無駄に待った。その頃陣痛はかなりはげしかった。便りがあったら、どんなにか勇気を出して産院へ行けるのに、いけないジョージだ。光子は歯をくいしばって、自動車を呼んでもらい、独り産院へ行った。お産は夜中だろうという診断だった。

二階の四畳半で、周期的におそう陣痛を独り我慢した。看護婦も時々顔を出すだけだ。お母さん、お母さんと、口のなかで呼んでみた。殺風景な部屋を見廻して、こんなところで母になるのですと言ってみた。どのくらい痛んだら、分娩室《ぶんべんしつ》へ行ったらいいのだろうか。看護婦を呼んでも、このくらいではまだですと言うばかり、その夜四人も出産予定者が入院して、誰が一番にお産をするかと看護婦は昂奮してあちこち駈けまわっている様子。思えばジョージは千里の外にいると、光子はB少尉を切なくもとめたが、広いアメリカでアイオワ州のコーネル・カレッジのある小さい町とはどこか、夫を想像しようもなかった。

十一時すぎて、分娩室へやっと運ばれるようにして行った。生臭い不思議な空気がたちこめて、きらきらする光に目をうたれた。その光と苦しさに、意識をなくしたようで、それからどんなことがあったか、光子ははっきり覚えていない。院長の白衣の胸を幾度もかきむしったようにも思う。お母さんと泣き叫んだようにも思う。死ぬのだと覚悟もした。どうして二階へつれかえってもらったかも知らなかった。難産だった。

翌朝、目がさめて、からっぽの自分に気がついて、驚いた。日光が軽いふとんの上にさしていた。赤ん坊はと見廻したが右にも左にも添寝してない。半身起したが、部屋には赤ん坊のふとんは見当らない。ベルを押した。お目ざめですかと、看護婦は検温器を出した。

「赤ん坊は男でしたか、女でしたか」

「あらご存じありませんでしたか、坊ちゃまですわ」

「赤ん坊はどこにおりますの、びっくりしたわ、部屋にいないから」

「階下におねんねしておりますわ」

「そう、見たいわ、どんな赤ちゃんか。どうして赤ん坊は階下においとくの」

「お泣きになって、休まれないといけないからではありませんか」

「連れて来て下さいね」

「係りの看護婦に申しときますわ」

と、看護婦はあっさり答えて、手当をするなり出て行ったが、嬰児《えいじ》のかかりの看護婦はなかなか来なかった。朝食をはこんで来たが、赤ん坊はつれて来ない。昼食をはこんで来た。誰か部屋に来る人がある度に、光子は赤ん坊を見せて欲しいと頼んだ。異口同音に、係りの者に伝えるからという返事であるが、係りの者が現われない。午後院長の回診があった。院長の顔を見るなり催促した。

「先生、赤ん坊を見せて下さい。お乳がはるけれど、やらなくていいのですか」

「まだお乳はやらなくてよろしい」

と、院長は話しながら、診察した。

「朝から頼んでいるんですけれど、係りの看護婦が見せて下さらないの。ひどいわ。どこか、かたわなんでしょうか。心配しちまうわ。あんまり見せていただかないと……ねえ、先生、指が六本ありますの。兎唇《みつくち》ですの」

「うん、丈夫な健全な赤ちゃんだよ」

と、院長は診察を終って、熱もなし、順調であるとたしかめてから、看護婦に目くばせして、

光子の下半身にふとんをかけながら、

「さあ小野さん、心を落着けて聞いて下さい。赤ちゃんをお見せしますが、気を確かにしていて下さいよ。小野さんはご承知でしょうね。混血児だってことは――」

と、じっと顔を見た。

「ええ、パパが向うの人ですもの」

と、はずかしそうに赧くなって笑顔をした。

その笑顔で、院長は安心したのであろう。看護婦に赤ん坊をつれて来さした。光子が丹精してつくった白の洋服を着せ、光子のあんだ白い毛糸のケープで包んで、看護婦が抱いて来た。光子は床の上に半身起きて、微笑しながら両手で赤ん坊を受け取ろうとした。母らしい喜びで動悸が鳴っていた。はって来た乳房をふくませようかと思ったが、しかし、抱いたとたん赤ん坊の頭が濃い紫色で、顔も全部紫で――光子は驚きの目を院長にまるく見開いた。

「黒い赤ん坊は、生れたては、みな紫色をしているが、今に赤味が退けば――」

そう院長がみな言いおわらないうちに、光子は小さい唸り声を立てて後ろに倒れた。気絶したのだ。看護婦があわてて赤ん坊を受けとったが、院長はやっぱりそうかと、赤ん坊を階下にはこばせ、すぐ注射の用意をした。光子の枕もとに坐り、脈をとって、じっと顔を見まもっていた。間もなく正気づいたらしく、目を開いたが、院長は軽く頬を叩きながら、

「心を落着けて、勇気を出すんだよ」

と優しく話した。光子の目から涙がふきあげ、唇がふるえていた。

「悲しむことはないよ。何も言わないで、ゆっくり休めばいいんだよ」

暫くして光子は囁くように言った。

「先生、原子爆弾の放射光を受けると、赤ちゃんが焼けたような色になることがありましょうか」

「原子爆弾の放射光だって？」

「ええ、先生、私は広島でピカドンを受けたんです。怪我もしました。その時からずっと月のものもみなかったんです。ですから赤ん坊が生れるとは思わなかったんです。それなのに、奇蹟のように授かったと喜んだ赤ん坊が、放射光で黒くなるなんて――」

肚の底からしぼり出すような悲痛な泣き声に言葉を消された。院長は呆れて、優しく光子のひたいに手をおいたが、慰めようがなく、

「悲しんではいけない。悲しむと乳がとまるよ」

と、いうばかりだった。かなりたって、やっと光子はしゃくり上げながら頼んだ。

「先生、阿部さんを呼んでいただけませんか、太郎さんにお会いしたいんですけれど」

太郎が産院に来たのは夕方だった。

しかし、太郎が来るまでの二時間ばかりの間、光子は悲しみのなかにゆっくり考えた。どうして生れた赤ん坊が色が黒くやけたのだろうかと手探りするように考えた。原爆病について書かれたものを読んだ記憶を、一つ一つ思い出した。しかし、ふと閃光のように胸にささった思い出がある。とたんに、何か身内で爆発したように、光子はあわてて起き上った。黒人兵の顔が部屋中にひろがっていた。憎悪と屈辱で全身がふるえ出した。

太郎が部屋に上って来た時には、光子はふとんを頭からかぶって寝ていた。寝ていたというより倒れていたのであろう。熱っぽくぎらぎらした目で太郎をにらみつけて、出て行って、出て行ってと叫んだ。

しかし、太郎はその前に院長から話をきいていた。黒い嬰児も見た。こんなことでB少尉にもすてられたと察した。光子に対する憐憫と同情で、胸を熱くして、二階を見舞ったのだ。突然出て行けと叫ばれたわけが解らなかった。気がちがったかと、あわてた。院長を呼んですぐ手当をしてもらった。熱も三十九度近くあった。注射する院長のそばから、太郎はじっと光子を眺めていた。戦争中の記憶がさまざまに湧き上った。

聖歌隊の中で尤もらしく、合唱した日のこと。日曜の礼拝の帰路、光子の母も、いっしょに宇品の海岸へまわって泳いだ日のこと。宮島へよく遊びに行った日のこと。男女つれだって歩くことなど罪悪視された時代であったが、教会の仲間であったから自然のことだろうか、いつも幼い胸をおどらせて未来を語りあったものだ。目は外に向って、満州、北支、中支、南支、蒙古、仏印、タイ、ビルマ、フィリッピン、ジャバ、スマトラ——と夢をはせたものだ。どこも日本軍が進駐して、未開の人々を救済していると、信じていた。それが太平洋戦争だと教えられた。その未開の人々を、キリストの愛と日本の文化をもって教化しようと、二人で手をとりあって夢を語りあった。しかしその夢も二人の運命も、一発のピカドンで吹きとんでしまい、はぐれてやっと探しあてた時には、聖処女だった筈の光子は、黒い嬰児を産む婦に変っていた。水を下さい、水を下さいと、不毛の街で叫んでいた、無数の女学生は全身をこがして死んで行ったが、生きのこった光子は、肚のなかも精神もこがしてしまったろうか。太郎は涙で光子の顔が見えなかった。

「あら、太郎さんだったの」

光子はふと目を開いて、微笑みかけた。

「うん、静かに休んでればいいんだよ」

「先生ではなかったの、先生は——」

「今階下へ行ったよ。なんにも言わないで、ねむった方がいい」

「ねむりますけれど、太郎さんもお帰りになってね……お呼びしていただいたけれど、ごめんなさい。太郎さんに広島へ行っていただこうと思ったの。ＡＢＣＣというアメリカの原爆病の研究所があるでしょう。ご存じですわね。あそこは日本人の治療はしてくれないけれど、原爆病のことなら、なんでもわかるって話でしたから……階下で赤ん坊をごらんになった？　赤ん坊が放射光の影響をうけてるものとばかり思ったの。だから、起きられたら早速ABCCにつれてって、白くしてもらおうと思ったの。アメリカの赤ちゃんだから治療してくれるだろうと思ったの。だから、その前に太郎さんに行って調べて来ていただこうとねえ。おばかさんでしたわ」

太郎は光子の手をとって、うなずいていた。

「話はあとで……ゆっくり相談するよ。今は休まなければいけないんだ」

光子もうなずいたが、目から涙が糸をひいて流れていた。

3

太郎は毎日インターンの往復に産院に寄った。

光子は三日目から平熱になった。乳がとまって、赤ん坊は人工栄養で育てなければならない。

しかし、見れば見るほど、濃紫色で、全身触れた手にも染まりそうで、どうにも愛情がわかない。これが十カ月の間、小さいジョージとあれほど、いつくしみ、死の苦しみをして産んだわが子であろうか。光子は可哀想なジョージと、アメリカで子供を待っている筈のB少尉を思って、涙ぐむのだ。これほど少尉を愛しているのに、災難とはいえ、ヨハヒム軍曹の赤ん坊を産んだということが、太郎に恥ずかしくてならない。どう説明していいか、太郎の顔を見るたびに、面映ゆい。三日目の夕、光子は思いきって、ヨハヒム軍曹のことを、さもゆるしでも乞うように太郎にうちあけた。しかし太郎はみなまで言わせずに、遮った。

「光ちゃんのことは、倶楽部のマネージャーをしていた徳田夫人からみんなきいたよ。光ちゃんが黒人兵に同情したのは正しかったんだ。黒い赤ん坊を産んだことを、不名誉と思ったり、悲しんだりすることは、ちっともないよ、災難だ」

光子が黒人に関係したから、B少尉にすてられたものと、太郎は想像して、少尉に憤りを感じていた。

「僕はあくまで光ちゃんの味方だから安心し給え。ピカドンで、僕も未来というものが、吹きとんだように生きて行く張りをなくしてたが……この数年、黒人だの白人だの黄色人だの、ごちゃごちゃ暮すうちに人類に皮膚の色がある間は、地上に平和なんか来ないと知ったんだ。人類がこの皮膚の色から絶対に自由にならなければいけないと知ったんだ。でもねえ、そういくら唱えたからって世界はその正しいことを知っても、納得するには千年も万年もかかるだろう。そして決して色からは自由にはなれない。実際に黒人でも白人でも好きなような色になれば、人間はあっさり色から解放されるんだ。医学的に、生物学的に皮膚の色を変えさえすればいいんだ。それが世界平和の先決条件みたいなものさ。それに気がついた時、僕は奮い立った。精神的な原爆病から恢復したようだったな。生涯をかけて、それを実際に研究しようと決心したからだがね。原子力さえ発明した時代だもの、決して不可能じゃないと信ずるよ。なんとかして、同志をつくって、研究所をつくるつもりだが。この計画を話すと、夢だと笑う者もあるが、真面目に耳を傾けていろいろ助言をしてくれる学者もあるから、安心さ」

太郎は思わずこの一、二カ月計画していることを熱心に話したが、ふと光子の悲しそうな表情に気づいて、言葉をのんで加えた。

「赤ちゃんを見たら、この仕事にますます意義を感じて、熱情が持てたよ。頑張って早く成果を上げるつもりだ」

「太郎さんはおしあわせだわ。いつまでも昔のように夢がもてて——」

「夢じゃないんだよ。具体的になっているんだからね。だから、光ちゃんも大きな気で、希望を持っていなければいかんよ」

光子は太郎がそばにいると、女学生の時のように、太郎の熱情ある言葉にまきこまれて、太郎の理想を信じてしまう。今にも人間の皮膚の色が自由に変えられて、人類が皮膚の色から解放される日が来るように錯覚を感ずる。かつて広い海や空を見て、南方の無医島に渡り土民の救済教化にあたろうと、胸を熱くして語った日の光子にかえるのだ。そして、黒い赤ん坊が生れたことから生じた不安や心配や失望を、一時忘れるのだ。

しかし、太郎が帰ると、光子は灯が消えたようにすぐ不安におそわれる。こんな黒い赤ん坊がほんとうに白くなるだろうか。太郎の研究が実をむすぶことがあっても、それは遠い先のことで、この子は黒いままどんどん成長する。自分の不安は今日のことだが、太郎は先のことばかり見ている。B少尉から結婚許可の通知があり次第、アメリカへ飛ばなければならないが、黒い子を抱えては行けない。それどころか、この子を愛せない。黒いからか、ジョージの子でないからか、父は誰にしろ自分の子だから愛さなければ可哀想だが……こんな苦悩がもやもや真暗く胸に湧くのだが、太郎は訪ねて来ると顔を輝かして、光子を言葉の熱情にまきこんでしまう。それから二、三日後も、太郎は熱心に話した。

「この前の皮膚の色からの解放ねえ、はじめてみると、日本の学者がすばらしい研究を開始しているので、驚いているんだよ。有望なんだ。光ちゃんには専門的なことで判らないかも知れないが、胎生学というか、生化学といったらいいかなあ、メラニンの研究から始めなければならないと解ったが、すでに山本理学博士が魚類のメラニン生成という研究をしているんだ。N大学の村上教授が色素の胎児に及ぼす影響という研究をしているんだ。僕は先を越された気がしたが……吉川博士の蚕の色素に関する研究があるんだ。岸本教授の白皮病の生化学的研究がくさんあるんだ。僕の目にふれただけでも、これだけあるんだから恐らく基礎研究は個別的にたくさんあると思うね。それらの研究を、人類の色からの解放という偉大な目的に集中して、進展させたら、すばらしい成果を得られると信ずる。それには生化学研究所をもうけて綜合的研究をしなければいけないが、これは軍備のない日本が、世界に向って出来る唯一の偉大な事業だと思うね。英米人には、皮膚の色で悩んだことがないから、こんな企画《アイデア》さえもうまれないよ。日本人がこの研究に先鞭をつけることで、全世界の有色人種を味方にできると思うな。だから、綜合的生化学研究所をつくる運動をはじめなければ……心配なのはソビエトで同じ研究をもうはじめていないかということだけだがね」

その話を聞きながら、光子は幾度もうなずいてみせたが、この人は手もとどかない遠くへ行ってしまったと、ぼんやり太郎の顔を見ているばかり。個人的な悩みもうちあけられないほど、偉くなったのだろうかと、淋しく思うのだった。

その次に来た時には、太郎はまた話した。

「僕達は戦争中子供だったね。キリストの福音を述べに南方の島々へ行こうなんて本気に考えたんだから。でも、ピカドンや敗戦のおかげで大人になった。人類救済なんて言っても、世界平和がなければどうにもならないが、生化学研究所の仕事は、現実的な世界平和への努力だし、大きな人類救済だからね。子供の時の夢を大人になって効果的に実現するのさ。だから、光ちゃんも十字架を背負ったものとして、黒い赤ちゃんに感謝して、頑張るんだよ」

「あら、私もその生化学研究所で働けるの」

「もちろんさ。その研究所ができるまでは、その準備の勉強をしなければならないが」

「私はまた、太郎さんの理想だとばかり思って聞いていたわ」

「光ちゃんに関係のない話なんか、僕は産婦の枕もとではしないよ。ピカドンのなかをくぐって生きて来たら、それだけの生き方をしなければいかんと、僕はやっと知ったんだ。光ちゃんだって、そうだろう？」

「ええ、そうよ」

しかし、光子は一人になると、太郎の話がおとぎばなしになって、それに頼ってはいられない気持がする。ある朝、光子は髪もさっぱり結って、初めて化粧したが、太郎は訪ねて来るなり、珍しそうに光子を見て、

「もういつ退院してもいいそうだよ。下宿へ帰る？　引払うつもりなら赤ん坊をつれて僕の家の四畳半へ来てもいい。光ちゃんにその気があれば、母に話して納得させるからね」

と、事もなげに言った。

光子はまばゆく太郎を真直に見られなかった。

「この際、下宿を引払って、新生活をはじめるといいと、僕は思うね」

「小母様びっくりなさるでしょう」

「しかたがないよ」

家へ来いという無造作な彼の言葉は、どんな意味があるのだろうか。太郎が帰ると、光子は考えて顔を赧くした。しかし、その昼、光子は足ならしをしてみるからと看護婦に偽って、通りへ出るなり自動車をひろって、下宿へ行った。驚いて迎える下宿の人々に挨拶もそこそこに、B少尉からの飛行便を探した。一枚の絵ハガキも来ていなかった。待たせておいた車ですぐ産院へ引きかえしたが、はずかしいくらい涙がこぼれた。どれほど少尉をいとしく思うか、神も照覧あれと絶叫したかった。

いよいよ退院して、身をきめなければならない時に、少尉の便りがないとは、どうしたらいいか。下宿へ黒い赤ん坊をつれて帰れば、下宿の人々には軽蔑され、信用をなくして、追い出されるかも知れない。黒い赤ん坊は手もとにおきたくない。すてててしまいたいくらいだ。育てていたら可愛くなるだろうか。ともかく子供をつれて、太郎の家へ身を寄せた方がいいか――光子は帰るなりべったり畳に坐ってしまった。

こんなふうにぐじぐじ困ることこそ相談したいけれど、太郎はいつも高邁《こうまい》なことを考えていて相談ができない。光子は太郎に見栄があった。

その時、倶楽部で親しかったダンサーのことが思い出された。君枝といって信州の女学校出の美しい人で、勝気で、黒人の同情者である点で、光子と共鳴していた。この君枝が絶対の秘密だといって光子にうちあけたことがある。黒い赤ん坊を産んで、十日目に、ある貴婦人の経営している混血児収容所の門前にすてたという。光子が驚いて赤ん坊に同情すると、自分の手で育てるよりも、しあわせだと笑って、その混血児の家の模様をくわしく話して、混血児の天国だと評した。その時はうかつに聞いたが、君枝に頼んだら、内証に引受けて、その混血児収容所の門前へこの子もすてに行ってくれるだろう。そう思うと光子は目先が明るくなったが、しかし、それをしたら、太郎から軽蔑され、見放されるのではないかと竦然《しょうぜん》とした。

太郎には、昔のままの光子で、太郎の理想について行けると信じていてもらいたかった。

第十二章　無花果

1

産婦は産後十日もしないで、みな退院して行く。最近の医学では、産後いつまでも入院していなくてもいいことになったからと、看護婦はせきたてるように光子に話した。夫のある者、家庭のある者は、それでなくても、侘しい産院の部屋から、一日も早くわが子をつれて帰宅を急ぐのだろう。婦にとってお産は、男の出陣に等しいと、昔から言われている。してみると、嬰児を抱いてわが家へ帰る妻は、凱旋する武士のような誇りと喜びに、胸をおどらせるのであろうか。

光子は帰るべき家庭も夫もないことを思った。黒い赤ん坊が生れたからには、B少尉を夫として期待もできない。さりとてヨハヒム軍曹に何かを期待してはならない。途方にくれる思いで、赤ん坊の顔をじっと見るのだ。しかし、これがわが子であろうか。人形を抱いて遊んだ幼い日、子供心にわが子を夢みたことがあったが――と、まだ名もつけていないことを思った。名をつける元気もない哀れな母だ。

朝から秋雨が降っている。医者も看護婦も、この二、三日、診に来てもくれない。今朝は赤ん坊に産湯をつかわせてもらおうと頼んだが、看護婦はいい顔をしなかった。

「奥様はいつ、ご退院なさるんですか」

わざと奥様と呼ぶのも皮肉であろう。つっけんどんだった。その看護婦の声で、廊下から残酷な言葉が、光子の耳にはいった。

「黒ん坊の赤ちゃんなんかお湯をつかわせるのもいやだわ。だっこすると、あの紫のような黒い色がこちらに染《し》みそうで、気味わるいったらないわ」

「そうかしら、私は黒い赤ちゃんも、白い赤ちゃんも、同じように可愛いわ。色はどんなでも、赤ちゃんは同じ可愛い声で泣くもの。赤ん坊は天使ですよ」

炊事係の女中の声である。

「天使どころか、みんな小悪魔よ。おなかがすけば泣く、遠慮なくおしめをよごす……自分が産んでも、黒い赤ん坊には乳をくわえさせたくないらしいもの、黒い赤ちゃんは見るから小悪魔ね。今度、つくづく私も手がけていやになったわ」

光子は唇をかんで我慢した。間もなく、炊事係の女中が食膳をはこんで来た。戦争未亡人だというこの人は、頑固だが正直で、声を落して忠告した。

「小野さん、高いお金を払って、いつまでこんな産院にいることありませんわ。お帰りになって、赤ちゃんの産湯をつかわせるのにお困りならば、いいお婆さんをお世話しますよ」

「今日退院しようと思ったが、この雨で――」

「次から次へ産婦があるからって、入院している者を追いたてなくたっていいと思うわよ、ねえ」

光子は君枝の返事を待って、産院に居すぎたことを後悔した。君枝に手紙を出して、君枝がしたように沢野夫人の経営する混血児の家に、嬰児をすててもらいたいと頼んで、毎日返事を待って落着かない日を暮した。

思い切って前日、君枝を訪ねようと外出しかかると、診察室にいた看護婦が玄関にとんで出て、小野さんどちらへと、咎めるような問い方をした。黒い赤ん坊をおいて逃げられてはたまらないという表情に見えた。ひがんだのではない。とがった目をしていた。一寸買物と答えたが、靴を出してくれないで、産院の下駄をそろえた。産院の下駄ばきで、倶楽部にはとても行けない。買物に出たように装ったが、果物屋に無花果が出ていた。それを買ってすぐもどったが、同じ看護婦が又迎えて、失礼なことを囁いた。

「さっきはごめんなさい。先日黒い赤ちゃんを銭湯につれて来たお母さんが、帰りに日本の赤ん坊と取りかえていって、大騒ぎだったなんて、薬局でみんなが噂したものですから――」

その瞬間、即刻退院しようと頭に血がのぼったが、やっと我慢した。

しかし、もうこれ以上我慢して君枝の返事を待っていられないと、雨のふきつける窓硝子に顔をよせて、じっと外を見た。白い雨がしきりに降っている。あの原爆のあとも秋には長雨がつづいたが、原爆の時に死ねばよかった。放射光に焼かれて死骸ものこさずに、神について疑惑もなく昇天したろうに――と、光子は涙にかすんだ目を窓におしつけるようにして、いつまでも離さなかった。

その夜、太郎が寄った。この雨では、寄らないで、真直に帰ったろうと諦めていたが、ひょっくり寄ってくれた。光子はとびあがって迎えたが、太郎の表情を見るなり、胸がつまった。太郎に病院から何か言ったにちがいない。

「よかったわ、太郎さんがいらして下さって……あした退院しようと思ってたの。太郎さんに黙って退院しても悪いと思ってたけれど」

まず太郎を安心させたかったのだ。太郎は煙草に火をつけて赤ん坊を見ていた。

「少し長く居すぎたようですが、ただ体を丈夫にしたかったものですから……何かあると、原爆にあったことで、健康に自信が持てなくなるものですから……原爆症が起きやしないかって、一種の恐怖ね。この体の芯がくずれやしないかという不安は、原爆にあった人でなければ、理解してもらえないから、誰にも話せませんけれど……もう退院してもよさそうですわ……この産院では、早く退院するようにって、太郎さんにも幾度かお話があったんじゃないこと？」

光子は無花果の皿を出した。太郎が好きだから、昼間買って待ったのだ。

「そんなこと、病院の勝手だから、いいけれどさ。光ちゃんはあの下宿へ行くんだね」

「そうよ。後のことはあそこへ落着いてから、ゆっくり考えるつもり」

「うん、それがいいよ」

光子も無花果の皮をむいた。広島の家の勝手口に白無花果の古木があった。たくさん大きな実をつけた。敗戦の前年など、菓子や普通の果物なども売る店がなくなって、光子の母は、太郎が毎日曜日岡山から教会へ出て来るからといって、金曜日ぐらいから無花果の実を採らないで待ったものだ。無花果の実は枝の上でわれて、口をあけていた。太郎はいつも笊《ざる》いっぱい食べて、光子の母を驚かせた。そんな思い出も、もう光子には幻影にすぎない。

「今朝あたりが食べ頃だったかも知れないわね」

「うん、無花果は木からもぎとったのがうまいが……光ちゃんは一人で子供を育てて行ける？」

「心細いけれど……猫だって、子供を育てるもの……窓から隣の物置が見えるのよ。そこで数日前に気がついたけれど、猫が子猫を四、五匹育ててるのよ。それを毎日見ていて勇気づけられたわ」

そう思わず虚勢をはっていた。すなおに太郎に話さなければとあわてた。

「でもねえ、子供をつれて共倒れになってはって……考えることもあるの。赤ん坊の将来を中心に考えても、私が育てるより、例えば、あの沢野夫人の混血児の家で育てられた方がよくはないかしらなんて迷うの」

「うん」

「倶楽部時代の友人で、あの沢野夫人の混血児の家の門前へ、黒い赤ちゃんをすてた人があるけれど……その人の話では、黒い赤ちゃんは、沢野夫人の処で育ててもらえば、いつかアメリカへ返してもらえるらしいが、その方が本人のためじゃないかと、思うの」

「それも確かに一つの考え方だね」

「沢野夫人の混血児の家には、二百人もいるんですって？ ……沢野夫人がママになって、至れり尽せりの育て方をしているらしいの。子供の天国ですって。沢野夫人はもと外交官夫人で、アメリカとも関係があるから、子供が大きくなれば父親の国へ行って教育も受け、アメリカと日本のかけ橋になれるだろうって、言うの」

「うん、僕も知ってるがね」

敗戦後沢野夫人の経営する混血児の収容所は、混血児が問題になる度に、新聞や雑誌に書きたてられて、太郎も幾度も読んで、夫人の献身的努力と賢明な計画に感心していた。

「それで、私も赤ん坊をその門前にすてて来ようかなんて思うの」

「ほんとう、光ちゃん、それは――」

二人は無花果の皿を中に顔を伏せるように話していたが、太郎は顔を上げて、睨むような表情をした。その勢いにつられて、光子はわけもなく微笑した。

「一番手軽な解決法でしょう?」

「そんなことをしたら、光ちゃんは心までパンパンになったと思うな。軽蔑されても仕方ないよ。赤ん坊を育ててもらいたいなら、堂々と沢野夫人を訪ねて、お願いすべきだよ」

「そんな勇気はとてもないわ」

「沢野夫人の行為が立派であればあるほど、へんな真似をしたら、いかんよ。自分の産んだ子を真剣に育てようと努力もしないで、犬ころでもすてるように、夫人の門前へすてて来るなんて、人間侮蔑だ。夫人をも侮辱することになるよ。……四カ月でも五カ月でも母の手で育てた上で、子供の将来を考えて、混血児の家へ将来を託する決心したら、夫人に会って、子供のくせも、父親の性格などもよく説明して、お願いすべきだよ。そうしなければ、沢野夫人だって、ほんとうに育てようがないと思うな。他の人は赤ん坊の父親について知る必要はないけれど、赤ん坊と沢野夫人は、知る権利と義務があるよ。万一光ちゃんが赤ん坊をあの混血児の家に託するなら、夫人と二人きりで話さなければならないことが、たくさんある筈だと思うがね、僕は」

太郎は憤った目をしている。そんなふうにむきになる太郎を、光子は信頼しているのだ。しかし、自分は堕落したものだと、目を伏せながら、太郎の機嫌をとるように呟いた。

「この子を育てていて、ほんとうに思うわ、この色が思うとおりに変ったらって……だから、太郎さんのこの前話していらしたご研究ね。意義もあるし、人類のために、すばらしいことだと、解りましたわ」

そう言う自分が太郎にへつらうようで、光子は情けなかった。

2

太郎は雨のなかを世田谷の家へ帰りながら、光子を家へ引きとることを、母に説得しなければと、そればかり考えていた。

光子は大井の下宿へもどっても、当座はどうにか過せようが、B少尉からも仕送りはなかろうし、今度こそ、街娼婦か、アメリカの基地にアメリカ兵の尻を追うパンパンに、おちてしまうだろう。光子が意気地がないのでも、悪いのでもない。誰も支える者がなければ、生存するには、それより他に方法がない。不幸なだけだ。しがみついても浮びあがれる一本の綱が必要だが、太郎が投げてやらなければ、誰も救いの手を差しのべる者もあるまい。一本の綱といっても、今のところ、ただ住むところだ。将来のことはともかくとして、今は母の賛成を得て、玄関横の四畳半に迎えて、母の愛情と理解の蔭で静かに休養させてやりたい。今夜こそ母に話さなければ――と、話し出す順序など用意して、太郎はもどったが、玄関に迎えた母は、

「サドクさんが、お出でになって、七時近くまでお待ちでしたよ」

と、遅い帰りを無言に非難した。産院に寄らなければ五時半には帰宅できるのだ。

「え、サドクさんが？　まだ日本にいたの」

「お別れにいらしてね、アメリカへお帰りだそうで――」

園子は太郎のおそい夕食の支度をしながら、少佐の訪問の模様を、どんなふうに話すべきか迷っていた。

四時頃だった。雨のなかを、路地の奥を探して、訪ねてきた。この新居がわからないで、アメリカにいる扶美子にたずねたが、来てみると、不便な処で自動車がやっとはいったと、玄関で笑っていた。園子は少佐を玄関に見てただ途方にくれたが、高校生の武雄が学校からもどっていたので、救いでも求めるように、武雄、武雄と呼んで、すぐ座敷にかくれた。茶の間にひろげてあった造花をかたづけて、いそいで座敷に香をたいた。サドク少佐が上って来ても、香をたくまで無視した。香をたきおわって、園子は初めて日本式にていねいに挨拶して、座蒲団

をすすめた。椅子もなかったから、少佐も不自由な座蒲団を敷いて足をなげ出し、おぼつかない日本語で話した。

「今度アメリカへ帰るので、お別れに来ました」

「ご無事にお帰りになれて、お国ではお母様がお喜びでしょう。特に朝鮮戦争になりましたから——」

「帰れば軍人ではありません。平和な市民です」

「ご幸福ですわ。ご無事で凱旋なさるのですから——」

「ママさんと元気な武雄の顔を見て、幸福です」

園子は気づまりで、それ以上、話しようもなく黙ってしまった。逗子の家を出てから便りもなかった少佐である。しかし、少佐は京都に転勤になってから、福岡、千歳《ちとせ》というように、日本の南部から北部の基地に転々と暮した顚末を、日本語と英語をまぜて、廻りくどく話してから、何かためらっていたが、

「ママさん、日本のお茶、ほんとうのお茶をたててご馳走して下さい。最後の思い出です」

と、頼んだ。ほんとうのお茶といっても、この長屋には茶室がある訳でもなし、釜もなし、茶器も手放したが、ただ時々疲れて自分をなくすような場合、思い立っては抹茶をたてるので、それでゆるしてもらうことにした。

「こんな暮し向きでは、もうお茶どころではございません」

園子は赤面して、粗忽を詫びた。それでも、茶碗だけは、夫の遺愛のものを出した。運よく到来物の羊羹が残っていた。逗子の家に止宿していた頃、茶をたててもてなしたことのなかったのをすまなく思った。緑色に泡立った茶碗を、静かに少佐の前においた。夫の中将が万一かく子がいってたように、飄然《ひょうぜん》とここに現われたならば、こんなふうにおうすをたてて迎えるつもりだったとふと思って、じっと少佐の動作を見まもった。

「大変結構なおてまえでした」

どこで学んだか、少佐の手さばきはみごとだった。暫く沈黙がつづいた、その沈黙が園子はたえられなかったが、やっと少佐が静かに言った。

「フミコさんからお便りがありますか」

「ええ、ございます」

「私もアメリカに帰れば、コロンビア大学に行きます。フミコさんに言伝てはありませんか」

「ありがとうございます。別に――」

「ママさんは、フミコさんがアメリカで結婚するのを反対しますか」

ああ、これを問いたさに、お茶のもてなしを求めたのか。それにしても扶美子との問題は解決した筈だがと、園子は目を閉じた。しかし、相手と同じ真面目さで向きあうのが礼儀であると、必死にはらに力をいれた。

「私共は名誉を重んずるように育てられましたが、子供等はあなたのお国と同様な教育を受けました。しかし、母としては子供を信頼するより他にありません。特に、扶美子は私の信頼を裏切るような娘ではありませんから、扶美子のことは一切、扶美子に委せてあります」

少佐はうなずいていたが、その日本語がわかったかどうか、園子は心もとなく思ったが、遠く異国にある娘を想う母の情は、日本語が通ずるにしても、ここでサドク少佐にうちあけてはならないと、端然と坐っていた。その表情は毅然として、古い人形のように硬く、少佐もとりつくしまがなかったのだろうか、鄭重におじぎをするなり、武雄の部屋へ退った。園子はぼんやりそのまま座敷に坐っていたが、少佐は武雄の部屋で小一時間武雄とおしゃべりをしていた。太郎の帰りを待っているらしかったが、最後に日本式の挨拶をして、雨のなかをもどって行った。

いつアメリカへ帰るか、コロンビア大学へ行くというのはどういうわけか、扶美子に会うためか、ききたいが、一切言えなかった。しかし、雨傘をさしかけて、自動車まで送りながら、勇を鼓して、

「日本のことわざに、そでふりあうのも宿世《すくせ》の縁ということがございますが、敗戦後の不幸な日に、同じ屋根の下で暮したのは、全く何かのご縁でした。ご幸福をお祈りします」

と、やっと小声で言ったが、少佐も大きく目をしばたたきながら、そでふりあうも宿世の縁、宿世の縁ですねと、日本のことわざを記憶にきざむように繰り返して、自動車の扉を開け、雨にぬれた園子の手に唇をおしあてた。それで車は行ってしまった。

園子は太郎に給仕しながら言った。

「サドクさんは、こんなみじめな処に暮しているのを見て、吃驚《びっくり》して仰有ることも仰有らないで帰ったんじゃないかね」

「日本の庶民の貧乏も見て行くといいんですよ。そうでないと、日本の不幸を知らないで、占領ボケでとんでもない判断をして帰るだろうからね」

それで二人は黙ってしまった。各自思い思いの考えに沈んだのだが、間もなく武雄が来て、大きくなったらアメリカへ行くのだと、サドクさんの残した話題を、あれこれ昂奮して話しはじめたから、太郎も光子のことを母に語る機会がなかった。

3

翌朝サドク少佐が病院を訪ねるかも知れないそうだよと、武雄が言ったとおり、太郎が病院へ着いて五分もしないで、少佐が訪ねて来た。その夕の軍用船で横浜を発つのだが、太郎の顔

を見なければ、アメリカへ帰れなかったと、手を握りながら濶達な様子で、

「君にゆっくり話したいんだが――」

と、目で応接間を探した。太郎は裏庭へ誘った。秋晴れの日で、菊の咲く花壇の前にベンチがある。朝は庭へ誰も出ない。日光浴をしながら、どんな秘密の話もできる。しかし、少佐は庭へ出るのも待てないように、口早に話しながら庭へ出て、太郎の腕をとって花壇の間の小径を歩いた。

「妹さんからの手紙で、君の研究を知って、感歎しましたよ。僕達は一つ屋根の下にいる頃、もっと語るべきだったが、君は僕が占領軍の将校だというので敬遠したんでしょう？　僕もまた君がいつも黙りこくっていたから、君の頭のなかをのぞくのが面倒だったんだよ。君が原爆の日に偶然広島にいて命びろいしたが、未来というものをなくしていたのも、妹さんの手紙で知りました。精神的原爆症だったと、妹さんは書いてたがね。ごめんなさい、僕がいらざるおしゃべりをすることになってもね。それが、今度の研究をはじめたことで、その精神的原爆症を克服したというが、お目出度《めでと》う。しかし、それよりも僕は、君のその研究の独創的な着眼点を祝福しますよ」

「研究というが、まだ思いつきの程度で、おはずかしいのです。ただ、お国の占領下で、白や黒や黄といろんな人種がまじりあって暮しているうちに、僕は人種平等論を唱えた先輩の真実

が胸に来たんです。色から人種が解放されなければ、世界平和もないし、正義にもとるってことが……この難事業を解決するのが、有色人でなければできないってこともね。しかし、色からの解放をいくら唱えても、平和論と同様、口頭禅《こうとうぜん》になってしまうが、実際に、生物学的に色から解放する方法を発見しなければ――」

「そう、その着想に僕は感歎したんです。しかし、実現は恐らく想像以上に難事だろう。生涯をかけても足りない研究だろうし、多くの学者の協力を要するだろうし、せいてはいけないが、また無駄道もさけなければならないね」

「ええ、僕の研究に示唆を与えるような研究をしている教授がN大学におりますから、僕はこの病院のインターンがすみ次第、N大学の研究室へ行くことにしています。教授も僕の研究に興味を持って、協力する約束をしてくれましたから」

「それを聞いて安心した。僕もアメリカからできるだけの連絡と援助をしますよ。ただ専門のちがうのが残念だなあ――」

うてば響くというような対話だった。アメリカ人も日本人もなかった。若者同士の信頼だけがあった。

「僕もアメリカへ帰って学究生活にはいりますよ。この軍服は借衣ですからね。帰り次第脱ぎます。コロンビア大学へ帰ります。戦争の不幸はさんざん日本で見て、もうたくさん」

「それなのに、朝鮮で又戦争がはじまったじゃないの。僕達は黙っているけれど、不安でしかたがないですよ。折角、長い戦争の後にやっと平和になって、武器をすてたつもりが、又戦争にかりたてられるんじゃないかと心配でね」

「その不安はわかる。しかし、戦争は朝鮮だけで阻止しなければいかん」

「ねえ、お帰りになったら、朝鮮でも原爆を使ってはならないと、お国で絶叫して下さいよ。僕はサドクさんが逗子の家にいた頃、詳しく原爆の恐ろしさを話せばよかったな」

「知ってます。広島へも長崎へも行きました」

「広島へあとで行ってもわからないです。原爆が何処かへ落ちるかも知れないと思うだけで、僕は全身から力がぬけて、研究もくそもなくなってしまうんだからね。おびえた虫けらになっちまうんです。原爆を落すなんて、神を恐れない悪魔の仕業です。人類を虫けらに扱うことです」

「わかった、わかった、僕は自分のできるだけの力で阻止する、それを約束します」

「ごめんなさい、原爆のことになると理性をなくして……サドクさんはコロンビア大学で何の研究するの」

「社会学——この数年間のブランクを取りもどすために、うんと勉強します。日本にいる間に、日本の資料も集めました。コロンビア大学には妹さんがいます。仕事を協力してもらえるのをたのしみにしています」

「社会学者でしたか、サドクさんは……職業軍人だとばかり思って軽蔑していたが」

「阿部閣下も職業軍人でしたでしょう」

と、人のいい微笑をした。

「いい父でしたが職業軍人でした。サドクさんは社会学者だから、日本の軍閥が国民を戦争にかりたてて破局に追いこんだ経過が、きっとお判りでしょうが、父は中将でしたから、どんないい父でも、その軍閥の手先として僕は軽蔑もし、憎悪もするのです」

「さあ、僕はお暇しなければならない時間だが、太郎さんに会って、友達になって帰ることができてよかった。研究を完成して下さい。あちらで声援も送るけど、期待してるからね」

「頑張ります。僕もサドクさんに会えてよかった。さもなければ、とっくに忘れてしまっていたから」

太郎は少佐を門前へ送って出た。かたく握った手から、感動が胸に流れた。

「扶美子によろしくね」

「OK」と、少佐は車に乗った。しかし、すぐ運転台の硝子をさげて顔を出してきいた。

「日本語で、ソデフリアウモスクセノエンって、どんな意味?」

「そでふりあうも宿世の縁というのですよ。お目にかかるのも前世からのご縁があればこそですという意味でしょう」

「わかった。では、又いつか会えるね」

サドク少佐の車はすぐ坂を下って見えなくなった。しかし、太郎は終日少佐の話が体の芯にひびいて力がみなぎっていた。話した内容は取るに足りないことであるが、無縁だった二つの魂が触れあって放った響きは、太平洋をへだててもこだまするような感激だった。大いに勉強するぞと、体のどこかで鳴っていた。

その夕、太郎は元気に家へ帰った。

夕食後、母に光子の話をした。サドク少佐の残した感動が、意志さえあれば不可能なことはない筈だと、太郎に感じさせたから、光子の現在の境遇をかくすことなくみな母に話して、この家に迎えて更生の手を差しのべてやろうと、あっさり相談した。

園子は彫像のように坐って聞いていた。うなずきもしなかった。じっと太郎の顔に目をおいていた。太郎の大胆な話し方に呆れていたのかも知れない。太郎が毎年のように原爆記念日になると、飄然と広島へ行ったことを考えあわせていたのかも知れない。だんだん顔色が蒼白になって、顔面神経が微動していた。太郎が話しおわると、園子はのどをつまらせたような声で言った。

「そのお嬢さんを太郎は愛してるの」

太郎は額に切りこまれたようにたじろいだが、ごまかしてはならないと自分に言いきかせた。

「同じ信仰を持って、ともに神をあがめていたつもりでしたが、愛しあっていたのかも知れません。最近になって、それを感じます」

「そのお嬢さんと太郎は結婚するつもりかい」

「結婚って、考えたこともありませんが」

「正直に聞かせておくれ」

「結婚は慈善ではできません。今かりに光子さんと結婚するとすれば、慈善のようなものでしょう。それは、僕も望みませんが、光子さんを侮辱することになります」

「すると太郎は今では愛していないんですか」

「あわれんでいるのかも知れませんが、あわれむというような高慢な気持でないから、愛しているのでしょうか、自分にもわかりません」

「すると、家において、いつか結婚できる日を待つというおつもりかね」

「僕にも結婚について理想があります。ですから、将来も光子さんとは結婚しないでしょう。光子さんはもう変ってしまったから。ただ三、四カ月子供を育てたら、その子を手放して、一人の女性として立派に独立して行けるようにしてやれたらと、考えるだけです。ですから、お母さんに光子さんのお母さんになってもらいたいんです。僕の世話になった家の娘で、原爆で孤児になって、今のままでは、パンパンにもなりかねないのですから。広島に原爆が落ちないで敗戦になったら、僕の妻になったかも知れない娘だと考えてやって欲しいんです」

「こんな狭い家に他人といっしょに暮せるとお思いかい」

「狭い家ですが、今日では三人住むには広すぎるくらいです。これぐらいの家に、二家族も三家族も住んでいるのが、日本の現状ですから」

「二、三日考えさせて下さい」

「武雄の部屋を提供しましょう。武雄は僕と座敷に住めばよし、お母さんはこの茶の間があるし、どうせ庶民のなかで苦労するつもりでここへ移ったんですから、しばらく苦労をしましょう」

「二、三日考えさせてもらいます」

園子はきっぱり言って台所へ立っていった。かく子が言ったように夫がもどった時、見知らない若い女を同居させて、夫はどう考えるだろうかと、園子はいまだに夫を無視できない自分にあわてたのだ。台所で水道の水を暫く出して心を落着けていた。

しかし、太郎は母の習慣を知っているから安心した。否定しない場合は、必ず肯定するにきまっている。父の存命中は、肯定する前に父の意見をきいたのだが、長い習慣で、今も肯定する場合に二、三日心のなかで父に問うのかもしれない。それ故、太郎はその翌日、病院の帰途光子の下宿へまわって、光子を喜ばせようとした。

しかし、光子は大井の下宿にいなかった。まだ退院しなかったのかと疑ったが、下宿の老婆が太郎を迎えて、

「きのうの朝早く退院しましたよ。驚きましたね、黒い赤ちゃんをつれて来たじゃありませんか。あの人だけは真面目だと思ってましたのにね。それではB少尉さんがあんまりお気の毒ですよ。私はお祝いを言うつもりでお部屋へはいって、黒い赤ちゃんを見て、気を遠くしました。いらざることでしたが、あの人にさんざん文句を言ってやりましたよ。日本の女の恥じゃありませんか」

と、立板に水と話しはじめた。そこへ下宿の主婦が奥から出て来て老婆に代って説明した。

「赤ちゃんをあずけることにしてあるからって昨日の夕方お連れになって、夜おそく一人でもどりましたが、今朝は早く旅行するからといって、お発ちになりました。お部屋は部屋代もいただいておりますが、それが切れる前に帰るから、このままにしておいてくれと申しましてね」

「旅行って、どちらへ」

「それが、伺ったんですが、先方に着いたら知らせるからと仰有って、実は、心配になっているのですよ、あまり悲しそうなご様子でしたからね」

太郎は下宿の前の坂路を下りながら、憤りに、光子のバカ、光子のバカと、叫んでいた。

第十三章　悪は消えず

1

列車はフルスピードで走っていた。三等車の窓ぎわに、光子はねむっていた。彼女の横に髪を無造作にたばねて、五十過ぎの街のおかみさんがいた。その人がのりまきの包みを光子の横の同行者にすすめた。前夜東京駅からいっしょであったが、数人の婦人を伴ってその先達のように世話をやいていた。光子の横にかけた電髪の若い婦人は、一、二カ月の赤ん坊に、胸をはだけて乳房をふくませながら、のりまきを一つ頬張った——

光子は一晩中まんじりともしなかった。すてたわが子の悪夢に苦しんだのだった。実は、その悪夢をのがれるために、東京を発ったのだが、運悪く横にかけた若い母の赤ん坊がよく泣いて、それが光子の胸にくいいって責めたてた。

産院を出た日の夕、運よく君枝が訪ねて来た。沢野夫人の混血児の家へすてることに話をきめてすぐ君枝と横浜の下宿へ赤ん坊を連れて行った。君枝は荒物屋の二階に間借りしていた。荒物屋の知人の老婆が、君枝の場合と同様に、赤ん坊をすてに行く役を引受けた。六十歳ばかりの口数の多い老婆で、沢野夫人の混血児の家の前に、もう六人すてるのに成功したからと、得意に話していたが、光子は却って急に不安になった。老婆は多額の謝礼を請求して、明朝暗いうちに大磯にある混血児の家の裏口にすてるのだからとて、その夜赤ん坊を荷物のようにかかえて自分の家に連れて行った。

「小母さん、すててから、どこかにかくれていて、混血児の家の誰かにひろいあげられるのを、みとどけて下さいよ」

光子は老婆とつれだって、途中まで帰り、最後にそう頼んだが、老婆は細工に手ぬかりありませんと笑って、暗い道を曲って行った。光子はいつまでも立ちつくして見送ったが、その夜は赤ん坊の泣き声が耳について、寝つかれなかった。翌朝起きぬけに、君枝の処へ行った。君枝はまだ寝ていた。

「ねえ、心配で来てしまったわ。あのお婆さん、赤ん坊をほんとうに混血児の家へとどけてくれたのでしょうか」

そう光子は枕もとで吐息した。君枝は寝たまま両手で電髪をごしごしかきながら、さも面倒だというように言い放った。

「あんな黒ん坊、どうなったっていいじゃないの。厄介払いしたんでしょう、あんた――」

「でも、自分の子供ですものね」

「感傷はやめてよ。クロを相手にしたことがわかれば、シロからすてられるじゃないか。だから、こっちは秘密にしてやろうと気を配ったのにさ……あの赤ん坊は死んだんだよ」

「あのお婆さんが殺した？」

「なに言ってるのさ。あの人は、混血児の家の裏口へすてて来るのが、一番簡単な厄介払いの方法だもの。今頃は一月分の稼ぎをしたと喜んでるわね」

君枝は寝返りをうって光子に背を向けた。うるさいから帰れという態度だ。光子もすごすご立ち上った。

「あんたも倖せ者さね、リリー、B少尉が帰った後で……あんなクロが生れても、処置してしまえば誰にもわかんないからね。いつまでもB少尉をしぼれるじゃないの」

光子は黙って君枝の寝姿を見おろしていた。この人ともこれが最後だ。そんな気がした。B少尉というが、二本ハガキをくれたきりで、糸の切れたたこのように何処へ行ってしまったか、幾度手紙を書いても音沙汰ない。

君枝の処を出てから、気がついた時には、大磯の混血児の家の門前に佇んでいた。赤ん坊の泣き声に本能的に誘われて来たのだろうか。光子はどうしてそこに来たか、われながらわからなかった。敗戦までは、その貴婦人の別荘だったと言われるとおり、海岸の景勝の地を占めた大きな館《やかた》で、老松の林のなかに、遠く白壁がすけて見えたが、老松の梢《こずえ》に風が鳴っていた。かつて、この貴婦人が結婚する時富豪の父が、お祝いに贈ったもので、外務次官夫人として、又大使夫人として、外交官を招待した別荘だという。もちろん光子はその門をくぐれなかった。築地《ついじ》の垣伝いに、館をまわってみた。ここに混血児が二百人もひろいあげられて育てられているのだろうか。自分の血をわけた子も、今朝は安全にひろいあげられたろうか。光子は聞き耳をたて、背伸びして、内部をのぞきこみながら歩いた。わけもなく涙がこみあげて……いつか、お母さん、お母さんとむせんでいた。悲しい時には、必ず母を求めるのが光子の癖である。母を求めたから、その午後、電車にのり、くらさんを訪ねて東京の教会へ行ったのだろうか。しかし、くらさんは今も大和の本部にいると知らされて、その夜、奈良行きの列車にのりこんだのだった――

「さあ、皆さん降りる支度して下さい」

前の婦人が立ち上って、指図した。そして光子の横にかけた若い母から赤ん坊を取り上げると、その背中に負わせて紐でくくりつけた。赤ん坊はねむっていて、首が横にたれさがった。婦人達は網棚から幾つも手荷物をおろした。どの婦人も緊張した面持である。不思議な一団だ。奈良見物に来た団体であろうか。

日本のこの古都は京都とともに爆撃をまぬがれたが、町全体が歴史的記念物であり、公園であるから、人類の遺産をまもるために爆撃しなかったと、アメリカの恩恵のように聞かされたこともある。戦争さえなければ、光子も女学校の最上級の秋に、ここに修学旅行に来るはずであった。長い戦争中と敗戦後の混乱と不幸と飢餓の後に、東京の街のおかみさん達も、古都の寺院や仏閣を巡礼して心の埃を洗おうとするほど落着いたのであろうか。あれから五年以上たったのだからと、光子は今更らしくピカドンからの歳月を数えてあわてる始末だ。世の中は落着いてゆくのに、私はまだピカドンを受けた日のままのような惨《みじ》めな姿だ……光子もその人々のあとから、ゆっくり列車をおりた。

奈良で私鉄に乗りかえて、次の西大寺でまた天理行きに乗りかえるのだと聞いて来た。国鉄の奈良駅から私鉄の駅まで歩くのだとも。光子は私鉄の駅へ出る道を駅員にきいた。列車で前の席にいたおかみさんが、「私達も行きますから」と、大きな声で話しかけた。その人のあとをついて行けばいいのだが、さっきの婦達の一行は、駅前に出ると、百人近い団体の一部であった。東京の庶民のおかみさんらしい婦人が多く、しかも、小さい子供をおぶったり、手を引いたりしている者もかなりある。光子は目を閉じた。すてたわが子の顔が大きく見えた。あんなふうに背にくくりつけて育てるのが母の愛であり、つとめであろう。さっきのおかみさんが話しかけた。

「どちらまでいらっしゃるんです」

「天理までですけれど」

「ああ、あなたもお地場へ帰らしてもらうのでしたか。そうと知ったら、もっと早くおちかづきになればよかったですね」

「お地場に帰るといいますと――」

「ご本部へおもどりでしょう、あなたも」

この団体は天理教の信者だったのか。光子は驚いて、その一団のあとをついて行った。西大寺で乗換えようとすると、京阪方面から来た信者が駅にあふれて、身動きができない。老若男女いりまじり洋服や和服はあるが、みな健康そうで、日本を支えている無知ではあるが穏やかな庶民であることが、一目で光子にもわかった。やがてその群れのようなおびただしい人々のなかにうずまって、さっきの婦達からはぐれてしまった。

2

終点の天理駅に降りて、光子はますます驚いた。参詣者ばかりだ。無口で個性のない人々の集合だが、どこでも見られる押しあいがない。改札口の外に、半被《はっぴ》姿の若い男女がたくさん迎えている。半被の背には、天理教と大きく、襟には何々大教会と、名前を小さく白く染めぬいてある。光子は人波といっしょに外へ出た。駅から丹波市の町の中央に一本の広い道路が、真直に通じているが、信者がいっぱいだ。ハンドバッグからくらさんのアドレスを出したが、別所、関東大教会詰所としてあるだけで、どちらへ行くべきかわからない。立ちどまっていると半被を着た若いお嬢さんが、「あの、ご案内しましょう」と、丁寧に話しかけて、光子のさげていた旅行鞄を受けとった。

二日後に秋の大祭を迎えるとか。大祭には、毎年二十万の信者が津々浦々から集まるが、一軒の旅館もなくて、みな詰所に宿泊するという。各大教会が一つの詰所を所有するが、どの詰所も白壁の大きな館で、それが無数にたちならんで、大和の片田舎に、こんな宗教都市があったのかと、光子は目を見はった。その半被のお嬢さんは、神戸の高校を出て、この地の天理大学で学んでいるが、日曜日であるから、ひのきしんに案内役を買って出ていると話していた。紺のスカートの上から日本の男の労働者用の半被を無造作に着て、にこやかにしている女子大学生に光子はただ感心して、

「まあ、女子大学生でしたの、すみませんわ、旅行鞄までお持ちいただいて――」

と、自分がはずかしかった。

丹波市の町というのは、この新しい宗教によってできたのであろうか。ならんだ商店も銀行

も印刷所も他の日本の町で見受けるものとはちがっている。街の人々や通行人が、どこか穏やかで、物やわらかい表情や態度をしているからであろうか。光子は自分が異邦人のような肩身のせまい思いがした。特に、関東大教会詰所で鄭重に迎えられた時には、羞恥心に顔を赧くした。

関東大教会詰所というのは、白壁の土塀をめぐらして、小城館に見えた。広い前庭を横切って受付に案内して、女子大学生は光子の用件を受付の者に頼んで、お礼を述べて行った。お礼を言うべきなのは私なのにと、光子は茫然としてその娘を見送り、受付の青年の他、たくさんそこに半被を着た若い男女の行きかうのを物珍しく見た。その一人が光子を裏へ案内した。本館とは内庭をへだてて静かな二階家の一室だった。ここに十五分も待ったろうか、

「お嬢様、よくいらしてくれましたねえ」

五年前よりも元気のいいくらさんの声が廊下にして、障子があいたが、くらさんは白いエプロンをはずしながら、おぼつかない足取りではいって来た。エプロンの下はやはり半被だった。足でも痛めたかと思いながら、光子は、

「ええ、小母さん、やっとたずねあてました」

と、微笑みかけたが、ふと全身に水を浴びたように、じっとくらさんを凝視した。

「いい時に来てくれましたよ。大祭でしてね。今晩、三百人、あしたは五百人ばかり信徒さん

が帰って来ますので（親里というので、こんな言葉を使うのだと光子は後で知った）賑やかです。手伝いが多くなって、私も骨休みができます」

そうくらさんは話しながら顔一杯に歓迎の表情を作るが、目が見えないのか、いざるようにして光子に近づくのだ。その目が光子の顔を向いていない。

「お嬢様、あれからどんなにお暮しでしたか。岩国の叔母さんのところからでしたか。私は親神様にいつもお祈りしていましたよ。お嬢様のことをよく夢にみましてね。ようこそ私を思い出して来てくれました——」

光子は声が出なかった。くらさんはそうおじぎをするようにして、光子に近づいて膝に手をかけた。すっかり白髪になっていた。その時障子が開いて、半被の若い女がお茶をはこんで来なければ光子は声を挙げて泣き出したかも知れない。唇をかんで我慢した。くらさんが盲目になっていた！　しかし、くらさんは手探りするようにしてお茶を注ぎ、

「あれからどんなにお暮しでしたか、苦労も多かったでしょう」

と、光子をいたわるのだ。

光子は涙をそっと拭って、やっとためらいながらきいた。

「小母さんはいつからお目が——」

「去年の春でしたかね、かすみ出したのは——それが、暮に見えなくなりましたが、もう何も

見ることはいらないという親神様の思召《おぼしめ》しでしょうから、苦にも思いません」

と、茶碗を両掌ではさむようにして、番茶を啜っている。

「原爆症ではありませんか」

「ゲンバクショウって、なんですね」

「原子爆弾を受けた影響です。小母さんは医者にもおみせにならなかったの」

「なんの、このお地場におって、医者にかかる必要がありますか。原子爆弾っていっても、ずっと前のことですし、私はあの時だって、親神様に助けていただきましたもの、ね」

「きっと原爆症ですわ、小母さん。今頃になってあの時助かった人に、いろんな故障が起きてるんですって。怖ろしいことですけれど……ＡＢＣＣに見せた方がいいわ。見せなければいけません。小母さんはあれから広島へ行きませんでしたか」

「用がなくなったものですからね」

「広島にＡＢＣＣというアメリカの原爆症研究所ができたんです……そこにみせて、アメリカさんに治療させて、目を見えるようにしてもらった方がいいわ。ねえ、小母さん、私がお伴しますから参りましょう」

くらさんは茶碗をおいて、暫く真面目に光子の顔を見ていた。光子の真意をたしかめるようであったが、瞳《ひとみ》は白黄色に変っていた。光子は原爆症に対する恐怖と原爆を投下したアメリカに対する憤りで、胸が火になった。

「お嬢様はあれからどうお暮しでした」

と、くらさんは見えない目を据えて話をさけるのか、同じことを三回もきいた。哀調をおびていた。光子はたじろいで、

「どうって……お話するようなこともなくて――」

と、口のなかで言葉を消した。くらさんは光子の声を吸いとるようにして、うなずいた。子供をすてた歎きをこの人の膝に泣きたくて来たのにと、光子もくらさんの顔をつくづく見た。

「そうですか、お嬢様のことはここの所長さんに話してありますよ。ですから、ごゆっくりして下さい。この部屋は、さっきお茶を持って来てくれた野田さんと二人きりですから、少しも遠慮はいりません。大体この棟は、教校（教師養成所）の生徒さんばかりで、学校の寄宿舎のように賑やかで気がねもいりません。私は炊事場を手伝っていましたが、近頃では目が不自由ですから、時々生徒さんにお話を取次ぐだけでしてね……結構だと毎日喜んで暮しておりました。ただお嬢様のことが気がかりで落着けないこともありましたが……でも、これで安心しましたよ」

くらさんの目から涙の粒がこぼれた。光子は心を見透かされたように、胸をしめつけられた。この原爆の折二人で地獄のなかをさまよって苦労した様々な光景が、鮮やかに目頭に浮んだ。

人がいっしょにいてくれたから、私はあの時助かったのだ。

「ねえ、小母さん、広島へ行きましょう。原爆症研究所へ行って、目をなおさせましょうよ。お金は私が持っていますから、心配いりません。今度は私が小母さんを見る番ですから」

光子は涙声で、まるで叫ぶようだったが、くらさんはただ美しい笑顔でうなずいて、取りあわないらしく、

「お疲れでしょうが、甘露台《かんろだい》にお詣りに行きましょうね。帰ってからお昼をいただいて、一風呂あびて、疲れを休めましょうね――」

と、光子を促して立ち上った。

3

甘露台と呼ぶ神殿までは、その詰所から小一粁もあろうが、くらさんは多年毎日朝夕二回参拝していたので、盲目になっても杖も持たずに独りで行けると言った。しかし、独りで出掛けても、必ず誰か参拝人が助けるのであろう、その日は光子の腕をとって歩きながら、みちみち天理教について話した。

お地場とは、親神が人間の陽気ぐらしをするのを見てたのしもうとして、初めて人間をうみ

出した場所であるといった。人間は親神の思召しを知らないから、利己的に生きて、たがいに争い、魂に埃をつんでいるともいった。親神はそれを見て人間をあわれみ、病気や災難を与えて、親神の思召しを知らせ、人間が利他的に生きて魂の埃をはらい、総ての人間が兄弟として助けあって暮すように、せきこんで（焦慮して）いるとも言った。甘露台というのは、親神が最初に人間をうみ出した場所に、親神の恵みをうけるために台をもうけ、その周囲で、親神に感謝するために親神の人間創造の苦心を、つとめ人が手おどりで示し、他の人々もよろこびの手おどりをする場所であるが、その甘露台を中心に神殿が建てられていると言った。今も医者にみはなされた病人などが、各地から無数に集まるが、親神の思召しや魂の因縁の話などをきいて心をたてなおすことで、みなたやすく病気がなおっているとも言った。恐らく天理教の初歩的な教理であろう、くらさんは素朴な言葉で熱心に話したが、光子の胸にはしみて行かなかった。途中何処の路にも、半被を着た若い男女があふれるばかりで、その多くは天理教の付属の大学や教校の学生だというが、半被のせいか男も女も虚飾といっしょに性までなくしたようで、特に女性のみにくさが、見るからに吐気をもよおしそうで、胸苦しいくらいだった。そして、どうかしてくらさんをここからＡＢＣＣにつれ去らなければと、光子は必死に考えていた。

「――お嬢様は原爆症だからアメリカの医者にみせろと仰有るけれど、私は盲になって、目があいたようですよ。何一つ不自由なことはないし、盲目でも病気でもありません。第一盲になって、それまで見えなかったことがよく見えて来ましたからね。ですから、よろこんでいます。お嬢様も何も考えないで、親神様にもたれかかっていればいいですよ」

その言葉にはっとして歩調を乱すと、くらさんはすかさず加えた。

「この辺りから見るご神殿が一番みごとですよ。専門家のお話では、ご教祖殿との調和もよいそうで——なんでも、日本でこんなに宏壮な木造の建築はないといいますからね」

奈良の大仏殿より大きいのであろうかと、光子は日本一という木造建築物を仰いだ。そこから、くらさんは正面に向って歩調をはやめた。盲目なのは光子の方で、くらさんにせきたてられているようなあんばいで、光子はくらさんに歩調をあわせるのにあわてるていたらくだ。

塵一つない広い境内を横切った。幾万人か蝟集している信者がこみあうどころか、目立たないほど広くて明るい境内である。神殿の前の階の下に、幾千足か、無数に靴や下駄が脱ぎすててあるが、みな整然とそろっている。

「まちがえないでしょうか」

くらさんが正面左側に下駄を脱ぐのに、光子はうっかりそう呟いたが、ここでは間違えることも紛失することもないと、くらさんの方が光子の手をとって、階段を数段のぼった。広い廻廊からは畳敷の巨大な会堂に出たが、光子はふと竦んで立ちどまった。何百畳か、何千畳かひろいこと、一抱えもある檜《ひのき》の円柱を周囲にめぐらしてただ一部屋であるが、老若男女が思い思いのところに端坐して或る者はぬかずき、或る者は小声でみかぐら歌をとなえながら、しきりに両手を異様にうごかしておつとめをしている。

「さあ、ずっと前に行きましょう」

くらさんはそう促しながら、まるで見える人のように、人々の間を縫って前に行くが、光子はつづくのにためらった。こみあって人々の頭や足を踏みそうであったから。くらさんは最前列で、一段高い板の間を前にして、光子を引き据えるようにして坐るなり、

「さあ、お嬢様、甘露台に向って親神様にお礼を申しましょうね」

と、柏手《かしわで》をうってぬかずいた。それから坐ったまま、みかぐら歌を唱えながら、両手で手おどりをはじめた。

光子は呆気にとられて、くらさんにまねて柏手をうてなかった。カトリック教の信者として異端の神を拝めないというのではない。異様な感動にうたれたが、しかし白々しくぬかずけないのだ。

くらさんの手おどりはなかなか終らない。やむなく、そっと横にぬけて円柱の蔭にかくれて、この無数の人々の崇拝の的である甘露台を見ようとした。しかし、一段高い板の間はまたばかふとい円柱をめぐらして、鏡のようにみがかれているが、何も偶像らしいものはなくて、奥の方が穴になっているらしく、その四隅に竹をたててしめなわを張ってあるばかり、その上は天

井もぬけて、不思議に青空がのぞいている。簡素ではあるが、豪壮な美しい建築である。その穴から天井を貫いて天にとどく甘露台を想像するのであろうか。それに向って、蝟集した人々は敬虔に感謝の祈りをささげている。広大な板の間に祭人も誰もいないところを見ると、祭礼や祈禱の時間ではなかろうに、人々は自由に祈るのだろうが、柏手の音と小さなみかぐら歌の声とが重なりあって、壮観な音楽のように会堂にひびきあって、光子の心をゆすぶった。これほど真剣な気持でミサにあずかる場面を見たことがなかった。

しかし光子はわけもなく涙がこみ上げてたえられなかった。廻廊をまわって正面の階に出た。階の端に腰かけた。目の前には広大な前庭の向うに、大和の山々が秋晴れの空に穏やかな形をかすかに描いている。大和の山河を前庭に入れたようだ。そこに近代的な図書館や建築物が木《こ》間《ま》がくれに見える。前庭には日本中から集まる信者が秋の日を受けて、往く者来る者、黒蟻のように見える。光子の腰かけた階を上る信者、下る信者、ぞくぞくとつづくが、穏やかで秩序があって、粛々と声もない。見ればみな、日本の農村や漁村や巷から出て来たような素朴な庶民であるが、敗戦後の混乱と無秩序と無道徳のなかに、何処から、この穏やかな人々は現われたのであろうか。この穏やかな秩序がどうして自然につくられているのであろうか。それにひきかえ、光子は眉をひき唇や爪を染めてアメリカ軍人とたわむれて来たような歳月を思った。天から授かったかも知れないわが子を、ただ赤ん坊が予期に反して黒色だったことのために、犬か猫の子のようにすてて来たことを思った。拭っても拭っても涙がこぼれた——

「気持でもお悪いのですか」

半被の若者がそっときいた。光子はあわてて階を下りた。その若者が光子の靴をそろえた。若者は履物の整理をしていたのだろう。

「あの、いっしょに来た目の見えないお婆さんをなかに残して来ましたが——」

と話しかけると、くらさんの黒い鼻緒の駒下駄を指して、

「この人ですね、お連れして来ましょうか。どこにおいででした?」

「ご存じですの。前の方ですが、お呼びしなくても……来ましたら、私が先に帰ったと伝えて下されば……」

光子は逃げるようにして出た。自分の居るべき処でないような自然の行動だった。赤い柿や松たけなどを屋台にならべた通りも、祭典用の神具や土産物を売る街も、新しい着物で往きかう人々も祭礼らしくのんびりして現実ばなれがしている。夢のなかを歩いているようだった。

関東大教会詰所に着いて、受付の青年に、くらさんの部屋から旅行鞄を持って来てくれるように頼んだ。青年は光子を見知っていたが、訝しそうな表情で顔を見ていた。

「小母さんにはご神殿で別れましたが、又出なおして参りますからと仰有って下さい」

「今食堂にお昼の用意ができました。どうぞ召上ってお帰り下さい。この詰所においでになっ

て、お食事時に召上らずに帰っては――」

「でも、私はすぐ広島に帰らなければなりませんから」

そう言ってから、光子は自分の言葉にどぎまぎした。独り広島へ行くとはその瞬間まで考えもしなかったたし、そう言葉が飛び出したまでだったから――

それから一ヵ月以上もたって、太郎は東京で、行方不明だった光子から手紙をやっと受けとった。消印は神戸であったが、住所はやはり書いてなかった。手紙は短かった。

「太郎さん、そうお呼びすることはもうおゆるしいただけないかも知れませんが、もう一度だけ太郎さんと呼ばせて下さいませ。

私はふと奈良に近い大和の片田舎に旅をしました。丹波市という天理教の本部のある町です。しかし、私は今もそこで見たこと聞いたことが、現実ではなくて、苦悶のなかに見た夢か幻影だったとしか考えられませんが、そこからふらふらと広島へもどりました。考えれば、其処で幻影のように見た庶民の素朴な生活に本能的に誘われたのかも知れません。それとも、新しい神に祈る大衆のなかで、私も背をむけていた神を想ったからかも知れません。広島に帰るなり、すぐ教会へ行ったのですから。そして広島では教会以外の場所を訪ねなかったのですから。

私達がよく行った教会はピカドンとともに消えましたが、不死鳥のように灰のなかに小さく再建されて新しい司祭がおいででした。神父様はたいへん喜んで迎えて下さり、私も神父様に懺悔を聴聞していただき、神父様のおみちびきでお祈りもいたしました。私はもとのクララになるつもりで、また、なれるものと信じていましたが、どう努力しても駄目でした。ピカドンといっしょに私の魂は悪魔にみいられたのでございましょう。教会ですることもお祈りも空々しくて、もう信者でない私をはっきり識りました。

しかし、それと同時に、大和の田舎で幻に見たり聞いたりした素朴なことが、私の記憶に生きて来たのでしょうか。自分をなくして、他人のために働こうと……信者のご親類が女中を求めていることを聞いて、ここへ世話してもらいました。これから私もほんとうに他人のために生きることを喜びにできるようになったら、あれが幻影であったかどうかもう一度大和へ行って見るつもりです。

ですから、大井の下宿に私の残した物は全部お売りになって下さいませんか。下宿の方にも太郎さんが行って処分するからと手紙を出しました。そして、お売りになった代金は、僅かでも太郎さんの研究費に加えて下さいませんか。人類が色から解放されることで世界が一つになるとお考えになって、太郎さんが努力なさるように、私も、人間が他人のために生きることで、平安が得られ、世界中の人間が兄弟になれるのならば、異端の神にぬかずくことになってもよしと考えて、精進するつもりです。遠くから太郎さんを見まもっています。

光　子」

太郎は複雑な感慨でその手紙を読んだが、読みおわると手荒く破りすてた。新興宗教に対する嫌悪と憤慨からであろう。

4

また八月十五日がめぐって来た。長いアメリカの占領がとかれて、講和条約がやっとサンフランシスコで結ばれるからとて、国をあげてお祭りのように喜び騒いでいる。しかし、園子夫人は郊外の片隅に侘しく、独りこの記念の日を迎えた。

太郎はインターンがすんで、待望のN大学の生化学研究室にはいるために、四月に名古屋市に移った。人類を色から解放できるかどうか、生涯の仕事をほんとうにはじめたのだ。同じ頃、武雄は夫がかつて面倒を見た工業家の子供の家庭教師として、都内の家に住みこんで、そこから通学することになった。それ故、すべての子供が巣立ったあとのように、園子は独りぽつねんいと家にのこされた恰好である。太郎や武雄がいなければ、社会の動向を知る必要もなく、ただ夫の霊を胸にいだきしめればよしとして、新聞もとらず、ラジオも聞かずに、外に目も耳もふさいで、ひたすら中将のかげを追う毎日であった。かつての夫の部下も、この寓居《ぐうきょ》まで探し訪ねて来るほど忠実な者はなくて園子自身も亡い人に数えられたと、却って安らかに思うことがあった。

しかし、八月十五日には、敗戦以来毎年きまってかく子が訪ねて来る。従って園子は朝からかく子を心待ちにした。かく子は来る度に、園子を揺すぶるような話題を持って来るので、八月十五日を迎える都度、かく子の訪問を思って憂鬱になったものだ。しかし一九五一年のこの日は、日本が独立する時なので、かく子がいつも主張していたように、夫の潜航艇がことなく日本の港に安着していたのならば、少なくともかく子の夫徳田大尉は日向《ひなた》に現われて、かく子を感泣させるであろうから、今日こそ、かく子は確かなニュースを持って来るものと、待ったのだ。朝から庭も掃除し、打水もして――

普通かく子は暑い日ざかりをさけて、午前中訪ねて来たものだ。しかし、この日は四時になっても、五時になってもかく子は現われなかった。かく子の訪問しないことで、園子はまるで夫の死が確認されたかのように、改めて喪服に着換えた。夫の写真を座敷の床の間に出して、夫の好んだ夏菊を飾り、香をたいた。夫の愛した茶器を出した。夫がかく子の言うように飄然と現われたら、その時こそお茶をたてて迎えようと、たのしみにしていたとおりに、夫の写真の前でお茶をたてて夫の写真にすすめた。夫から茶碗をいただくようにして、園子は静かに茶を飲んだ。もっともらしく儀式のようで、そばから写真に向ってゆっくり話しかけた。

「――子供等はみなそれぞれに生い立ちました。あなたのお目からはご不満もありましょうが、各自が自分の力で自分の望む道を進むのですから、祝福してやって下さい。扶美子も秋にはニューヨークでサドクさんと結婚式を挙げます。私は結婚式にも出席できませんが、あなたは教会の屋根にとんで行ってあげて下さい。私ももうこの世にご用がなくなりましたから、何時でもご都合のよい時に、お召し下さい」

陽も傾いたらしく、微風が涼しく座敷にはいって来た。軒につるした風鈴が微かな音をたてはじめた。園子はその音をじっとききながら、夫を想った。死者の霊はそんなふうに風にのって、風鈴の音で生者にこたえたり、お盆の頃には蛾やとんぼになって生者を見舞うことがあると、幼い日に祖母から聞いたことがある。夫の故郷は八月盆で、今日は盆の十五日だ――

「お母さんは?」

突然玄関で声がした。夫の声である。いつも帰るとそう呼びかける習慣であった。

「はい、只今」

園子はそう反射的に答えたが、膝ががくがくして、すぐには立てなかった。

「お母さん」

もう一度声がした。園子は襟を正しながら玄関へ立って行った。三和土《たたき》に思いがけなく、太郎が腰かけて靴を脱いでいた。

「吉田が原爆症で東大病院に入院して、危篤だというので急に出て来たんです。今まで病院にいたんです――」

「あの、清人さんが」と、園子はやっとつばをのみこんで心を落着けた。「原爆症って、今日になってかい」

「広島のＡＢＣＣで見せたら、原爆症だと診断しておきながら、こちらは原爆研究所で、治療所ではないからといって、つきはなしたそうですからね。アメリカさんの根性がわかったですよ」

太郎はそう憤りながら茶の間の方へ行く。その後ろ恰好は夫に生きうつしだ。茶の間へ行ってから太郎は改めて母に挨拶したが、園子の喪服姿をいぶかった。

「お父様が戦死なさったことが、やっと私にも確認されましたから――」

「徳田さんがいつものように来たんですね。では、徳田さんはあんなに期待していたが、徳田大尉も――」

「大尉はご無事だったでしょう、お父様はやはり武士の末裔らしく、立派に自刃なさったそうで——」

「そうでしたか」

太郎は端然と坐りなおして瞑目《めいもく》した。

園子はそう言ってしまったが、偽りを言ったのではなく、心境は澄みわたっていた。

「これでいいんですよ。汗を流してらっしゃい」

園子は夫の浴衣を出して促した。太郎も夫の浴衣を着るように成長したと、洋服を着換える太郎の背後から、浴衣をひろげた。

「僕ねえ、そうとは知らずに、お母さんの手をはぶこうと思って、通りの『竹葉』に、うなぎを二人前とどけるように言って来たけれど……それから、余り暑いし、独立のお祝いのつもりで、そこの酒屋に冷えたビールを持って来るように言ったが……ごめんなさい」

「私もいただきますよ。さあ早く汗を流してらっしゃい。ビールが来ますよ」

園子は力と張りが全身にみなぎり、心があたたまるのを覚えた。いそいそ食卓の用意にかかった。夫がビールのさかなに枝豆が好きだったことを思い出した。八百屋へ行っても、こんな時間では枝豆はなかろう。枝豆がなければ、きゅうりのぬかみその生づけが好きだった。きゅうりを今朝つけたから、ちょうどよかった。うなぎには、そうめんのすいものが好きだった。運よくそうめんは少しのこっている——園子は夫が帰って来たような錯覚を感じて、全身にあたたかく血がかけめぐり、いそいそ夕餉《ゆうげ》の支度にかかるのだった。

〔『一つの世界―又はサムライの末裔』1952年10月〜1953年10月「婦人公論」初出〕

P+D BOOKS ラインアップ

別れる理由1　小島信夫　●伝統的な小説手法を粉砕した大作の序章

別れる理由2　小島信夫　●永造の「姦通」の過去が赤裸々に描かれる

別れる理由3　小島信夫　●「夢くさいぞ」の一言から幻想の舞台劇へ

別れる理由4　小島信夫　●「夢くさい世界」で女に、虫に、馬になる永造

別れる理由5　小島信夫　●アキレスの名馬に変身した永造だったが…

別れる理由6　小島信夫　●最終巻は〝メタフィクション〟の世界へ

P+D BOOKS ラインアップ

女誡扇綺譚・田園の憂鬱　佐藤春夫　●廃墟に「荒廃の美」を見出す幻想小説等5篇

サムライの末裔　芹沢光治良　●被爆者の人生を辿り仏訳もされた〝魂の告発〟

津田梅子　大庭みな子　●女子教育の先駆者を描いた〝傑作評伝〟

フランドルの冬　加賀乙彦　●仏北部の精神病院で繰り広げられる心理劇

白く塗りたる墓・もう一つの絆　高橋和巳　●高橋和巳晩年の未完作品2篇カップリング

誘惑者　高橋たか子　●自殺幇助女性の心理ドラマを描く著者代表作

P+D BOOKS ラインアップ

居酒屋兆治　山口 瞳　●高倉健主演映画原作。居酒屋に集う人間愛憎劇

血族　山口 瞳　●亡き母が隠し続けた私の「出生秘密」

家族　山口 瞳　●父の実像を凝視する『血族』の続編的長編

単純な生活　阿部 昭　●静かに淡々と綴られる〝自然と人生〟の日々

青い山脈　石坂洋次郎　●戦後ベストセラーの先駆け傑作〝青春文学〟

夢の浮橋　倉橋由美子　●両親たちの夫婦交換遊戯を知った二人は…

P+D BOOKS ラインアップ

桜桃とキリスト（上）	長部日出雄	●キリスト教の影響を受け始めた三鷹時代の太宰
桜桃とキリスト（下）	長部日出雄	●絶頂期の中〝地上の別れ〟へ進む姿を描く
宣告（上）	加賀乙彦	●死刑囚の実態に迫る現代の〝死の家の記録〟
宣告（中）	加賀乙彦	●死刑確定後独房で過ごす青年の魂の劇を描く
宣告（下）	加賀乙彦	●遂に〝その日〟を迎えた青年の精神の軌跡
ばれてもともと	色川武大	●色川武大からの〝最後の贈り物〟エッセイ集

P+D BOOKS ラインアップ

フランスの大学生	遠藤周作	● 仏留学生活を若々しい感受性で描いた処女作品
春の道標	黒井千次	● 筆者が自身になぞって描く傑作〝青春小説〟
黄金の樹	黒井千次	● 揺れ動く青春群像。「春の道標」の後日譚
快楽(上)	武田泰淳	● 若き仏教僧の懊悩を描いた筆者の自伝的巨編
快楽(下)	武田泰淳	● 教団活動と左翼運動の境界に身をおく主人公
上海の螢・審判	武田泰淳	● 戦中戦後の上海を描く二編が甦る!

（お断り）

本書は1974年に新潮社より発刊された『芹澤光治良作品集4 愛と死の書・サムライの末裔』を底本としております。

あきらかに間違いと思われるものについては訂正いたしましたが、基本的には底本にしたがっております。

本文中には外人、黒人兵、老婆、人夫、百姓、女工、精神病、妾、娼婦、かたわ、乞食、坊主、精神薄弱児、混血児、女中、盲などの言葉や人種・身分・職業・身体等に関する表現で、現在からみれば、不当、不適切と思われる箇所がありますが、著者に差別的意図のないこと、時代背景と作品価値とを鑑み、著者が故人でもあるため、原文のままにしております。差別や侮蔑の助長、温存を意図するものでないことをご理解ください。

芹沢 光治良（せりざわ こうじろう）
1896年（明治29年）5月4日―1993年（平成5年）3月23日、享年96。静岡県出身。1965年『人間の運命』で第15回芸術選奨文部科学大臣賞を受賞。代表作に『巴里に死す』『愛と知と悲しみと』など。

サムライの末裔

２０１９年12月17日　初版第１刷発行
２０２３年６月14日　第２刷発行

著者　芹沢光治良
発行人　石川和男
発行所　株式会社　小学館
〒１０１－８００１
東京都千代田区一ツ橋２－３－１
電話　編集　０３－３２３０－９３５５
販売　０３－５２８１－３５５５
印刷所　大日本印刷株式会社
製本所　大日本印刷株式会社
装丁　おおうちおさむ（ナノナノグラフィックス）

ISBN978-4-09-352381-3

P+D BOOKS